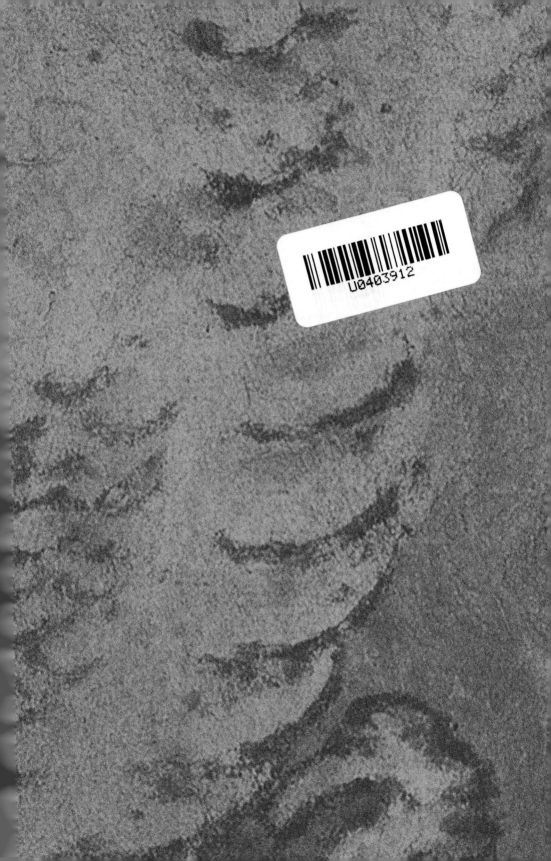

十八家诗钞

◎经典普及版◎
第四册

曾国藩 纂

上海大学出版社
·上海·

目 录

卷十 / 1073

李太白七古·一百五十七首 / 1075

远别离 / 1077
公无渡河 / 1077
蜀道难 / 1078
梁甫吟 / 1080
乌夜啼 / 1081
乌栖曲 / 1082
战城南 / 1083
将进酒 / 1083
行行且游猎篇 / 1084
飞龙引二首 / 1085
天马歌 / 1086
行路难三首 / 1087
长相思三首 / 1089
上留田 / 1090
春日行 / 1091
前有樽酒行二首 / 1092
夜坐吟 / 1093
野田黄雀行 / 1093
箜篌谣 / 1094
雉朝飞 / 1095
上云乐 / 1095
夷则格上白鸠拂舞辞 / 1097
日出入行 / 1098
胡无人 / 1098
北风行 / 1099
独漉篇 / 1100
登高丘而望远海 / 1100
阳春歌 / 1101
杨叛儿 / 1102
双燕离 / 1102
山人劝酒 / 1103
于阗采花 / 1103
鞠歌行 / 1104
幽涧泉 / 1105
王昭君二首 / 1105
中山孺子妾歌 / 1106
荆州乐 / 1107
设辟邪伎鼓吹雉子班曲辞 / 1107
古有所思 / 1108
久别离 / 1108
采莲曲 / 1109
白头吟 / 1109
临江王节士歌 / 1111
司马将军歌 / 1111
君道曲 / 1112
结袜子 / 1113
白纻辞三首 / 1113
鸣雁行 / 1114
凤笙篇 / 1114
清平调词三首 / 1115
白鼻䯀 / 1115
猛虎行 / 1116
少年行二首 / 1117

捣衣篇 / 1118
襄阳歌 / 1119
江上吟 / 1120
侍从宜春苑，奉诏赋龙
　　池柳色初青，听新莺
　　百啭歌 / 1121
玉壶吟 / 1121
幽歌行上新平长史兄粲 / 1122
西岳云台歌送丹丘子 / 1123
元丹丘歌 / 1124
扶风豪士歌 / 1124
同族弟金城尉叔卿烛照
　　山水壁画歌 / 1126
白毫子歌 / 1126
梁园吟 / 1127
鸣皋歌送岑征君 / 1128
鸣皋歌奉饯从翁清归五
　　崖山居 / 1130
僧伽歌 / 1131
白云歌送刘十六归山 / 1131
金陵歌送别范宣 / 1132
劳劳亭歌 / 1132
金陵城西楼月下吟 / 1133
东山吟 / 1134
当涂赵炎少府粉图山水
　　歌 / 1134
峨眉山月歌送蜀僧晏入
　　中京 / 1135
赤壁歌送别 / 1136
江夏行 / 1136
怀仙歌 / 1137
酬殷佐明见赠五云裘歌 / 1138
临路歌 / 1139
草书歌行 / 1139
山鹧鸪词 / 1140

和卢侍御通塘曲 / 1141
赠郭将军 / 1142
驾去温泉官后赠杨山人 / 1142
赠裴十四 / 1143
上李邕 / 1144
述德兼陈情上哥舒大夫 / 1144
走笔赠独孤驸马 / 1145
醉后赠从甥高镇 / 1145
赠潘侍御论钱少阳 / 1146
流夜郎赠辛判官 / 1147
江上赠窦长史 / 1147
赠汉阳辅录事 / 1148
江夏赠韦南陵冰 / 1148
赠从弟南平太守之遥 / 1149
对雪醉后赠王历阳 / 1150
春日独坐寄郑明府 / 1151
寄王屋山人孟大融 / 1151
忆旧游寄谯郡元参军 / 1152
寄韦南陵冰，余江上乘
　　兴访之遇寻颜尚书，
　　笑有此赠 / 1154
庐山谣寄卢侍御虚舟 / 1155
自汉阳病酒归寄王明府 / 1156
早春寄王汉阳 / 1157
泾溪东亭寄郑少府谔 / 1157
梦游天姥吟留别 / 1158
留别于十一兄逖裴十三
　　游塞垣 / 1159
金陵酒肆留别 / 1160
南陵别儿童入京 / 1160
别山僧 / 1161
鲁郡尧祠送窦明府薄华
　　还西京 / 1162
单父东楼，秋夜送族弟
　　沈之秦，时凝弟在席 / 1163

灞陵行送别 / 1164
送羽林陶将军 / 1165
送程、刘二侍御兼独孤
　　判官赴安西幕府 / 1165
同王昌龄送族弟襄归桂
　　阳 / 1166
送别 / 1166
送族弟绾从军安西 / 1166
送祝八之江东赋得浣纱
　　石 / 1167
送萧三十一之鲁中兼问
　　稚子伯禽 / 1168
白云歌送友人 / 1168
送舍弟 / 1169
与诸公送陈郎将归衡阳 / 1169
宣州谢朓楼饯别校书叔
　　云 / 1170
酬宇文少府见赠桃竹书
　　筒 / 1171
早秋单父南楼酬窦公衡 / 1171
酬张司马赠墨 / 1171

酬中都小吏携斗酒双鱼
　　于逆旅见赠 / 1172
答王十二寒夜独酌有怀 / 1173
醉后答丁十八以诗讥予
　　捶碎黄鹤楼 / 1174
答杜秀才五松山见赠 / 1175
携妓登梁王栖霞山孟氏
　　桃园中 / 1176
把酒问月 / 1177
下途归石门旧居 / 1177
夜泊黄山闻殷十四吴吟 / 1178
观博平王志安少府山水
　　粉图 / 1179
观元丹丘坐巫山屏风 / 1179
暖酒 / 1180
对酒 / 1180
怨情 / 1181
思边 / 1181
代美人愁镜 / 1182
示金陵子 / 1182

卷十一 / 1183

杜工部七古·一百四十六首 / 1185

元都坛歌 / 1187
今夕行 / 1187
贫交行 / 1188
兵车行 / 1188
高都护骢马行 / 1189
天育骠骑歌 / 1190
白丝行 / 1191
秋雨叹三首 / 1192
叹庭前甘菊花 / 1193

醉时歌 / 1193
醉歌行 / 1194
送孔巢父谢病归游江东
　　兼呈李白 / 1195
饮中八仙歌 / 1196
曲江三章章五句 / 1197
丽人行 / 1198
乐游园歌 / 1199
渼陂行 / 1200

沙苑行 / 1201
骢马行 / 1201
去矣行 / 1202
奉先刘少府新画山水障
　　歌 / 1203
悲陈陶 / 1204
悲青坂 / 1205
哀江头 / 1205
哀王孙 / 1206
苏端薛复筵简薛华醉歌 / 1207
徒步归行 / 1208
逼仄行赠毕曜 / 1209
洗兵马 / 1210
病后遇王倚饮赠歌 / 1212
湖城东遇孟云卿，复归
　　刘颢宅宿，宴饮散因
　　为醉歌 / 1213
阌乡姜七少府设鲙戏赠
　　长歌 / 1214
戏赠阌乡秦少公短歌 / 1215
李鄠县丈人胡马行 / 1215
瘦马行 / 1216
早秋苦热堆案相仍 / 1217
乾元中寓居同谷县作歌
　　七首 / 1217
石笋行 / 1219
石犀行 / 1220
杜鹃行 / 1221
题壁画马歌 / 1222
戏题画山水图歌 / 1222
题李尊师松树障子歌 / 1223
戏为双松图歌 / 1223
投简成华两县诸子 / 1224
徐卿二子歌 / 1225
丈人山 / 1225

百忧集行 / 1226
戏作花卿歌 / 1226
入奏行 / 1227
楠树为风雨所拔叹 / 1228
茅屋为秋风所破歌 / 1228
渔阳 / 1229
黄河二首 / 1230
天边行 / 1230
大麦行 / 1231
苦战行 / 1231
去秋行 / 1232
观打鱼歌 / 1232
又观打鱼 / 1233
越王楼歌 / 1233
海棕行 / 1234
姜楚公画角鹰歌 / 1234
相从歌赠严二别驾 / 1235
光禄坂行 / 1236
陪王侍御同登东山最高
　　顶。宴姚通泉，晚携
　　酒泛江 / 1236
春日戏题恼郝使君兄 / 1237
短歌行 / 1237
短歌行 / 1238
桃竹杖引 / 1238
韦讽录事宅观曹将军画
　　马图 / 1239
丹青引 / 1241
严氏溪放歌行 / 1242
发阆中 / 1243
寄韩谏议 / 1243
忆昔二首 / 1244
冬狩行 / 1246
自平 / 1247
释闷 / 1248

阆山歌 / 1248
阆水歌 / 1249
三绝句 / 1249
莫相疑行 / 1250
青丝 / 1251
近闻 / 1251
蚕谷行 / 1252
折槛行 / 1252
引水 / 1253
古柏行 / 1253
缚鸡行 / 1254
负薪行 / 1255
最能行 / 1255
寄裴施州 / 1256
可叹 / 1257
观公孙大娘弟子舞剑器
　　行 / 1258
李潮八分小篆歌 / 1259
荆南兵马使太常卿赵公
　　大食刀歌 / 1260
王兵马使二角鹰 / 1261
狄明府 / 1262
秋风二首 / 1264
久雨期王将军不至 / 1264
别李秘书始兴寺所居 / 1265
虎牙行 / 1265
锦树行 / 1266
赤霄行 / 1267

前苦寒行二首 / 1268
后苦寒行二首 / 1268
晚晴 / 1269
复阴 / 1270
夜归 / 1270
寄柏学士林居 / 1271
寄从孙崇简 / 1271
醉为马坠诸公携酒相看 / 1272
君不见简苏徯 / 1273
大觉高僧兰若 / 1273
忆昔行 / 1273
魏将军歌 / 1274
白凫行 / 1275
朱凤行 / 1276
惜别行送向卿进奉端午
　　御衣之上都 / 1276
醉歌行赠公安颜少府请
　　顾八题壁 / 1277
夜闻觱篥 / 1277
发刘郎浦 / 1278
清明 / 1278
风雨看舟前落花戏为新
　　句 / 1279
岳麓山道林二寺行 / 1280
暮秋枉裴道州手札，率尔
　　遣兴寄递呈苏涣侍御 / 1281
岁暮行 / 1282
追酬故高蜀州人日见寄 / 1283

卷十二 / 1285

韩昌黎七古·七十八首 / 1287

琴操十首 / 1289
嗟哉董生行 / 1293

汴州乱 / 1294
利剑 / 1295

河之水二首寄子侄老成 / 1295
山石 / 1296
天星送杨凝郎中贺正 / 1296
汴泗交流赠张仆射 / 1297
忽忽 / 1298
鸣雁 / 1298
龙移 / 1299
雉带箭 / 1299
条山苍 / 1300
赠郑兵曹 / 1300
桃源图 / 1301
东方半明 / 1302
赠唐衢 / 1302
贞女峡 / 1303
赠侯喜 / 1303
古意 / 1304
八月十五夜赠张功曹 / 1304
谒衡岳庙遂宿岳寺题门
　楼 / 1306
岣嵝山 / 1307
永贞行 / 1308
李花赠张十一署 / 1309
杏花 / 1310
感春四首 / 1311
寒食日出游 / 1312
忆昨行和张十一 / 1314
刘生诗 / 1315
郑群赠簟 / 1316
丰陵行 / 1317
游青龙寺赠崔大补阙 / 1317
赠崔立之评事 / 1319

送区弘南归 / 1320
三星行 / 1321
剥啄行 / 1322
陆浑山火和皇甫湜用其
　韵 / 1322
和虞部卢四酬翰林钱七
　赤藤杖歌 / 1324
感春五首 / 1325
醉留东野 / 1327
李花二首 / 1327
寄卢仝 / 1328
酬司马卢四兄云夫院长
　望秋作 / 1330
谁氏子 / 1331
河南令舍池台 / 1332
石鼓歌 / 1332
赠刘师服 / 1334
听颖师弹琴 / 1334
卢郎中云夫寄示送盘谷
　子诗两章歌以和之 / 1335
月蚀诗效玉川子作 / 1336
射训狐 / 1338
短灯檠歌 / 1339
华山女 / 1340
雪后寄崔二十六丞公 / 1340
送僧澄观 / 1341
奉酬卢给事云夫四兄曲
　江荷花行见寄，并呈
　上钱七兄阁老、张十
　八助教 / 1342
记梦 / 1343

白香山七古·五十首 / 1345

新乐府 / 1347
七德舞 / 1347

法曲 / 1348
二王后 / 1349

海漫漫 / 1350
立部伎 / 1351
华原磬 / 1352
上阳人 / 1352
胡旋女 / 1354
折臂翁 / 1354
太行路 / 1356
司天台 / 1357
捕蝗 / 1357
昆明春 / 1358
城盐州 / 1359
道州民 / 1360
驯犀 / 1361
五弦弹 / 1362
蛮子朝 / 1363
骠国乐 / 1364
缚戎人 / 1365
骊宫高 / 1367
百炼镜 / 1368
青石 / 1368
两朱阁 / 1369
西凉伎 / 1370
八骏图 / 1371
涧底松 / 1372

牡丹芳 / 1373
红线毯 / 1374
杜陵叟 / 1375
缭绫 / 1376
卖炭翁 / 1377
母别子 / 1377
阴山道 / 1378
时世妆 / 1379
李夫人 / 1379
陵园妾 / 1380
盐商妇 / 1381
杏为梁 / 1382
井底引银瓶 / 1383
官牛 / 1384
紫毫笔 / 1384
隋堤柳 / 1385
草茫茫 / 1386
古冢狐 / 1387
黑潭龙 / 1387
天可度 / 1388
秦吉了 / 1388
鸦九剑 / 1389
采诗官 / 1390

卷十

李太白七古

一百五十七首

远别离〔一〕

远别离,古有皇英①之二女。
乃在洞庭之南,潇湘之浦。
海水直下万里深,谁人不言此离苦。
日惨惨兮云冥冥,猩猩啼烟兮鬼啸雨。我纵言之将何补?
皇穹②窃恐不照余之忠诚,雷凭凭兮欲吼怒。
尧舜当之亦禅③禹。
君失臣兮龙为鱼,权归臣兮鼠变虎。
或云尧幽囚,舜野死。
九疑④联绵皆相似,重瞳⑤孤坟竟何是。
帝子⑥泣兮绿云间,随风波兮去无还。
恸哭兮远望,见苍梧之深山。
苍梧山崩湘水绝,竹上之泪乃可灭。

〔一〕杂曲歌辞。

① 皇英:即皇英,古代传说帝尧二女,娥皇、女英的合称。② 皇穹:皇天,此指唐玄宗。③ 禅:禅让,将帝位让给贤能者。④ 九疑:山名,在今湖南宁远,相传舜死后葬于此处。⑤ 重瞳:一个眼睛里有两个瞳孔,此处指舜。⑥ 帝子:即帝尧之二女,娥皇、女英。

公无渡河〔一〕

黄河西来决昆仑,咆哮万里触龙门①。
波滔天,尧咨嗟。大禹理百川,儿啼不窥家。

杀湍堙洪水，九州始蚕麻。其害乃去，茫然风沙。

被发之叟狂而痴，清晨径〔二〕流欲奚为。

旁人不惜妻止之，公无渡河苦渡之。

虎可搏，河难冯，公果溺死流海湄。

有长鲸白齿若雪山，公乎公乎挂骨②于其间。

箜篌所悲竟不还。

〔一〕相和歌辞。　○《乐府诗集·箜篌引》序云：《箜篌引》一曰《公无渡河》。崔豹《古今注》曰：《箜篌引》者，朝鲜津卒霍里子高妻丽玉所作也。子高晨起刺船，有一白首狂夫，被发提壶乱流而渡，其妻随而止之，不及，遂堕河而死。于是援箜篌而歌曰："公无渡河，公竟渡河。堕河而死，当奈公何！"声甚凄惨。曲终，亦投河而死。子高还，以语丽玉。丽玉伤之，乃引箜篌而写其声，闻者莫不堕泪饮泣。丽玉以其曲传邻女丽容，名曰《箜篌引》。又有《箜篌谣》，不详所起，大略言结交当有终始，与此异也。　〔二〕径：一作临。

① 龙门：山名，在今陕西韩城。② 挂骨："骨"，或为"胃"之误，悬挂。

蜀道难〔一〕

噫吁嚱①，危乎高哉！

蜀道之难，难于上青天。

蚕丛及鱼凫②，开国何茫然。

尔来四万八千岁，不〔二〕与秦塞通人烟。

西当太白有鸟道③，何〔三〕以横绝峨眉巅。

地崩山摧壮士死，然后天梯石栈方〔四〕钩连。

上有六龙回日之高标〔五〕④，下有冲波逆折之回川。

黄鹤⑤之飞尚不得〔六〕，猿猱⑥欲度愁攀缘。

青泥何盘盘，百步九折萦岩峦。

扪参历井⑦仰胁息，以手抚膺⑧坐长叹。

问君西游何时还，畏途巉岩⑨不可攀。

但见悲鸟号古木⑩，雄飞雌从绕林间。

又闻子规啼夜月，愁空山。

蜀道之难，难于上青天，使人听此凋朱颜。

连峰去天不盈尺〔七〕，枯松倒挂倚绝壁。

飞湍暴流争喧豗⑪，砯崖⑫转石万壑雷。

其险也若此，嗟尔远道之人胡为乎来哉！

剑阁⑬峥嵘而崔嵬⑭。一夫当关，万人〔八〕莫开。

所守或匪亲〔九〕⑮，化为狼与豺。

朝避猛虎，夕避长蛇。

磨牙吮血，杀人如麻。

锦城⑯虽云乐，不如早还家。

蜀道之难，难于上青天，侧身西望长咨嗟⑰。

〔一〕讽章仇兼琼也。 ○相和歌辞。国藩按，《乐府解题》曰：《蜀道难》备言铜梁玉垒之阻，与《蜀国弦》颇同。《尚书谈录》曰：李白作《蜀道难》以罪严武，后陆畅作《蜀道易》以颂韦皋，而公所自注则曰讽章仇兼琼，或故乱其词耶？ 〔二〕不：一作乃。 〔三〕何：一作可。 〔四〕方：一作相。 〔五〕六龙回日之高标：一作横河断海之浮云。 〔六〕得：一作过。 〔七〕去天不盈尺：一作入烟几千尺。 〔八〕人：一作夫。 〔九〕亲：一作人。

① 噫（yī）吁（xū）嚱（xī）：惊叹声，表示惊讶。② "蚕丛"句：蚕丛、鱼凫（fú），相传为古蜀国的两位国王。③ 鸟道：只有鸟能飞过的道。④ 高标：可作标志的最高峰。⑤ 黄鹤：黄鹄。⑥ 猿

猱（náo）：猿猴。⑦ 扪参（shēn）历井：摸到参星、井星。参、井均为星宿名。⑧ 膺（yīng）：胸部。⑨ 巉（chán）岩：陡峭而险峻的山岩。⑩ 号（háo）古木：在古木中鸣叫。⑪ 喧豗（huī）：嘈杂喧闹之声。⑫ 砯（pīng）崖：水流撞击山崖之声。⑬ 剑阁：地名，在今四川剑阁北，是由陕入蜀的必经之道。⑭ 崔嵬（wéi）：形容山岭高峻。⑮ 匪（fěi）亲：不是亲近的人。⑯ 锦城：锦官城，成都别名。⑰ 咨（zī）嗟：叹息。

梁甫吟〔一〕

长啸梁甫吟，何时见阳春。
君不见，朝歌屠叟①辞棘津，八十西来钓渭滨。
宁羞白发照渌水，逢时壮〔二〕气思经纶②。
广张三千六百钓〔三〕③，风期暗与文王亲。
大贤虎变愚不测，当年颇似寻常人。
君不见，高阳酒徒④起草中，长揖山东隆淮公⑤。
入门开说〔四〕骋雄辩，两女辍洗来趋风。
东下齐城七十二，指麾楚汉如旋蓬。
狂客〔五〕落拓尚如此，何况壮士当群雄。
我欲攀龙⑥见明主，雷公砰訇⑦震天鼓。帝旁投壶多玉女。
三时大笑开电光，倏烁晦冥起风雨。
阊阖九门不可通，以额叩关阍者⑧怒。
白日不照吾精诚，杞国无事忧天倾。
猰貐⑨磨牙竞人肉，驺虞⑩不折生草茎。
手接飞猱搏雕虎，侧足焦原⑪未言苦。
智者可卷愚者豪，世人见我轻鸿毛。
力排南山三壮士，齐相杀之费二桃⑫。

吴楚弄兵无剧孟,亚夫咍尔为徒劳。

梁甫吟,声正悲。

张公两龙剑,神器合有时。

风云感会起屠钓,大人𡾰𡾰⑬当安之。

〔一〕相和歌辞。国藩按,李勉《琴说》言:曾子思其父母,撰《梁甫吟》。郭茂倩谓《梁甫吟》者,言人死葬此山,亦葬歌也。诸葛武侯之《梁甫吟》,似吊贤士之冤死。太白此诗,则抱才而专俟际会之时。　〔二〕壮:一作吐。　〔三〕钧:一作钓。〔四〕入门开说:一作一开游说。　〔五〕客:一作生。

① 朝歌屠叟:即姜子牙,吕氏,名尚,又称姜太公、太公望。② 经纶:治理国家。③ 三千六百钧:据说姜子牙在渭河边垂钓了十年才等到周文王,共三千六百日。④ 高阳酒徒:即郦食其(?—前20),陈留郡雍丘县高阳乡(今河南杞县)人,秦末楚汉时期儒生,说客。⑤ 隆准公:指刘邦。隆准,高鼻梁。⑥ 攀龙:指依附帝王将相建立功业。典出《后汉书·光武帝纪》。⑦ 砰訇(hōng):形容雷声洪亮。⑧ 阍(hū)者:天门的看守人。⑨ 猰貐(yà yǔ):即窫窳,神话中一种吃人的野兽。⑩ 驺(zōu)虞:神话中的一种仁兽。⑪ 焦原:古国莒国的一块巨石,下临深渊,人不敢近。见于《尸子》。⑫ "力排""齐相"二句:据《晏子春秋》载,春秋时,齐景公手下有公孙接、田开疆、古冶子三位勇士,他们勇武骄横。晏婴想除去这三人,便请景公将两个桃子赐予他们,让他们论功取桃,三勇士在争功之后羞愧自杀。⑬ 𡾰𡾰(niè wù):遭遇坎坷。

乌夜啼〔一〕

黄云城边乌欲栖,归飞哑哑①枝上啼。

机中织锦秦川女〔二〕②,碧纱如烟隔窗语。

停梭③怅然忆远人〔三〕④,独宿孤房〔四〕泪如雨〔五〕。

〔一〕清商曲辞。国藩按,郭集所引《唐书·乐志》《教坊记》皆云,宋彭城王义康闻乌夜啼,被赦而作此曲。今郭集所录诸诗,殊无及赦事者。 〔二〕一作闻中织妇秦家女。 〔三〕然:一作望。怅然忆远人:一作问人忆故夫。 〔四〕独宿孤房:一作独宿空堂,一作知在流沙。 〔五〕二句一作停梭向人问故夫,知在关西泪如雨。

① 哑哑:乌鸦啼叫的声音。② 秦川女:此指晋朝的苏蕙,据《晋书·列女传》载,苏蕙,字若兰,善属文,"滔苻坚时为秦州刺史,被徙流沙,苏氏思之,织锦为回文旋图诗以赠滔。宛转循环以读之,词甚凄惋,凡八百四十字"。③ 停梭:停下织布的工作。梭,梭子,即织布用的织梭。④ 远人:指远离家乡的丈夫。

乌栖曲〔一〕

姑苏台①上乌栖时,吴王②宫里醉西施。
吴歌楚舞欢未毕,青山犹衔半边日。
银箭金壶〔二〕③漏水多,起看秋月坠江波,东方渐高④奈乐〔三〕何。

〔一〕清商曲辞。 〔二〕银箭金壶:一作金壶丁丁。 〔三〕乐:一作尔。

① 姑苏台:在苏州城外的姑苏山上,始建于前505年,由吴王阖闾所筑,后经夫差续建,历时五年乃成。② 吴王:即夫差(前528—前473),姬姓,吴氏,姑苏(今江苏苏州)人,春秋时期吴国君主,吴王阖闾之子。③ 银箭金壶:即刻漏,古代的一种计时器。④ 东方渐高(hào):东方渐渐破晓。高,同"皜",白色。

战城南[一]

去年战，桑乾源①。今年战，葱河②道。
洗兵③条支④海上波，放马天山雪中草。
万里长征战，三军尽衰老。
匈奴以杀戮为耕作，古来唯见白骨黄沙田。
秦家筑城备胡处，汉家还有烽火然。
烽火然不息，征战[二]无已时。
野战格斗死，败马号鸣向天悲。
乌鸢啄人肠，衔飞上挂枯树枝[三]。
士卒涂草莽，将军空尔为。
乃知兵者是凶器，圣人[四]不得已而用之。

〔一〕鼓吹曲辞，汉铙歌。 〔二〕征战：一作长征。
〔三〕枯树枝：一作上枯枝。 〔四〕人：一作君。

① 桑乾源：即桑乾河，为永定河上游，海河的重要支流，位于河北西北部和山西北部。② 葱河：即葱岭河，在今新疆西南部，是塔里木河的支流。③ 洗兵：战争结束之后洗涤用过的兵器。④ 条支：汉代西域的一个古国。

将进酒[一]

君不见，黄河之水天上来，奔流到海不复回。
君不见，高堂明镜悲白发，朝如青丝暮成[二]雪。
人生得意须尽欢，莫使金樽空对月。
天生我材必有用[三]，千[四]金散尽还复来。

烹羊宰牛且为乐，会须一饮三百杯。

岑夫子①，丹丘生②，进酒君莫停〔五〕。

与君歌一曲，请君为我倾耳听。

钟鼓馔玉③不足贵〔六〕，但愿长醉不用〔七〕醒。

古来圣贤皆寂寞〔八〕④，唯有饮者留其名。

陈王⑤昔时〔九〕宴平乐⑥，斗酒十千⑦恣欢谑⑧。

主人何为言少钱，径须⑨沽酒对君酌〔十〕。

五花马，千金裘，呼儿将出换美酒，与尔同销万古愁。

〔一〕一作惜空樽酒。　〇鼓吹曲辞，汉铙歌。　〔二〕成：一作如。　〔三〕用：一作开。又云天生我身必有财；又作天生吾徒有俊材。　〔四〕千：一作黄。　〔五〕一作将进酒，杯莫停。　〔六〕一作玉帛岂足贵。　〔七〕用：一作复。〔八〕寂寞：一作死尽。　〔九〕时：一作日。　〔十〕一作且须沽酒共君酌。

① 岑夫子：李白的好友。李白有《送岑征君归鸣皋山》《酬岑勋见寻就元丹丘对酒相待以诗见招》等诗赠与。② 丹丘生：李白的好友。李白有《题元丹丘颖阳山居》《题嵩山逸人元丹丘居》《寻高凤石门山中元丹丘》等诗赠与。③ 钟鼓馔（zhuàn）玉：形容富贵豪华的生活。④ 寂寞：冷清。被世俗所冷落。⑤ 陈王：即曹植。⑥ 平乐（lè）：观名，汉明帝所建，在今河南洛阳。⑦ 斗酒十千：一斗酒价值十千钱，指名贵的酒。⑧ 恣欢谑（xuè）：尽情欢饮。⑨ 径须：干脆，只管。

行行且游猎篇〔一〕

边城儿，生平不读一字书，但知游猎夸轻趫①。

胡马秋肥宜白草，骑来蹑影②何矜骄〔二〕③。

金鞭拂雪挥鸣鞘④,半酣呼鹰出远郊。

弓弯〔三〕满月不虚发,双鸧⑤迸落连飞髇⑥。

海⑦边观者皆辟易⑧,猛气英风振沙碛⑨。

儒生不及游侠人,白首垂帷复何益。

〔一〕杂曲歌辞。郭集作《行行游且猎篇》。《乐府解题》曰:梁刘孝威《游猎篇》备言游行射猎之事,亦谓之《行行游且猎篇》。　〔二〕何矜骄:一作可怜骄。　〔三〕弓弯:一作弯弧。

① 轻趫(qiáo):轻捷。② 躅影:追逐日影,形容速度之快。③ 矜骄:洋洋自得的样子。④ 鞘(shāo):鞭子头上的细皮条。⑤ 鸧(cāng):即黄鹂。⑥ 髇(xiāo):用骨制的箭。⑦ 海:此指沙漠。⑧ 辟易:往后倒退。⑨ 沙碛:沙漠。

飞龙引二首〔一〕

黄帝铸鼎于荆山,炼丹砂。

丹砂成黄金,骑龙飞去太上家。云愁海思令人嗟。

宫中彩女颜如花,飘然挥手凌紫霞。从风纵体登銮〔二〕车。

登銮车,侍轩辕,遨游青天中,其乐不可言。

〔一〕琴曲歌辞。郭集录者二家。　〔二〕銮:一作鸾。

鼎湖流水清且闲。轩辕去时有弓剑,古人传道留其间。

后宫婵娟①多花颜。乘鸾②飞烟亦不还,骑龙攀天造天关。

造天关,闻天语。屯云河车③载玉女。

载玉女,过紫皇④,紫皇乃赐白兔所捣之药方。

后天而老凋三光⑤。下视瑶池见王母,蛾眉萧飒如秋霜。

① 婵娟：此指美女。② 乘鸾：比喻成仙。③ 屯云河车：仙人所乘的云车。④ 紫皇：道教传说中的神仙。⑤ 三光：古人以日、月、星为三光。

天马歌〔一〕

天马来出月支窟，背为虎文龙翼骨。
嘶青云，振绿发。兰筋①权奇走灭没。
腾昆仑，历西极，四足无一蹶②。
鸡鸣刷燕晡秣越，神行电迈蹑恍惚。
天马呼，飞龙〔二〕③趋。
目明长庚④臆双凫，尾如流星首渴乌⑤，口喷红光⑥汗沟珠。
曾陪时龙跃天衢，羁金⑦络月照星〔三〕都。
逸气棱棱凌九区，白璧如山谁敢沽。
回头笑紫燕⑧，但觉尔辈愚。
天马奔，恋君轩。驰跃⑨惊矫浮云翻。
万里足踟蹰，遥瞻阊阖门。
不逢寒风子⑩，谁采逸景⑪孙。
白云在青天，丘陵远崔嵬。
盐车上峻坂，倒行逆施畏日晚。
伯乐剪拂中道遗，少尽其力老弃之。
愿逢田子方⑫，恻然为我思〔四〕。
虽有玉山禾⑬，不能疗苦〔五〕肌。
严霜五月凋桂枝，伏枥衔冤摧两眉。
请君赎献穆天子，犹堪弄影舞瑶池。

〔一〕郊庙歌辞，汉郊祀歌中题。 〔二〕龙：一作黄。

〔三〕星：一作皇。　　〔四〕思：一作悲。　　〔五〕苦：一作我。

①兰筋：马目上部的筋名。②蹶：失蹄。③飞龙：此指骏马。④目明长庚：眼睛如长庚星般明亮。长庚，金星别名，古代称金星为太白，早晨出现在东方时叫启明，晚上出现在西方时叫长庚。⑤渴乌：古代引水车上用来灌水的竹筒。⑥口喷红光：贾思勰《齐民要术》："(兽)口中色欲得红白如火光为善材。"此指良马的样貌。⑦羁金：即金羁，饰有黄金的马络头。⑧紫燕：古代良马名。⑨𩣺（sǒng）跃：纵马腾跃。⑩寒风子：古代善相马者。⑪逸景：快马。⑫田子方：即田无择，字子方，魏国人。⑬玉山禾：生长在昆仑山的禾。

行路难三首〔一〕

金樽清酒斗十千，玉盘珍羞直万钱。
停杯投箸不能食，拔剑四顾心茫然。
欲渡黄河冰塞川，将登太行雪暗天〔二〕，
闲来垂钓坐〔三〕溪上，忽复乘舟梦日边。
行路难，行路难，多歧路，今安在。
长风破浪会有时，直挂云帆济沧海。

〔一〕第三首一作《古兴》。　　〇杂曲歌辞。《乐府解题》曰：《行路难》备言世路艰难及离别悲伤之意。　　〔二〕暗天：一作满山。　　〔三〕坐：一作碧。

大道如青天，我独不得出。
羞逐长安社中儿，赤鸡白狗〔一〕赌梨栗。
弹剑作歌奏苦声，曳裾王门不称情。

淮阴市井笑韩信,汉朝公卿忌贾生①。

君不见,昔时燕家重郭隗,拥篲②折节③无嫌猜。

剧辛乐毅感恩分,输肝剖胆效英〔二〕才。

昭王白骨萦蔓草,谁人更扫黄金台。

行路难,归去来!

〔一〕狗:一作雉。　　〔二〕英:一作俊。

① 贾生,即贾谊。② 拥篲(huì):拿着扫帚。篲,扫帚。③ 折节:降低身份。

有耳莫洗颍川水①,有口莫食首阳蕨②。

含光混世贵无名,何用孤高比云月。

吾观自古贤达人,功成不退皆殒身。

子胥既弃吴江上,屈原终投湘水滨。

陆机③雄才岂自保,李斯④税驾苦不早。

华亭鹤唳讵可闻,上蔡苍鹰何足道。

君不见,吴中张翰⑤称达生,秋风忽忆江东行。

且乐生前一杯酒,何须身后千载名。

① "有耳"句:据《高士传》载,尧请隐士许由出任九州长,许由认为弄脏了他的耳朵,便在颍川水中洗耳。此句化用该典故。② "有口"句,据《史记·伯夷列传》载,叔齐、伯夷认为武王伐讨违背大道,故隐居首阳山,以蕨菜度日,饿死在首阳山。此句化用该典故。③ 陆机(261—303):字士衡,吴郡吴县(今江苏苏州)人,西晋官员,擅属文。④ 李斯:秦国统一六国的大功臣,任秦朝丞相,后因谗言被杀。⑤ 张翰:字季鹰,吴县(今江苏苏州)人,西晋文学家,生性旷达。

李太白七古

长相思〔一〕三首

长相思，在长安。

络纬①秋啼金井栏，微〔二〕霜凄凄簟②色寒。

孤灯不明〔三〕思欲绝，卷帷望月空长叹。

美人如花〔四〕隔云端。上有青冥③之高天，下有渌水④之波澜。

天长路远魂飞苦，梦魂不到关山难。

长相思，摧心肝。

〔一〕杂曲歌辞。　○郭集：《古诗》曰："客从远方来，遗我一书札。上言长相思，下言久离别。"李陵诗曰："行人难久留，各言长相思。"苏武诗曰："生当复来归，死当长相思。"长者久远之辞，言行人久戍，寄书以遗所思也。《古诗》又曰："客从远方来，遗我一端绮。文采双鸳鸯，裁为合欢被。著以长相思，缘以结不解。"谓被中著绵，以致相思绵绵之意，故曰长相思也。又有《千里思》，与此相类。　〔二〕微：一作凝。　〔三〕明：一作寐，又作眠。　〔四〕美人如花：一作佳期迢迢。

① 络纬：虫名，即莎鸡，俗称络丝娘、纺织娘。② 簟（diàn）：竹席。③ 青冥：青色的天空。④ 渌（lù）水：清澈的水。

日色已尽花含烟，月明欲素愁不眠。

赵瑟初停凤凰柱，蜀琴欲奏鸳鸯弦。

此曲有意无人传，愿随春风寄燕然①。忆君迢迢隔青天。

昔日横波目，今成流泪泉。

不信妾肠断，归来看取明镜前。

① 燕然：山名，即今蒙古境内杭爱山，此处泛指塞北。

美人在时花满堂，美人去后空余床。

床中绣被卷不寝，至今三载犹闻香。

香亦竟不灭，人亦竟不来。

相思黄叶落，白露点青苔。

上留田〔一〕

行至上留田，孤坟何峥嵘。

积此万古恨，春草不复生。

悲风四边来，肠断白杨声。

借问谁家地，埋没蒿里茔。

古老向余言，言是上留田。蓬科马鬣今已平。

昔之弟死兄不葬，他人于此举铭旌①。

一鸟死，百鸟鸣。一兽走，百兽惊。

桓〔二〕山②之禽别离苦，欲去回翔不能征。

田氏仓卒骨肉分，青天白日摧紫荆。

交让之木本同形，东枝憔悴西枝荣。

无心之物尚如此，参商③胡乃寻天兵。

孤竹延陵，让国扬名。

高风缅邈，頹波激清。

尺布之谣，塞耳不能听。

〔一〕相和歌辞。　○郭集：《古今乐录》曰：王僧虔《技录》有《上留田行》，今不歌。崔豹《古今注》曰：上留田，地名也。人有父母死，不字其孤弟者，邻人为其弟作悲歌，以风其兄，故曰《上留田》。《乐府广题》曰：盖汉世人也。云："里中有啼儿，似类亲父子。回车问啼儿，慷慨不可止。"　〔二〕桓：

一作常。

①铭旌：竖在灵柩前标志死者官职和姓名的旗幡。②桓山，山名，在今江苏铜山。③参商：星宿名，即参星与商星，二星此出彼没。

春日行〔一〕

深宫高楼入紫清①，金作蛟龙盘绣楹〔二〕。
佳人当窗弄白日，弦将手语弹鸣筝。
春风吹落君王耳，此曲乃是升天行②。
因出天池泛蓬瀛③，楼船④蹙沓⑤波浪惊。
三千双蛾⑥献歌笑，挝钟考鼓⑦宫殿倾。万姓聚舞歌太平。
我无为，人自宁。
三十六帝⑧欲相迎，仙人飘翩下云軿⑨。
帝不去，留镐京⑩。
安能为轩辕，独往入窅冥。
小臣拜献南山寿，陛下万古垂鸿名⑪。

〔一〕杂曲歌辞。　〇鲍照《春日行》言春日泛舟饮酒，张籍《春日行》言春日入园赏花。太白此诗，言泛舟而不愿学仙。　〔二〕盘绣楹：一作绣作楹。

①紫清：道教传说中天帝居住的地方。②升天行：古乐府曲名。③蓬瀛：传说中远在东海的两座仙山蓬莱、瀛洲。④楼船：古代大型船只，因船高首宽、外观似楼而得名。⑤蹙（cù）沓（tà）：密集的样子。⑥三千双蛾：即三千宫女，极言宫女之多。⑦挝（zhuā）钟考鼓：敲钟，击鼓。⑧三十六帝：道家传说中的三十六

位天帝。⑨ 云軿（píng）：仙人所乘之车。軿，饰以帷幔的车子。⑩ 镐（hào）京：地名，西周国都，在今陕西西安。唐人常以周、汉来喻唐，此指唐朝的都城长安。⑪ 鸿名：大名，彰著的名声。

前有樽酒行二首〔一〕

春风东来忽相过，金樽①渌酒生微波。
落花纷纷稍觉多，美人欲醉朱颜酡②。
青轩③桃李能几何，流光欺人忽蹉跎。
君起舞，日西〔二〕夕。
当年意气不肯倾，白发如〔三〕丝叹何益。

〔一〕杂曲歌辞。 ○郭集作《前有一樽酒行》。此题郭集录者四家，大抵及时行乐之意。 〔二〕西：一作将。 〔三〕发如：一作首垂。

① 金樽：精美的酒器。② 酡（tuó）：因醉酒而面色发红。③ 青轩：豪华的车子。

琴奏龙门之绿桐①，玉壶美酒清若空②。
催弦拂柱③与君饮，看朱成碧④颜始红〔一〕。
胡姬貌如花，当垆⑤笑春风。
笑春风，舞罗衣。君今不醉欲安归。

〔一〕一作：眼白看杯颜色红。

①"琴奏"句：据说洛阳龙门山上的桐树高百尺而无枝，其木适合制琴。② 清若空：极言美酒之清澈。③ 催弦拂（bì）柱：上紧琴弦，调整弦柱，校正弦音。④ 看朱成碧：把红色看成绿色，形容醉后眼花。⑤ 当垆（lú）：卖酒。

夜坐吟 [一]

冬夜夜寒觉夜长,沉吟久坐坐北堂①。
冰合井泉月入闺,金釭青凝照悲啼。
金釭②灭,啼转多。
掩妾泪,听君歌。
歌有声,妾有情。
情声合,两无违。
一语不入意,从君万曲梁尘飞。

〔一〕杂曲歌辞。　○郭集录者三家。

① 北堂:古代居北的房屋,妇人的居处。② 金釭(gāng):铜制的灯盏。

野田黄雀行 [一]

游莫逐炎洲①翠,栖莫近吴宫燕。
吴宫火起焚尔窠,炎洲逐翠遭网罗。
萧条两翅蓬蒿下,纵有鹰鹯②奈若〔二〕何。

〔一〕相和歌辞。　○郭集:《古今乐录》曰:王僧虔《技录》有《野田黄雀行》,今不歌。《乐府解题》曰:晋乐奏东阿王"置酒高殿上"。始言丰膳乐饮,盛宾主之献酬;中言欢极而悲,嗟盛时不再;终言归于知命,而无忧也。《箜篌引》亦用此曲。按,汉鼓吹铙歌亦有《黄雀行》,不知与此同否。　〔二〕若:一作尔。

① 炎洲:地名,今海南琼州。② 鹯(zhān):一种似鹰的猛

禽,以燕雀为食。

箜篌谣[一]

攀天莫登龙,走山莫骑虎。
贵贱结交心不移,唯有严陵及光武①。
周公称大圣,管蔡宁相容②。
汉谣一斗粟,不与淮南舂。
兄弟尚路人[二],吾心安所从。
他人方寸间,山海几千重。
轻言托朋友,对面九疑峰③。
多花必早落,桃李不如松。
管鲍④久已死,何人继其踪。

〔一〕《续古词》亦曰引。国藩按,此六字必非太白所注,失之远矣。郭云:《箜篌谣》不详所起,大略言结交当有终始,与《公无渡河》之称《箜篌引》者迥异。 〔二〕路人:一作行路。

① 严陵及光武:严光,字子陵,会稽余姚人,少负盛名,与光武帝刘秀是同窗学友。光武帝即位时,归隐于富春江。②"周公""管蔡"二句:周公即周文王姬昌第四子,西周初期杰出的政治家、军事家和思想家。管蔡即管叔和蔡叔,周武王的弟弟。③ 九疑峰:即苍梧山,在今湖南宁远,相传舜死后葬于此处。④ 管鲍:指管仲和鲍叔牙。管仲(?—前645),姬姓,名夷吾,字仲,颍上(今安徽颍上)人,春秋时期齐国大臣。鲍叔牙(?—前644),姒姓,鲍氏,名叔牙,春秋时期齐国大臣。二人交好不疑,后人常用"管鲍"来比喻情谊深厚的朋友。

雉朝飞 [一]

麦陇青青三月时,白雉朝飞挟两雌。
锦衣绮翼何离褷①,犊牧采薪感之悲。
春天和,白日暖。
啄食饮泉勇气满,争雄斗死绣颈断。
雉子班奏急管弦,心倾美酒尽玉碗。
枯杨枯杨尔生荑②,我独七十而孤栖。
弹弦写恨意不尽,瞑目归黄泥。

〔一〕琴曲歌辞。 ○郭集录者七家。国藩按,《雉朝飞》,齐宣王时,处士泯宣年五十无妻,出见雉雌雄相随而作。

① 离褷(shī):鸟类羽毛初生的样子。② 荑:植物初生嫩芽。

上云乐 [一]

金天之西①,白日所没。
康老胡雏,生彼月窟②。
巉岩③容仪,戍削风骨。
碧玉皎皎双目瞳,黄金拳拳两鬓红。
华盖垂下睫,嵩岳临上唇。
不睹谲诡貌,岂知造化神。
大道是文康④之严父,元气乃文康之老亲。
抚顶弄盘古,推车转天轮。
云见日月初生时,铸冶火精与水银。
阳乌⑤未出谷,顾兔半藏身。

女娲戏黄土,团作愚下人。

散在六合⑥间,濛濛若沙尘。

生死了不尽,谁明此胡是仙真。

西海栽若木,东溟植扶桑。

别来几多时,枝叶万里长。

中国有七圣,半路颓鸿荒。

陛下⑦应运起,龙飞入咸阳。

赤眉⑧立盆子⑨,白水兴汉光。

叱咤四海动,洪涛为簸扬。

举足蹋紫微,天关自开张。

老胡感至德,东来进仙倡。

五色师子,九苞凤凰,

是老胡鸡犬,鸣舞飞帝乡。

淋漓飒沓,进退成行。

能胡歌,献汉酒。

跪双膝,并两肘。散花指天举素手。

拜龙颜,献圣寿。北斗戾,南山摧。

天子九九八十一万岁,长倾万岁〔二〕杯。

〔一〕老胡文康词。或云范云及周舍所作,今拟之。　○清商曲辞。郭集录者四家。　〔二〕岁:一作年。

① 金天之西:传说中太阳落下的地方。② 月窟:传说月亮的归宿处。③ 巉(chán)岩:陡峭而险峻的山岩。④ 文康:传说中的神仙,生自上古,能歌善舞,又善弄凤凰狮子。⑤ 阳乌:指代太阳。古代神话中,据说太阳中央有一只黑色的三足乌鸦。⑥ 六合:指上下和四方,泛指天下、宇宙。⑦ 陛下:即汉高祖刘邦(前256—前195),字季,沛县丰邑人(今江苏丰县),西汉开国之君,建立汉朝。⑧ 赤眉:新莽末以樊崇等为首的农民起义军,因以赤色涂眉为标志,故称。⑨ 盆子:即刘盆子(10—?),泰山

郡式国（今山东济宁）人，为西汉远支皇族。更始三年（25）六月，赤眉军领袖樊崇等拥立刘盆子为皇帝。

夷则格上白鸠拂舞辞〔一〕

铿鸣钟①，考朗鼓②。歌白鸠，引拂舞。
白鸠之白谁与邻，霜衣雪襟诚可珍。
含哺七子能平均，食不咽，性安〔二〕驯。
首农政，鸣阳春③。
天子刻玉杖，镂形赐耆人。
白鹭〔三〕亦白非纯真，外洁其色心匪仁。
阙五德④，无司晨⑤，胡为啄我葭⑥下之紫鳞⑦。
鹰鹯雕鹗⑧，贪而好杀。
凤凰虽大圣，不愿以为臣。

〔一〕舞曲歌辞。　○《古今乐录》曰：鞞、铎、巾、拂四舞，梁并夷则格钟磬鸠拂和。故白拟之为《夷则格上白鸠拂舞辞》云。　〔二〕安：一作可。　〔三〕鹭：一作鹰。

① 铿鸣钟：敲打钟。铿，撞。② 考朗鼓：击鼓。朗，发声响亮。③ 鸣阳春：每到农耕开始的阳春三月，白鸠就啼叫起来，提醒农人进行耕作。④ 阙五德：缺少鸡所拥有的文、武、勇、仁、信五种德行。《韩诗外传》载鸡五德，头戴冠者文也；足搏距者武也；敌在前敢斗者勇也；得食相告者仁也；守夜不失时者信也。⑤ 司晨：报晓。⑥ 葭：芦苇。⑦ 紫鳞：鱼。⑧ 鹰鹯（zhān）雕鹗：四种猛禽。

日出入行〔一〕

日出东方隈①,似从地底来。
历天又复入西海,六龙②所舍安在哉。
其始与终古不息〔二〕,人非元气,安得与之久徘徊。
草不谢荣于春风,木不怨落于秋天。
谁挥鞭策驱四运③,万物兴歇皆自然。
羲和羲和,汝奚汩没④于荒淫之波⑤。
鲁阳何德,驻景挥戈⑥。逆道违天,矫诬⑦实多。
吾将囊括大块⑧,浩然与溟涬⑨同科。

〔一〕相和歌辞。 ○郭集作《日出东南隅行》,录者十三家。 〔二〕一作其行终古不休息。

① 隈(wēi):古人常将山水等弯曲的地方称作隈,此指山的曲处。② 六龙:指太阳。③ 四运:指四季。④ 汩(gǔ)没:隐没。⑤ 荒淫之波:浩瀚的大海。⑥ "鲁阳""驻景"二句:鲁阳即鲁阳公,传说中的大力士。据《淮南子·冥览训》载,鲁阳公与韩国作战,正当激烈交战时,太阳落山了,鲁阳公举戈一挥,太阳又回升起来。⑦ 矫(jiáo)诬(wū):欺诈。⑧ 大块:指世界万物。⑨ 溟(mǐng)涬(xìng):天地未成之前,混沌一片的样子。

胡无人〔一〕

严风吹霜海①草凋,筋②干精坚胡马骄。
汉家战士三十万,将军兼领〔二〕霍嫖姚③。
流星白羽④腰间插,剑花秋莲光出匣。
天兵照雪下玉关⑤,虏箭如沙射金甲。

云龙风虎尽交回〔三〕，太白入月敌可摧。

敌可摧，旄头⑥灭，履胡之肠涉胡血。

悬胡青天上，埋胡紫塞旁。

胡无人，汉道昌。陛下之寿三千霜。

但歌大风⑦云飞扬，安用猛士兮守四方。

〔一〕相和歌辞。　　○郭集录者五家，大约皆努力破胡之意。　　〔二〕兼领：一作谁家。　　〔三〕尽：一作昼。

① 海：北方沙漠中的湖沼。② 筋：弓弦。③ 霍嫖姚：即霍去病（前140—前117），河东平阳（今山西临汾）人，西汉名将、大臣。④ 流星白羽：指弓箭。⑤ 玉关：即玉门关，故址在今甘肃敦煌。⑥ 旄头：昴星，二十八宿之一。⑦ 歌大风：汉高祖刘邦创作《大风歌》，原辞为"大风起兮云飞扬。威加海内兮归故乡。安得猛士兮守四方！"

北风行〔一〕

烛龙①栖寒门，光耀犹旦开。

日月照之何不及此〔二〕，唯有北风号怒天上来。

燕山雪花大如席，片片吹落轩辕台②。

幽州思妇十二月，停歌罢笑双蛾摧。

倚门望行人，念君长城苦寒良可哀。

别时提剑救边去，遗此虎文金鞞靫③。

中有一双白羽箭，蜘蛛结网生尘埃。

箭空在，人今战死不复回。

不忍见此物，焚之已成〔三〕灰。

黄河捧土尚可塞④，北风雨雪恨难裁〔四〕。

〔一〕杂曲歌辞。　○鲍照及太白皆言北风雨雪而行人不归。
〔二〕一作日月之赐不及此。　〔三〕已成：一作以为。　〔四〕哉：一作哉。

① 烛龙：神话传说中的龙。② 轩辕台：为纪念轩辕黄帝而修筑，故址在今河北怀来。③ 鞞（bǐng）靫（chá）：箭袋。④ "黄河"句：此句谓黄河可塞，与下句对比，以见遗恨难消。

独漉篇〔一〕

独漉水中泥，水浊不见月。
不见月尚可，水深行人没。
越鸟从南来，胡雁亦北度。
我欲弯弓向天射，惜其中道失归路。
落叶别树，飘零随风。客无所托，悲与此同。
罗帷舒卷，似有人开。明月直入，无心可猜。
雄剑挂壁，时时龙鸣。不断犀象，羞涩苔生。
国耻①未雪，何由成名。神鹰梦泽，不顾鸱鸢。
为君一击，搏鹏九天。
〔一〕舞曲歌辞。

① 国耻：指安史之乱。

登高丘而望远海〔一〕

登高丘，望远海。
六鳌骨已霜，三山流安在？

扶桑①半摧折，白日沉光彩。
银台金阙如梦中，秦皇汉武空相待。
精卫②费木石，鼋鼍无所凭。
君不见，骊山茂陵③尽灰灭，牧羊之子来攀登。
盗贼劫宝玉，精灵竟何能。
穷兵黩武今如此，鼎湖④飞龙安可乘。

〔一〕相和歌辞。

① 扶桑：传说中的一种神树，长在太阳出来的地方。② "精卫"句：此处用"精卫填海"的典故。精卫鸟，常衔西山之木石，以填东海。③ 骊山茂陵：秦始皇葬于骊山，在今陕西临潼东南；汉武帝葬于茂陵，在今陕西兴平东北。④ 鼎湖：在今河南灵宝，相传黄帝曾在此采铜铸鼎。

阳春歌〔一〕

长安白日照春空，绿杨结烟桑〔二〕袅风。
披香殿①前花始红，流芳发色绣户中。
绣户中，相经过。
飞燕皇后②轻身舞，紫宫夫人③绝世歌。
圣君三万六千日，岁岁年年奈乐何。

〔一〕清商曲辞。　○郭集录者六家。　〔二〕桑：一作垂。

① 披香殿：汉代宫殿名。② 飞燕皇后：汉成帝皇后赵飞燕，此指唐皇的宫女。③ 紫宫夫人：指汉武帝李夫人，善歌舞，武帝爱之。此指唐皇的宫女。

杨叛儿[一]

君歌杨叛儿，妾劝新丰酒①。
何许最关人，乌啼白门②柳。
乌啼隐杨花，君醉留妾家。
博山炉③中沈香火，双烟一气凌紫霞。

〔一〕清商曲辞。　○郭集录者四家。郭集：《唐书·乐志》曰：《杨伴儿》本童谣歌也，齐隆昌时女巫之子曰杨旻，少时随母入内，及长为何后宠。童谣云：杨婆儿，共戏来所欢。语讹，遂成杨伴儿。《古今乐录》曰：《杨叛儿》送声云："叛儿教侬不复相思。"

① 新丰酒：指美酒。新丰，地名，在今陕西临潼，六朝以来以产美酒而著名。② 白门：原为南朝宋都城建康（今江苏南京）宣阳门的俗称，后用来指代南京。③ 博山炉：古代的香炉名，因香炉表面有重叠山形的装饰，炉中焚香，烟气缭绕如传说中的仙山"博山"，故名。

双燕离[一]

双燕复双燕，双飞令人羡。
玉楼珠阁不独栖，金窗绣户常相见。
柏梁失火去，因入吴王宫。
吴宫又焚荡，雏尽巢亦空。
憔悴一身在，孀雌忆故雄。
双飞难再得，伤我寸心中。

〔一〕琴曲歌辞。　○郭集录者三家。

山人劝酒 [一]

苍苍云松,落落绮皓①。
春风尔来为阿谁,胡蝶忽然满芳草。
秀眉霜雪桃花貌,青髓绿发长美好。
称是秦时避世人,劝酒相欢不知老。
各守兔[二]鹿志②,耻随龙虎争。
欻③起佐[三]太子,汉皇乃复惊。
顾谓戚夫人,彼翁羽翼成。
归来商山下,泛若云无情。
举觞酹巢由④,洗耳何独[四]清。
浩歌望嵩岳,意气还[五]相倾⑤。

〔一〕琴曲歌辞。　〔二〕兔:一作麋。　〔三〕佐:一作安。　〔四〕独:一作太。　〔五〕还:一作遥。

①绮皓:即绮里季吴实,与东园公唐秉、夏黄公崔广、甪(lù)里周术合称"商山四皓"。他们在秦世隐居山林,后受到太子刘盈的聘请而出山。②鹿志:隐居山野的志向。鹿栖息于山野,古人常用与鹿为伴代指归隐山林。③欻(xū):忽然,突然。④巢由:巢父、许由的合称,上古时的隐者。尧曾让位于二人,皆不受。⑤相倾:意气相投。

于阗①采花 [一]

于阗采花人②,自言花相似。
明妃③一朝西入胡,胡中美女多羞死。
乃知汉地多名姝④,胡中无花可方比。

丹青能令丑者妍,无盐⑤翻在深宫里。

自古妒蛾眉,胡沙埋皓齿。

〔一〕杂曲歌辞。　　○郭集录者二家。

① 于阗(tián):今新疆和田一带。② 采花人:为国君挑选美女之人。③ 明妃:即王昭君(前54—前19),名嫱,字昭君,南郡秭归(今湖北宜昌)人,以貌美著称。晋人避司马昭讳,称"明君",后人遂称"明妃"。④ 名姝(shū):美女。⑤ 无盐:战国时齐宣王后钟离春,貌丑。

鞠歌行〔一〕

玉不自言如桃李,鱼目笑之卞和①耻。

楚国青蝇②何太多,连城白璧遭谗毁。

荆山长号泣血人,忠臣死为刖足鬼。

听曲知宁戚③,夷吾④因小妻。

秦穆五羊皮,买死百里奚⑤。

洗拂青云上,当时贱如泥。

朝歌鼓刀叟,虎变磻溪中。

一举钓六合,遂荒营丘东。

平生渭水曲,谁识此老翁。

奈何今之人,双目送飞鸿。

〔一〕相和歌辞。　　○郭集录者四家。按,《鞠歌行》言知己难逢之意。郭集:《古今乐录》曰:王僧虔《技录》:平调又有《鞠歌行》,今无歌者。陆机序曰:按汉宫阁有含章鞠室、灵芝鞠室。后汉马防第宅卜临道,连阁通池,鞠城弥于街路。鞠歌将谓此也。又东阿王诗:连骑击壤,或谓蹵鞠乎!三言七言,虽奇宝名器,不遇知己,终不见重,愿逢知己,以托意焉。

① 卞和：春秋时楚国人，其在荆山发现一块璞玉，先后献给楚厉王、楚武王，君王都以为他在欺诈，先后截去他的双脚，楚文王即位后，卞和抱璞哭于荆山下，文王下令玉工加工，果得美玉，世称"和氏璧"。② 青蝇：比喻那些向君主进谗言的人。③ 宁戚：春秋时齐国人。④ 夷吾：管仲的小名。⑤ 百里奚：春秋时秦国的大夫。

幽涧泉〔一〕

拂彼白石，弹吾素琴。
幽涧愀①兮流泉深，善手明徽高张清。
心寂历②似千古，松飕飗兮万寻。
中见愁猿吊影而危处兮，叫秋木而长吟。
客有哀时失志而听者，泪淋浪以沾襟。
乃缉商缀羽，潺湲成音。
吾但写声发愤于妙指，殊不知此曲之古今。
幽涧泉，鸣深林。

〔一〕琴曲歌辞。

① 愀（qiǎo）：忧愁的样子。② 寂历：寂寞。

王昭君二首〔一〕

汉家秦地月，流影照〔二〕明妃。
一上玉关道，天涯去不归。

汉月还从东海〔三〕出，明妃西嫁无来日。

燕支①长寒雪作花，娥眉憔悴没胡沙。

生乏黄金枉图画②，死留青冢③使人嗟。

〔一〕一作昭君怨。　　○相和歌辞。郭集录者二十一家。
〔二〕照：一作送。　〔三〕海：一作方。

① 燕支：泛指边地。② 枉图画：被图画冤枉，此指画工把王昭君画得很丑。③ 青冢：指王昭君墓，在今内蒙古呼和浩特。

昭君拂玉鞍，上马啼红颊。

今日汉宫人，明朝胡地妾。

中山孺子妾歌〔一〕

中山孺子妾，特以色见珍。

虽不如延年妹①，亦是当时绝世人。

桃李出深井，花艳惊上春。

一贵复一贱，关天岂由身。

芙蓉老秋霜，团扇羞网尘。

戚姬髡剪入舂市②，万古共悲辛。

〔一〕杂歌谣辞。　　○郭集：《汉书》曰：诏赐中山靖王子哙及孺子妾冰、未央才人歌诗四篇。如淳曰：孺子，幼少称孺子。妾，宫人也。颜师古曰：孺子，王妾之有品号者。妾，王之众妾也。冰，其名。才人，天子内官。按，此谓以歌诗赐中山王及孺子妾、未央才人等尔。累言之，故云及也。而陆厥作歌，乃谓之中山孺子妾，失之远矣。《艺文志》又曰：《临江王》及《愁思节士》歌诗四篇，《李夫人》及《幸贵人》歌诗三篇，亦皆累辞也。国藩按，如郭之说，则靖王子哙也，孺子妾冰也，未央才人也，三者平列。陆厥及太白词皆失之,然则古词之郢书燕说者亦多矣。

① 延年妹:即李夫人,汉武帝刘彻的宠妃。② 戚姬句:汉高祖驾崩后,其宠妃戚夫人被吕后剪秃了头发,被罚舂米。髡(kūn),剃发,为古代刑罚名。

荆州乐〔一〕

白帝城边足风波,瞿塘五月谁敢过。
荆州麦熟茧成蛾,缲丝忆君头绪多。
拨谷飞鸣奈妾何。

〔一〕杂曲歌辞。　○郭云:《荆州乐》盖出于清商曲之《江陵乐》。荆州即江陵也。又有《纪南歌》,亦出于此。

设辟邪仗鼓吹雉子班曲辞〔一〕

辟邪仗作鼓吹惊,雉子班之奏曲成。
喔咿振迅欲飞鸣。扇锦翼,雄风生。
双雌同饮啄,趫悍①谁能争。
乍向草中耿介死,不求黄金笼下生。
天地至广大,何惜遂物情〔二〕。
善卷让天子,务光亦逃名。
所贵旷士怀,朗然合太清。

〔一〕鼓吹曲辞。　○郭集录者四家。　〔二〕鼓吹曲皆军中之乐。"耿介死"四句，亦烈士报国之志也。

① 趫（qiáo）悍：矫捷勇猛。

古有所思〔一〕

我思仙〔二〕人，乃在碧海之东隅。
海寒多天风，白波连山〔三〕倒蓬壶。
长鲸喷涌不可涉，抚心茫茫泪如珠。
西来青鸟①东飞去，愿寄一书谢麻姑②。

〔一〕鼓吹曲辞。　○郭集录者二十四家，大抵皆思妇之词。　〔二〕仙：一作佳。　〔三〕山：一作天。

① 青鸟：神话传说中西王母的使者。② 麻姑：神话人物，传说为建昌人，自言"已见东海三为桑田"。

久别离〔一〕

别来几春未还家，玉窗五见樱桃花。
况有锦字书，开缄①使〔二〕人嗟。
至此肠断彼心绝，云鬟绿鬓罢揽结。愁如回飙②乱白雪。
去年寄书报阳台，今年寄书重相催。
胡为东风，为我吹行云使西来。
待来竟不来，落花寂寂委青苔。

〔一〕杂曲歌辞。　　○郭集：与《远别离》《长别离》为类。
〔二〕使：一作令。

① 缄：书信。② 回飙：旋风。

采莲曲〔一〕

若耶溪①傍采莲女，笑隔荷花共人语。
日照新妆水底明，风飘香袖空中举。
岸上谁家游冶郎②，三三五五映垂杨。
紫骝③嘶入落花去，见此踟蹰空断肠。

〔一〕清商曲辞。　　○郭集录者二十二家。

① 若耶溪：在今浙江绍兴，传说西施浣纱处。② 游冶郎：外出寻欢作乐的青年男子。③ 紫骝：良马名。

白头吟〔一〕

锦水东流碧，波荡双鸳鸯。
雄巢汉宫树，雌弄秦草芳。
相如去蜀谒武帝，赤车驷马生辉光。
一朝再览大人作，万乘忽欲凌云翔。
闻道阿娇①失恩宠，千金买赋②要君王。
相如③不忆贫贱日，官高金多聘私室。
茂陵④姝子皆见求，文君⑤欢爱从此毕。

泪如双泉水,行堕紫罗襟。

五起鸡三唱,清晨白头吟。

长吁不整绿云鬟,仰诉青天哀怨深。

城崩杞梁妻,谁道土无心。

东流不作西归水,落花辞枝羞故林。

头上玉燕钗,是妾嫁时物。

赠君表相思,罗袖幸时拂。

莫卷龙须席,从他生网丝,

且留琥珀枕,还有梦来时。

鹔鹴裘⑥在锦屏上,自君一挂无由〔二〕披。

妾有秦楼镜⑦,照心胜照井。

愿持照新人,双对可怜影。

覆水却收不满杯,相如还谢文君回。

古来得意不相负,只今唯有青陵台。

〔一〕相和歌辞。　　○郭集录者六家。郭集:《古今乐录》曰:王僧虔《技录》曰:《白头吟》,行歌,古"皑如山上雪"篇。《西京杂记》曰:司马相如将聘茂陵人女为妾,卓文君作《白头吟》以自绝,相如乃止。《乐府解题》曰:古辞云:"皑如山上雪,皎若云间月。"又云:"愿得一心人,白头不相离。"始言良人有两意,故来与之相决绝。次言别于沟水之上,叙其本情。终言男儿重意气,何用钱刀为。若宋鲍照"直如朱丝绳",陈张正见"平生怀直道",唐虞世南"气如幽径兰",皆自伤清直芬馥,而遭铄金玷玉之谤,君恩以薄,与古文近焉。一说云:《白头吟》疾人相知以新间旧,不能至于白首,故以为名。唐元稹又有《决绝词》,亦出于此。　　〔二〕由:一作人。

① 阿娇:即孝武陈皇后,汉武帝刘彻的第一任皇后。② 千金买赋:传说陈皇后失宠后,曾花费千金托司马相如作赋。③ 相如:即司马相如(前179—前118),字长卿,西汉文士,擅辞赋。④ 茂陵:汉武帝刘彻的陵寝,在今陕西兴平。⑤ 文君:指卓文君,司

马相如之妻。⑥ 鹔（sù）鹴（shuāng）裘：相传司马相如所著的裘衣，由鹔鹴鸟的皮制成。⑦ 秦楼镜：据《西京杂记》载，咸阳宫有方镜，"广四尺，高五尺九寸，表里有明。人直来照之，影则倒见。以手扪心而来，则见肠胃五脏，历然无碍。人有疾病在内，则掩心而照之，则知病之所在。又女子有邪心，则胆张心动。秦始皇常以照宫人，胆张心动者则杀之"。

临江王节士歌〔一〕

洞庭白波木叶稀，燕雁始入吴云飞。
吴云寒，燕雁苦，风号沙宿潇湘浦。
节士感秋泪如雨。白日当天心，照之可以事明主。
壮士〔二〕愤，雄〔三〕风生。
安得倚天剑①，跨海斩长鲸②。

〔一〕《汉书·艺文志》云：《临江王》及《愁思节士》歌诗四篇。是《临江王》也，《愁思节士》也，二者平列，陆厥及太白之词皆失之。庾信赋云：临江王有愁思之歌。亦失之矣。
〔二〕士：一作气。　〔三〕雄：一作寒。

① 倚天剑：长剑。② 长鲸：本指身形长大的鲸鱼，后多用来指强大的敌寇。

司马将军歌〔一〕

狂风吹古月，窃弄①章华台。
北落②明星动光彩，南征猛将如云雷〔二〕。

手中电曳〔三〕倚天剑③,直斩长鲸海水开。
我见楼船壮心目,颇似龙骧下三蜀。
扬兵习战张虎旗,江中白浪如银屋。
身居玉帐④临河魁,紫髯若戟冠崔嵬。
细柳开营揖天子,始知灞上为婴孩。
羌笛横吹阿㜆⑤回,向月楼中吹落梅。
将军自起舞长剑,壮士呼声动九垓。
功成献凯见明主,丹青画像麒麟台。

〔一〕代陇上健儿陈安。按,刘曜之将平先破陈安于陇上,安部下为《陇上歌》。太白作此拟之,而无悲伤壮士战死之意,未详何说。　〔二〕一作南方有事将军来。　〔三〕电曳:一作曳电。

① 窃弄:指叛乱。② 北落:星名,即北落师门星。古代以其明暗占验军队安危。③ 倚天剑:极言剑之长。④ 玉帐:主帅所居的军帐。⑤ 阿㜆(duǒ)回:羌族乐曲名。

君道曲〔一〕

大君①若天覆②,广运无不至。
轩后③爪牙④常先太山稽,如心之使臂。
小白鸿翼于夷吾,刘葛鱼水本无二。
土扶可成墙,积德为厚地。

〔一〕梁之雅歌有五篇,今作一章。　○清商曲辞。

① 大君:天子,君主。② 天覆:像上天那样覆盖万物,多用来颂赞帝王仁德。③ 轩后:指轩辕黄帝。④ 爪牙:此指守护国家的武将。

结袜子 〔一〕

燕南壮士①吴门豪②,筑中置铅鱼隐刀。
感君恩重许君命,太山一掷轻鸿毛③。

〔一〕杂曲歌辞。按,《汉书》:王生使张释之结袜,而释之名愈重。太白此辞大抵言感恩之重,而以命相许也。

① 燕南壮士:指战国时期燕国壮士高渐离。② 吴门豪:指春秋时期吴国刺客专诸。③"太山"句:化用司马迁《报任安书》中"人固有一死,或重于泰山,或轻于鸿毛,用之所趋异也"之句。太山,即泰山。

白纻辞三首 〔一〕

扬清歌〔二〕,发皓齿,北方佳人东邻子。
旦吟白纻停绿水,长袖拂面为君起。
寒云夜卷霜海空,胡风吹天飘塞鸿。
玉颜满堂乐未终,馆娃日落歌吹濛。

〔一〕舞曲歌辞。　○郭集《白纻曲》《白纻歌》《白纻辞》录者共十四家。　〔二〕歌:一作音。

月寒江清夜沉沉,美人一笑千黄金。
垂罗舞縠扬哀音,郢中白雪且莫吟,子夜吴歌动君心。
动君心,冀君赏。
愿作天池双鸳鸯,一朝飞去青云上。

吴刀①剪彩〔一〕缝舞衣,明妆丽服夺春辉,扬眉转袖若雪飞。

倾城独立世所稀,激楚结风醉忘归。

高堂月落烛已微,玉钗挂缨君莫违。

〔一〕彩:一作绮。

① 吴刀:吴地出产的剪刀。

鸣雁行〔一〕

胡雁鸣,辞燕山,昨发委羽①朝度关。

一一衔芦枝,南飞散落天地间,连行接翼往复还。

客居烟波寄湘吴,凌霜触雪毛体枯。

畏逢矰缴②惊相呼,闻弦虚坠良可吁。君更弹射何为乎。

〔一〕杂曲歌辞。　〇郭集录者六家。

① 委羽:指北方、北地。② 矰(zēng)缴(zhuó):指弓箭。矰是用绳子拴着的箭,缴是拴着箭的绳子。

凤笙篇

仙人十五爱吹笙,学得昆丘彩凤鸣。

始闻炼气飡金液①,复道朝天赴玉京②。

玉京迢迢几千里,凤笙去去无穷已。

欲叹离声发绛唇,更嗟别调流纤指。

此时惜别讵堪闻，此地相看未忍分。
重吟真曲和清吹，却秦仙歌响绿云。
绿云紫气向函关，访道应寻缑氏山。
莫学吹笙王子晋，一遇浮丘断不还。

① 金液：古代方士炼的一种丹液，传说服用之后可以成仙。
② 玉京：传说元始天尊居处。道家认为元始天尊居住于玉京山，山顶巅峰之处有玉虚宫。

清平调词三首

云想衣裳花想容，春风拂槛露华浓。
若非群玉山头见，会向瑶台月下逢。

一枝红艳露凝香，云雨巫山枉断肠。
借问汉宫谁得似，可怜飞燕倚新妆。

名花倾国两相欢，长得君王带笑看。
解释春风无限恨，沉香亭北倚阑干。

白鼻䯄〔一〕①

银〔二〕鞍白鼻䯄，绿地障泥锦。
细雨春风花落时〔三〕，挥鞭直就胡姬饮。

〔一〕横吹曲辞。　○郭集录者二家。　〔二〕银：一作金。　〔三〕一作春风细雨花落时。

① 䯀（guā）：黑嘴的黄马。

猛虎行〔一〕

朝作猛虎行，暮作猛虎吟〔二〕。
肠断非关陇头水，泪下不为雍门琴。
旍旌〔三〕缤纷两河道，战鼓惊山欲倾倒。
秦人半作燕地囚，胡马翻衔洛阳草。
一输一失关下兵，朝降夕叛幽蓟城。
巨鳌未斩海水动，鱼龙奔走安得宁。
颇似楚汉时，翻覆无定止。
朝过博浪沙①，暮入淮阴市②。
张良未遇韩信贫，刘项存亡在两臣。
暂到下邳受兵略，来投漂母作主人。
贤哲栖栖古如此，今时亦弃青云士。
有策不敢犯龙鳞，窜身南国避胡尘。
宝书玉剑挂高阁，金鞍骏马散故人。
昨日方为宣城客，掣铃交通二千石③。
有时六博快壮心〔四〕，绕床三匝呼一掷。
楚人每道张旭奇，心藏风云世莫知。
三吴邦伯皆〔五〕顾眄，四海雄侠两追随〔六〕。
萧曹曾作沛中吏③，攀龙附凤当有时。
溧阳酒楼三月春，杨花茫茫〔七〕愁杀人。

胡雏绿眼吹玉笛，吴歌白纻飞梁尘。

丈夫相见[八]且为乐，槌牛挝鼓会众宾。

我从此去钓东海，得鱼笑寄情相亲。

〔一〕行：一作吟。　○相和歌辞。郭集录者十家。国藩按，《猛虎行》多言不以艰险改节，太白此诗则自伤不遇耳。〔二〕一作行亦猛虎吟，坐亦猛虎吟。　〔三〕旌旌：一作旌旗。〔四〕快壮心：一作快寸心。　〔五〕皆：一作多。　〔六〕两追随：一作皆相推。　〔七〕茫茫：一作漠漠。　〔八〕相见：一作到处。　○"旌旌"以下八句，叙述安史之乱。"颇似楚汉时"以下十句，借张韩以自喻。"有策不敢犯龙鳞"以下，则自叙其落魄不偶。宣城、溧阳，皆其所经之地也。

① 博浪沙：地名，在今河南原阳，张良曾在此命人刺杀秦始皇。② 淮阴市：地名，在今江苏淮安，韩信曾于此受胯下之辱。③ "萧曹"句：萧何（？—前193），沛郡丰邑（今江苏丰县）人，西汉开国功臣，曾担任沛县主吏掾。曹参（？—前189），字敬伯，泗水沛县（今江苏沛县）人，西汉开国功臣，曾担任沛县狱掾。

少年行二首[一]

五陵①年少金市东，银鞍白马度春风。

落花踏尽游何处，笑入胡姬酒肆中。

① 五陵：即五陵原，位于咸阳北部，因其原高土厚，地势开阔，成为汉代的皇家陵墓区。因高祖长陵、惠帝安陵、景帝阳陵、武帝茂陵、昭帝平陵五个陵皆位于此，故名"五陵"。

君不见，淮南少年游侠客，白日球猎夜拥掷。

呼卢百万终不惜，报仇千里如咫尺。

少年游侠好经过,浑身装束皆绮罗。
兰蕙相随喧妓女,风光去处满笙歌。
骄矜自言不可有,侠士堂中养来久。
好鞍好马乞与人,十千五千旋沽酒。
赤心用尽为知己,黄金不惜栽桃李。
桃李栽来几度春,一回花落一回新。
府县尽为门下客,王侯皆是平交人。
男儿百年且乐命,何须徇书受贫病。
男儿百年且荣身,何须徇节甘风尘。
衣冠半是征战士,穷儒浪作林泉民。
遮莫①枝根长百丈,不如当代多还往。
遮莫亲姻连帝城,不如当身自簪缨。
看取富贵眼前者,何用悠悠身后名。

〔一〕杂曲歌辞。　○郭集录者十四家。

① 遮莫:莫要,不必。

捣衣篇

闺里佳人年十余,嚬蛾①对影恨离居。
忽逢江上春归燕,衔得云中尺素书。
玉手开缄长叹息,狂夫犹戍交河②北。
万里交河水北流,愿为双鸟泛中洲。
君边云拥青丝骑,妾处苔生红粉楼。
楼上春风日将歇,谁能揽镜看愁发。

晓吹员管③随落花，夜捣戎衣向明月。
明月高高刻漏④长，真珠帘箔⑤掩兰堂。
横垂宝幄⑥同心结，半拂琼筵苏合香。
琼筵宝幄连枝锦，灯烛荧荧照孤寝。
有使凭将金剪刀，为君留下相思枕。
摘尽庭兰不见君，红巾拭泪坐氤氲。
明年若更征边塞，愿作阳台一段云。

○ 以上乐府。

① 嚬（pín）蛾：皱眉。② 交河：地名，在今新疆吐鲁蕃西北。又河流名，源出天山。水流于交河故城。③ 员管：即"筼管"，一种吹奏乐器。④ 刻漏：古代的一种计时器。⑤ 帘箔（bó）：帘子。⑥ 幄（wò）：帷帐。

襄阳歌

落日欲没岘山①西，倒著接䍦〔一〕花下迷。
襄阳小儿齐拍手，拦街争唱白铜鞮。
傍人借问笑何事，笑杀山公②醉似泥。
鸬鹚杓③，鹦鹉杯。
百年三万六千日，一日须倾三百杯。
遥看汉水鸭头绿，恰似蒲萄初酦醅④。
此江若变作春酒，垒麴便筑糟丘台。
千金骏马换少妾，醉坐雕鞍歌落梅。
车傍侧挂一壶酒，凤笙龙管行相催。
咸阳市中叹黄犬，何如月下倾金罍⑤。

君不见，晋朝羊公⑥一片古碑材，龟头剥落生莓苔。

泪亦不能为之堕，心亦不能为之哀。

谁能忧彼身后事，金凫银鸭葬死灰。

清风朗月不用一钱买，玉山自倒非人推。

舒州⑦杓，力士铛〔二〕⑧，李白〔三〕与尔同死生。

襄王云雨今安在，江水东流猿夜声。

〔一〕一作行客辞归。　〔二〕一作黄金爵，白玉瓶。
〔三〕李白：一作酒仙。

① 岘山：山名，在今湖北襄樊。② 山公：即山简（253—312），字季伦，河内怀县（今河南武陟）人，西晋名士，山涛第五子。③ 鸬鹚杓（sháo）：形状如鸬鹚颈的长柄酒杓。④ 酦醅（pō pēi）：重酿而没有滤过的酒。⑤ 罍（léi）：酒器。⑥ 羊公：指羊祜（221—278），字叔子，兖州泰山人，西晋官员，将领。⑦ 舒州：地名，今安徽潜山。⑧ 力士铛（chēng）：古人的一种温酒器。

江上吟〔一〕

木兰之枻①沙棠舟，玉箫金管坐两头。

美酒樽〔二〕中置千斛，载妓随波任去留。

仙人有待乘黄鹤，海客无心随白鸥。

屈平②词赋悬日月，楚王台榭空山丘。

兴酣落笔摇五岳，诗成啸傲凌沧洲③。

功名富贵若长在，汉水亦应西北流。

〔一〕一作《江上游》。　〔二〕樽：一作当。

① 枻（yì）：船桨。② 屈平，即屈原。③ 沧洲：滨水的地方，

古人常以沧洲来指代隐士的居处。

侍从宜春苑，奉诏赋龙池①柳色初青，听新莺百啭歌〔一〕

东风已绿瀛洲草，紫殿红楼觉春好。
池南柳色半青青，萦烟袅娜拂绮城。
垂丝百尺挂雕楹，上有好鸟相和鸣，间关早得春风情。
春风卷入碧云去，千门万户皆春声。
是时君王在镐京②，五云垂晖耀紫清。
仗出金宫随日转，天回玉辇绕花行。
始向蓬莱看舞鹤，还过茝若③听新莺。
新莺飞绕上林④苑，愿入箫韶⑤杂凤笙。

〔一〕长安。

① 龙池：兴庆宫的宫池。② 镐京：地名，西周都城，在今陕西西安。③ 茝（chǎi）若：汉代宫殿名。④ 上林：即上林苑，汉代皇家园林。⑤ 箫韶：虞舜时的乐曲。

玉壶吟

烈士击玉壶，壮心惜暮年①。
三杯拂剑舞秋月，忽然高咏涕泗涟〔一〕。
凤凰初下紫泥诏②，谒帝称觞登御筵。

揄扬九重万乘主③,谑浪赤墀④青琐贤。

朝天数换飞龙马,敕赐珊瑚白玉鞭。

世人不识东方朔⑤,大隐金门是谪仙。

西施宜笑复宜嚬,丑女效之徒累身。

君王虽爱蛾眉好,无奈宫中妒杀人。

〔一〕一作秋月忽高悬。　〇"凤凰"以下八句,皆自赞之词。"西施"四句,伤不遇也。　〇此间有《笑歌行》《悲歌行》二首未抄,实非太白诗也。郭茂倩以《悲歌行》录入《杂曲歌辞》,以《笑歌行》录入《新乐府辞》,不知有何区别,殆亦强作解事,不辨其为赝作耳。

①"壮心"句:化用曹操《龟虽寿》:"老骥伏枥,志在千里。烈士暮年,壮心不已"之句。②"凤凰"句:古人以泥封书信,泥上盖印,皇帝诏书用紫泥。③万乘(shèng)主:周制,天子地方千里,兵车万乘。故后世称天子为"万乘之君",此指唐玄宗。④赤墀(chí):皇宫中红色的台阶。⑤东方朔(前154—前93):字曼倩,平原厌次(今山东惠民)人。汉武帝时曾担任太中大夫。

豳①歌行上新平长史兄粲〔一〕

豳谷稍稍振庭柯②,泾水浩浩扬湍波。

哀鸿酸嘶暮声急,愁云苍惨寒气多。

忆昨去家此为客,荷花初红柳阴碧。

中宵出饮三百杯,明朝归揖二千石。

宁知流寓变光辉,胡霜萧飒绕客衣。

寒灰寂寞竟谁暖,落叶飘扬何处归。

吾兄行乐穷曛旭③,满堂有美颜如玉。

赵女长歌入彩云,燕姬醉舞娇红烛。
狐裘兽炭④酌流霞,壮士悲吟宁见嗟。
前荣后枯相翻覆,何惜余光及棣华⑤。

〔一〕陕西。

① 豳(bīn):周国故地,在今甘肃宁县、正宁,陕西彬县、旬邑一带。② 庭柯:生长在庭中的树木。③ 穷曛旭:通宵达旦。曛:指黄昏,旭:指清晨。④ 兽炭:将炭雕成兽状。⑤ 棣华:比喻兄弟。

西岳①云台歌送丹丘子

西岳峥嵘何壮哉,黄河如丝天际②来。
黄河万里触山动,盘涡毂转③秦地雷。
荣光休④气纷五彩,千年一清⑤圣人⑥在。
巨灵咆哮擘两山,洪波喷流射东海〔一〕。
三峰⑦却立如欲摧,翠崖丹谷高掌⑧开。
白帝⑨精光运元气,石作莲花云作台。
云台阁道⑩连窈冥〔二〕⑪,中有不死丹丘生。
明星玉女⑫备洒扫,麻姑搔背指爪轻。
我皇手把天地户,丹丘谈天与天语。
九重出入生光辉,东求蓬莱复西归。
玉浆倘惠故人饮,骑二茅龙上天飞。

〔一〕喷流射东海:一作箭射流东海。　〔二〕连窈冥:一作人不到。

① 西岳：即华山，在今陕西华阴。② 天际：天地交接的地方。③ 毂转：车飞驰。毂，车轮。④ 休：美。⑤ 千年一清：因黄河中泥沙较多，古人将黄河水清视为祥瑞。⑥ 圣人：此处指唐玄宗。⑦ 三峰：即华山三峰，包括东峰朝阳峰、南峰落雁峰和西峰莲花峰。⑧ 高掌：即仙人掌峰，华山东峰之顶。⑨ 白帝：神话中的五方天帝之一，为西方之帝。⑩ 阁道：即险峻山岭里搭建的栈道。⑪ 窈冥：高深渺茫、深不可测的样子。⑫ 明星玉女：仙女名，传说居于华山之上。

元丹丘歌

元丹丘，爱〔一〕神仙。
朝饮颍川①之清流，暮还嵩岑②之紫烟。
三十六峰长周旋。
长周旋，蹑③星虹④。
身骑飞龙耳生风，横河跨海与天通。
我知尔游心无穷。

〔一〕爱：一作好。

① 颍川：即颍水，淮河支流。② 嵩岑：嵩山的顶峰。③ 蹑：踏，登上。④ 星虹：流星和虹霓。

扶风①豪士歌

洛阳三月飞胡沙②，洛阳城中人怨嗟。
天津流水波赤血，白骨相撑如乱麻。

我亦东奔向吴国〔一〕，浮云四塞道路赊③。

东方日出啼早鸦，城门人开扫落花。

梧桐杨柳拂金井，来醉扶风豪士家〔二〕。

扶风豪士天下奇，意气相倾山可移。

作人不倚将军势，饮酒岂顾尚书期。

雕盘绮食会众客，吴歌赵舞香风吹。

原尝春陵④六国时，开心写意君所知。

堂中各有三千士，明日报恩知是谁。

抚长剑，一扬眉，清水白石何离离。

脱吾帽，向君笑。饮君酒，为君吟。

张良⑤未逐赤松去，桥边黄石⑥知我心。

〔一〕东奔向吴国：一作来奔溧溪上。　〔二〕"洛阳三月"四句，言安禄山破东京。"我亦东奔"四句，自叙避乱来吴，因至扶风豪士之家。扶风豪士当亦秦人而同时避乱于吴者。　○"扶风豪士天下奇"以下十句，专赞其豪侠奇伟。"抚长剑"以下九句，自述其高怀逸志。

① 扶风：地名，今陕西宝鸡。② 胡沙：指代攻陷洛阳的叛军。天宝十四载（755）十二月十二日，安禄山叛军攻入洛阳。③ 赊：远。④ 原尝春陵：指战国四公子。战国时期，齐国的孟尝君、魏国的信陵君、赵国的平原君、楚国的春申君等四公子皆善养士，门下有食客三千人。⑤"张良"句：张良（？—前186）：字子房，战国末年韩国人，出身贵族世家，后投效刘邦，辅佐刘邦战胜项羽，成为西汉开国功臣。赤松，传说中的仙人。⑥ 黄石：指黄石公，秦时隐士。张良刺秦始皇未遂，逃至下邳圯桥，黄石公授以太公兵法。

同族弟金城尉叔〔一〕卿烛照山水壁画歌

高堂粉壁图蓬瀛①,烛前一见沧洲清。
洪波汹涌山峥嵘,皎若丹丘②隔海望赤城③。
光中乍喜岚气④灭,谓逢山阴⑤晴后雪。
回溪碧流寂无喧,又如秦人月下窥花源⑥。
了然不觉清心魂,只将叠嶂鸣秋猿。
与君对此欢未歇,放歌行吟达明发⑦。
却顾海客扬云帆,便欲因之向溟渤⑧。

〔一〕叔:一作升。

① 蓬瀛:蓬莱、瀛洲,传说中仙人居处。此指山水图。② 丹丘:传说中神仙居处,据说为昼夜常明之地。③ 赤城:山名,在今浙江天台。④ 岚气:山林间的雾气。⑤ 山阴:地名,今浙江绍兴。此指山阴道上的美景。⑥ 花源:即桃花源。此处化用陶渊明《桃花源记》中所载故事。⑦ 明发:黎明,天明。⑧ 溟渤:溟海和渤海,古人常用溟渤来泛指大海。

白毫子歌

淮南小山①白毫子②,乃在淮南小山里。
夜卧松下雪,朝餐石中髓③。
小山连〔一〕绵向山开,碧峰巉岩渌水回。
余配白毫子,独酌流霞杯。
拂花弄琴坐青苔,绿萝树下春风来。
南窗萧飒松声起,凭崖一听清心耳。
可得见,未〔二〕得亲。

八公携手五云去，空余桂树愁杀人。

〔一〕连：一作联。　〔二〕未：一作不。

① 淮南小山：汉淮南王刘安一部分门客的合称。② 白毫子：淮南小山成员之一，此指一位须眉皓白的隐士。③ 石中髓：即石钟乳。④ 巉（chán）岩：陡峭而险峻的山岩。

梁园①吟〔一〕

我浮〔二〕黄河〔三〕去京关，挂席②欲进〔四〕波连山。
天长水阔厌远涉，访古始及平台间。
平台为客忧思多，对酒〔五〕遂作梁园歌。
却忆蓬池阮公③咏，因吟渌水扬洪波。
洪波浩荡迷旧国，路远西归安可得。
人生达命④岂假愁，且饮美酒登高楼。
平头奴子⑤摇大扇，五月不热疑〔六〕清秋。
玉〔七〕盘杨〔八〕梅为君设，吴盐如花皎白〔九〕雪。
持盐把酒但饮之，莫学夷齐事高洁〔十〕⑥。
昔人豪贤信陵君⑦，今人耕种信陵坟。
荒城虚〔十一〕照碧山月，古木尽入苍梧⑧云。
梁王宫阙〔十二〕今安在，枚马⑨先归不相待。
舞影歌声散渌池，空余汴水东流海。
沉吟此事泪满衣，黄金买醉未能〔十三〕归。
连呼五白行〔十四〕六博⑩，分曹赌酒酣〔十五〕驰晖。
歌且谣，意方远。
东山高卧时〔十六〕起来，欲济苍生未应晚。

〔一〕一作《梁园醉酒歌》。 ○玩诗指，盖公溯黄河而西赴长安，过梁园时怀古而作也，不知定在何时，或禄山未乱以前耳。 〔二〕浮：一作乘。 〔三〕河：一作云。 〔四〕进：一作往。 〔五〕对酒：一作醉来。 〔六〕疑：一作如。 〔七〕玉：一作素。 〔八〕杨：一作青。 〔九〕白：一作如。 〔十〕一作何用孤高比云月；又作咄咄书空字还灭。 〔十一〕虚：一作远。 〔十二〕宫阙：一作宾客。 〔十三〕未能：一作莫言。 〔十四〕行：一作投。 〔十五〕酣：一作看。 〔十六〕时：一作忽，又作还。

① 梁园：园林名，是梁孝王刘武营造的皇家园林，位于西汉梁国都城睢阳（今河南睢阳），曾聚集了邹阳、严忌、枚乘、司马相如等一众文学之士。② 挂席：扬帆。③ 阮公：即阮籍（210—263），字嗣宗，陈留尉氏（今河南开封）人，竹林七贤之一。④ 达命：通达知命。⑤ 平头奴子：戴平头巾的奴仆。平头是古时庶人所戴的一种头巾。⑥ "莫学"句：此用伯夷、叔齐饿死于首阳山之典。⑦ 信陵君：即魏无忌（？—前243），战国时魏国大梁（今河南开封）人，魏安釐王弟，号信陵君，门下养食客三千。⑧ 苍梧：山名，即九嶷山，在今湖南宁远。⑨ 枚马：指西汉时的辞赋大家枚乘和司马相如。⑩ 六博：古博戏名。

鸣皋①歌送岑征君〔一〕

若有人兮思鸣皋，阻积雪兮心烦劳。
洪河②凌兢③不可以径度，冰龙鳞兮难容舠④。
邈仙山〔二〕之峻极兮，闻天籁之嘈嘈。
霜崖缟皓以合沓兮，若长风〔三〕扇海，涌沧溟之波涛。
玄猿绿罴⑤，舔䖵⑥岌〔四〕危！咆柯振石，骇胆栗魄！群呼而相号。

峰峥嵘以路绝，挂星辰于岩嶅⑧。

送君之归兮，动鸣皋之新作。

交鼓吹兮弹丝，觞清泠之池阁。

君不行兮何待，若返顾之黄鹤。

扫梁园之群英，振大雅于东洛。

巾征轩兮历阻折，寻幽居兮越巘崿⑨。

盘白石兮坐素月，琴松风兮寂[五]万壑。

望不见兮心氛氲，萝冥冥兮霰⑩纷纷。

水横洞以下绿，波小声而上闻。

虎啸谷而生风，龙藏溪而吐云。

冥[六]鹤清唳，饥鼯⑪嚬⑫呻。

块独处此幽默兮，愀[七][13]空山而[八]愁人。

鸡聚族以争食，凤孤飞而无邻。

蝘蜓⑭嘲龙，鱼目混珍。嫫母⑮衣锦，西施负薪。

若使巢由⑯桎梏于轩冕兮，亦奚异乎夔⑰龙蹩躠于风尘。

哭何苦而救楚，笑何夸而却秦。

吾诚不能学二子，沽名矫节以耀世兮，固将弃天地而遗身。

白鸥兮飞来，长与君兮相亲。

〔一〕时梁园三尺雪，在清泠池作。　〔二〕仙山：一作神仙。　〔三〕风：一作虹。　〔四〕发：一作鉴。〔五〕寂：一作升。　〔六〕冥：一作寡。　〔七〕愀：一作啼。〔八〕而：一作兮。

① 鸣皋：山名，位于今河南嵩县。② 洪河：黄河。③ 兢：战战兢兢、小心谨慎的样子。④ 舠（dāo）：刀形的小船。⑤ 羆（pí）：熊。⑥ 舕（tàn）：吐舌头。⑦ 骇胆：惊心。⑧ 嶅（áo）：山上的众多小石。⑨ 巘（yǎn）崿（è）：山峰。⑩ 霰（xiàn）：冰

粒。⑪鼯（wú）：一种动物，形似松鼠，可从树上飞下。⑫嚬呻：皱眉呻吟。⑬愀（qiǎo）：谨慎忧惧的样子。⑭蝘（yǎn）蜓：壁虎的别名。⑮嫫（mó）母：古代丑女。⑯巢由：巢父、许由，上古时的隐者。尧曾让位于二人，皆不受。⑰夔：上古神话中的一种怪兽。

鸣皋歌奉饯从翁清归五崖山居

昨忆鸣皋梦里还，手弄素月清潭间。
觉时枕席非碧山，侧身西望阻秦关。
麒麟阁①上春还早，著书却忆伊阳好。
青松来风吹石道，绿萝飞花覆烟草。
我家仙公爱清真，才雄草圣凌古人，欲卧鸣皋绝世尘。
鸣皋微茫在何处，五崖峡〔一〕水横樵路。
身披翠云裘，袖拂紫烟〔二〕去。
去时应过嵩少②间，相思为折三花树③。

〔一〕峡：一作溪。　〔二〕烟：一作云。　○鸣皋山，在河南府陆浑县，故曰伊阳。公此时与从翁俱在梁园，故从翁归鸣皋，应由嵩少经过也。

①麒麟阁：西汉甘露三年（前51），汉宣帝因匈奴归降，回忆往昔辅佐有功之臣，乃令人画十一名功臣图像于麒麟阁以示纪念和表扬。②嵩少：即嵩山、少室山的合称。③三花树：即贝多树。《齐民要术》引《嵩山记》有"嵩寺中忽有思惟树，即贝多也。有人坐贝多树下思惟，因以名焉"之句。

僧伽歌

真僧法号号僧伽,有时与我论三车。
问言诵咒几千遍,口道恒河^①沙复沙。
此僧本住南天竺^②,为法头陀来此国。
戒得长天秋月明,心如世上青莲色。
意清净,貌棱棱。
亦不减,亦不增。
瓶里千年舍利骨^③,手中万岁胡孙藤。
嗟予落泊江淮久,罕遇真僧说空有。
一言忏尽波罗夷^④,再礼浑除犯轻垢。

① 恒河:发源于喜马拉雅山南麓,主要流经印度,是佛教的兴起之地。② 天竺:即印度。③ 舍利骨:即舍利子,相传为释迦牟尼佛遗体火化后结成的坚硬珠状物。④ 波罗夷:佛教术语,六聚罪之第一,戒律中极为严重的罪行。

白云歌送刘十六归山

楚山秦山皆白云,白云处处长随君。
长随君,君入楚山里,云亦随君渡湘水^①。
湘水上,女萝^②衣,白云堪卧君早归。

① 湘水:即湘江,长江流域洞庭湖水系。② 女萝:即山鬼,屈原《九歌·山鬼》中的山中女神。

金陵①歌送别范宣〔一〕

石头②巉岩③如虎踞,凌波欲过沧江去。
钟山龙盘走势来,秀色横分历阳④树。
四十余帝三百秋,功名事迹随东流。
白马小儿⑤谁家子,泰清之岁来关囚〔二〕。
金陵昔时何壮哉,席卷英豪天下来。
冠盖散为烟雾尽,金舆玉座成寒灰。
扣剑悲吟空咄嗟,梁陈白骨乱如麻。
天子⑥龙沉景阳井,谁歌玉树后庭花⑦。
此地伤心不能道,目〔三〕下离离长春草。
送尔长江万里心,他年来访南山皓⑧。

〔一〕金陵。 〔二〕一作:白马金鞍谁家子,吹唇虎啸凤皇楼。 〔三〕目:一作日。

① 金陵:今江苏南京,前333年,楚威王熊商于石头城筑金陵邑,金陵由此得名。② 石头:山名,今南京清凉山。③ 巉(chán)岩:陡峭而险峻的山岩。④ 历阳:地名,今安徽和县。⑤ 白马小儿:指侯景(503—552),南朝梁大臣,后叛乱。⑥ 天子:此处指陈国的亡国之君陈叔宝,投井而亡。⑦ 玉树后庭花:陈叔宝所作的一首宫体诗,被后人认为是亡国之音。⑧ 南山皓:即商山四皓。

劳劳亭①歌〔一〕

金陵劳劳送客堂,蔓草离离②生道旁。
古情不尽东流水,此地悲风愁白杨。
我乘素舸同康乐③,朗咏清川飞夜霜。

昔闻牛渚④吟五章，今来何谢袁家郎⑤。
苦竹寒声动秋月，独宿空帘归梦长〔二〕。

〔一〕在江宁县南十五里，古送别之所，一名临沧观。　〔二〕既以康乐自比，又以袁宏自比，但恨无邂逅相知如谢尚者，致寂寂独宿空帘耳。

① 劳劳亭：又名望远楼、望远亭，位于今江苏南京，始建于三国时期。② 离离：形容草茂盛的样子。③ 康乐：即谢灵运。④ 牛渚（zhǔ）：地名，今安徽马鞍山采石矶。⑤ 袁家郎：即袁宏，字彦伯，陈郡阳夏（今河南太康）人，东晋官员。

金陵城西楼月下吟

金陵夜寂〔一〕凉风发，独上高〔二〕楼望吴越。
白云映水摇空〔三〕城，白露垂珠①滴秋月〔四〕。
月下沉〔五〕吟久不归，古来〔六〕相接②眼中稀。
解道澄江净如练③，令人长〔七〕忆谢玄晖④。

〔一〕寂：一作静。　〔二〕高：一作西。　〔三〕空：一作秋。　〔四〕垂珠滴秋月：一作沾衣湿秋月。　〔五〕沉：一作长。　〔六〕来：一作今。　〔七〕长：一作还。

① 白露垂珠：江淹《别赋》中"秋露如珠，秋月如圭，明月白露，光阴往来"之句。② 相接：心意相通、心心相印。③ "澄江"句：化用谢朓《晚登三山还望京邑》中"余霞散成绮，澄江静如练"之句。④ 谢玄晖：即谢朓（464—499），字玄晖，陈郡阳夏县（今河南太康）人，南齐诗人，出身陈郡谢氏。

东山吟〔一〕

携妓东土山，怅然悲谢安①。
我妓今朝如花月，他妓古坟荒草寒。
白鸡梦后五〔二〕百岁〔三〕，洒酒浇君同所欢。
酣来自作清海舞，秋风吹落紫绮冠②。
彼亦一时，此亦一时，浩浩洪流之〔四〕咏何必奇〔五〕。

〔一〕去江宁城三十五里，晋谢安携妓之所。　○一云：醉过谢安东山。　〔二〕五：一作三。　〔三〕谢安尝梦见白鸡，后太岁在酉而卒。　〔四〕之：一作高。　〔五〕"浩浩洪流，带我邦畿"，嵇康诗也。太白之意，谓不恋恋于王畿耳。

① 谢安（320—385）：字安石，陈郡阳夏（今河南太康）人，东晋官员、名士。② 紫绮冠：紫色花纹的帽子。

当涂赵炎少府粉图①山水歌

峨眉②高出西极天，罗浮直与南溟连。
名工绎思挥彩笔，驱山走海置眼前。
满堂空翠如可扫，赤城霞气苍梧烟。
洞庭潇湘意渺绵③，三江七泽④情洄沿。
惊涛汹涌向何处，孤舟一去迷归年。
征帆不动亦不旋，飘如随风落天边。
心摇目断兴难尽，几时可到三山巅。
西峰峥嵘喷流泉，横石蹙水波潺湲⑤。
东崖合沓⑥蔽轻雾，深林杂树空芊绵⑦。
此中冥昧失昼夜，隐机寂听无鸣蝉。

长松之下列羽客,对坐不语南昌仙⑧。

南昌仙人赵夫子,妙年历落青云士。

讼庭无事罗众宾,杳然如在丹青〔一〕里。

五色粉图安足珍,真山可以全吾身。

若待功成拂衣去,武陵桃花⑨笑杀人。

〔一〕青:一作霄。

① 粉图:粉墙上所绘制的图画。② 峨眉:即峨眉山,地处四川盆地西南部。③ 纱绵:浩渺悠远的样子。④ 三江七泽:泛指江河湖泽。⑤ 潺湲:水缓缓流动的样子。⑥ 合沓:重叠。⑦ 芊绵:草木蔓延丛生的样子。⑧ 南昌仙:即西汉时南昌尉梅福。⑨ 武陵桃花:指陶渊明在《桃花源记》中所描绘的桃花胜境,此借指隐居之处。

峨眉山月歌送蜀僧晏入中京①

我在巴东三峡②时,西看明月忆峨眉。

月出峨眉〔一〕照沧海,与人万里长相随。

黄鹤楼③前月华白,此中忽见峨眉客。

峨眉山月还送君,风吹西到长安陌。

长安大道横九天,峨眉山月照秦川④。

黄金师子承高座,白玉麈尾⑤谈重玄。

我似浮云滞吴越⑥,君逢圣主游丹阙⑦。

一振高名满帝都,归时〔二〕还弄峨眉月。

〔一〕月出峨眉:一作峨眉山月。 〔二〕时:一作来。

○观"黄鹤楼前"二句,太白时在江夏见僧晏也。"我滞吴越"句,当指前事言之耳。

①中京:国都长安。②巴东三峡:巴东即归州,在今湖北巴东。巫峡、西陵峡、瞿塘峡并列,称为三峡。③黄鹤楼:在今湖北武昌,传说有仙人在楼上乘鹤登仙,故名。④秦川:渭河平原,古为秦地,故称。⑤麈(zhǔ)尾:即拂尘。麈,鹿一类的动物,其尾可制作拂尘。魏晋以来,名士们常在清谈时手执麈尾。⑥吴越:先秦的吴越之地,大致在今长江中下游地区。⑦丹阙:赤色宫门,即皇宫。

赤壁①歌送别〔一〕

二龙②争战决雌雄,赤壁楼船扫地空。
烈火张天照云海,周瑜③于此破曹公④。
君去沧江⑤望〔二〕澄碧,鲸鲵⑥唐突留余迹。
一一书来报故人,我欲因〔三〕之壮心魄。

〔一〕江夏。　〔二〕望:一作弄。　〔三〕因:一作观。

①赤壁:在今湖北赤壁西北部,是东汉末年赤壁之战的古战场。②二龙:指赤壁之战的双方,此指曹操和孙权、刘备两方势力。③周瑜(175—210):字公瑾,庐江舒县(今安徽庐江)人,东汉末年吴将领。建安十三年,曹军兵临江东,周瑜亲率吴军,以火攻大败曹军于赤壁。④曹公:即曹操(155—220),字孟德,沛国谯县(今安徽亳州)人,东汉末年大臣、诗人。⑤沧江:即长江。⑥鲸鲵:即大鲸,雄曰鲸,雌曰鲵。此指曹操的军队。

江夏①行

忆昔娇小姿,春心②亦自持。
为言嫁夫婿,得免长相思。

谁知嫁商贾，令人却愁苦。
自从为夫妻，何曾在乡土。
去年下扬州，相送黄鹤楼。
眼看帆去远，心逐江水流。
只言期一载，谁谓历三秋。
使妾肠欲断，恨君情悠悠。
东家西舍同时发，北去南来不逾月。
未知行李游何方，作个音书能断绝。
适来往南浦，欲问西江③船。
正见当垆女，红妆二八年。
一种为人妻，独自多悲凄。
对镜便垂泪，逢人只欲啼。
不如轻薄儿，旦暮长追随。
悔作商人妇，青春长别离。
如今正好同欢乐，君去容华谁得知。

① 江夏：地名，今武汉武昌，唐天宝元年（742）改鄂州为江夏郡。② 春心：思春之心。③ 西江：江夏以西的长江。

怀仙歌

一鹤东飞过沧海，放心散漫知何在。
仙人浩歌望我来，应攀玉树长相待。
尧舜之事不足惊，自余嚣嚣①真可轻。
巨鳌莫载三山去②，吾〔一〕欲蓬莱顶上行。

〔一〕吾：一作我。

① 嚣嚣：纷扰的样子。②"巨鳌"句：化用《列子·汤问》所载巨鳌载山之典。

酬殷佐明见赠五云裘①歌〔一〕

我吟谢朓诗上语，朔风②飒飒吹飞雨。
谢朓已没青山③空，后来继之有殷公。
粉图珍裘五云色，晔如晴天散彩虹。
文章彪炳光陆离，应是素娥玉女④之所为。
轻如松花落金粉，浓似苔锦含碧滋⑤。
远山积翠横海岛，残霞霏丹映江草。
凝毫采掇花露容，几年功成夺天造。
故人赠我我不违，著令山水含晴晖〔二〕。
顿惊谢康乐，诗兴生我衣。
襟前林壑敛暝色，袖上烟霞收夕霏⑥。
群仙长叹惊此物，千崖万岭相萦郁。
身骑白鹿行飘飘，手翳紫芝笑披拂⑦。
相如不足夸鹔鹴⑧，王恭鹤氅安可方⑨。
瑶台雪花数千点，片片吹落春风香。
为君持此凌苍苍，上朝三十六玉皇⑩。
下窥夫子不可及，矫手相思空断肠。

〔一〕谢朓宅在当涂青山下。　〔二〕晴晖：一作清辉。

① 五云裘：色彩绚烂的裘衣。② 朔风：寒风。③ 青山：山名，在今安徽当涂，谢朓死后葬于此。④ 素娥玉女：素娥是嫦娥，玉女为神女。⑤ 碧滋：形容草木翠绿润泽。⑥"襟前""袖上"二

句：化用谢灵运《石壁精舍还湖中作》中"林壑敛暝色，云霞收夕霏"之句。⑦"手翳"句：化用曹植《飞龙篇》"忽逢二童，颜色鲜好，乘彼白鹿，手翳芝草"之句。⑧鹔鹴：相传司马相如的裘衣由鹔鹴鸟的皮制成。⑨"王恭"句：相传王恭的裘衣由鹤皮制成。王恭（？—398），字孝伯，太原晋阳（今山西太原）人，东晋大臣、外戚。⑩三十六玉皇：即道家的三十六天帝。

临路歌

大鹏飞兮振八裔①，中天②摧兮力不济③。
余风④激兮万世，游扶桑兮挂石袂⑤。
后人得之传此，仲尼亡乎谁为出涕。

①八裔：八方的边缘，四野八荒之地。②中天：半空。③济：成功。④余风：遗风。⑤袂（mèi）：衣袖。

草书歌行

少年上人①号怀素②，草书天下称独步。
墨池③飞出北溟鱼④，笔锋杀尽中山兔⑤。
八月九月天气凉，酒徒词客满高堂。
笺麻⑥素绢排数箱，宣州⑦石砚墨色光。
吾师⑧醉后倚绳床，须臾扫尽数千张。
飘风骤雨惊飒飒，落花飞雪何茫茫。
起来向壁不停手，一行数字大如斗。

恍恍⁹如闻神鬼惊，时时只见龙蛇走。

左盘右旋如惊电，状同楚汉相攻战。

湖南七郡⑩凡几家，家家屏幛书题遍。

王逸少⑪，张伯英⑫，古来几许浪得名。

张颠⑬老死不足数，我师此义不师古。

古来万事贵天生，何必要公孙大娘⑭浑脱舞⑮。

① 上人：僧人，古人对和尚的尊称。② 怀素（737—799）：字藏真，僧名怀素，俗姓钱，永州零陵（今湖南零陵）人，善书法，世称"草圣"。因年龄比李白小，故李白称其"少年上人"。③ 墨池：书法家用来洗砚涮笔之池。④ 北溟鱼：《庄子·逍遥游》："北冥有鱼，其名为鲲。鲲之大，不知其几千里也；化而为鸟，其名为鹏。鹏之背，不知其几千里也；怒而飞，其翼若垂天之云。"⑤ 中山兔：中山，地名，位于宣州溧水县，即今南京溧水区。古时以兔毫制笔，中山兔毫十分精良。⑥ 笺麻：即麻纸。⑦ 宣州：地名，在今安徽宣城。⑧ 吾师：指怀素。⑨ 恍（huǎng）恍：模模糊糊的样子。⑩ 湖南七郡：指长沙郡、衡阳郡、桂阳郡、零陵郡、连山郡、江华郡和邵阳郡，七郡都位于洞庭以南。⑪ 王逸少：即王羲之（303—361），字逸少，琅琊（今山东临沂）人，精书法，善诗文，后世尊为"书圣"，因官至右军将军，世称"王右军"。⑫ 张伯英：即张芝（？—192），字伯英，弘农（今河南灵宝）人，东汉人，精书法。⑬ 张颠：即张旭（685—759），字伯高，苏州吴县（今江苏苏州）人，唐代人，因擅长草书而喜欢饮酒，世称"张颠"。⑭ 公孙大娘：唐开元年间的著名舞伎。⑮ 浑脱舞：唐代舞名。

山鹧鸪词

苦竹岭①头秋月辉，苦竹南枝鹧鸪飞。

嫁得燕山胡雁婿，欲衔我向雁门归。

山鸡翟雉来相劝,南禽多被北禽欺。
紫塞②严霜如剑戟,苍梧欲巢难背违。
我心誓死不能去,哀鸣惊叫泪沾衣。

① 苦竹岭:地名,在今安徽贵池。② 紫塞:长城,北方边塞。古人认为长城外土地为紫色,故称其为紫塞。

和卢侍御①通塘曲

君夸通塘好,通塘胜耶溪②。
通塘在何处,宛在寻阳③西。
青萝袅袅拂烟树,白鹇④处处聚沙堤。
石门中断平湖出,百丈金潭照云日。
何处沧浪垂钓翁,鼓棹渔歌趣非一。
相逢不相识,出没绕通塘。
浦边清水明素足,别有浣纱吴女郎。
行尽绿潭潭转幽,疑是武陵⑤春碧流。
秦人鸡犬桃花里⑥,将比通塘渠见羞。
通塘不忍别,十去九迟回。
偶逢佳境心已醉,忽有一鸟从天来。
月出青山送行子,四边苦竹秋声起。
长吟白雪⑦望星河,双垂两足扬素波。
梁鸿德耀会稽日,宁知此中乐事多。

○结句似与起句相应。言会稽虽有耶溪,尚不如寻阳之通塘;会稽之梁孟,尚不如寻阳之卢侍御也。

①侍御：即侍御史，唐代职官名。②耶溪：即若耶溪，在今浙江绍兴，传说西施浣纱处。③寻阳：地名，即浔阳，今江西九江。④白鹇：鸟名，又称银雉。⑤武陵：陶渊明《桃花源记》，武陵有桃花源，后人常用武陵指代桃花源。⑥秦人：陶渊明《桃花源记》所述秦时人，代指古人。⑦白雪：古代歌曲，以曲高和寡而著称。

赠郭将军

将军少年出武威①，入掌银台②护紫微。
平明拂剑朝天③去，薄暮垂鞭醉酒归。
爱子临风吹玉笛，美人腾〔一〕月舞罗衣。
畴昔④雄豪如梦里，相逢且欲醉春辉〔二〕。

〔一〕腾：一作向，又作娇。　〔二〕一云：今日相逢俱失路，何年灞上弄春辉。

①武威：地名，今甘肃武威。②银台：宫门名。③朝天：朝见天子。④畴昔：过去，从前。

驾①去温泉宫②后赠杨山人③

少年落拓楚汉间，风尘萧瑟多苦颜。
自言管蒯〔一〕竟谁许，长吁莫错还闭关。
一朝君王垂拂拭，剖心输丹④雪胸臆。
忽逢白日回景光⑤，直上青云生羽翼。

幸陪鸾辇⑥出鸿都⑦，身骑飞龙天马驹。

王公大人借颜色⑧，金章紫绶⑨来相趋。

当时结交何纷纷，片言道合唯有君。

待吾尽节报明主，然后相携〔二〕卧白云⑩。

〔一〕介盉：一作管葛。　　〔二〕然后相携：一作携手沧洲。

① 驾：皇帝的车马，此指代皇帝。② 温泉宫：位于今陕西临潼，后改名华清宫。③ 山人：隐居山林的人，指隐士。④ 丹：赤诚之心。⑤"忽逢"句：突然间蒙受了皇帝的恩遇。⑥ 鸾辇：皇帝的车马。⑦ 鸿都：即鸿都门，创建于东汉灵帝光和元年（178）二月，设于洛阳鸿都门，文学才艺之士集聚于此。此处以汉代鸿都门指代唐代翰林院。⑧ 借颜色：给面子。⑨ 金章紫绶：金章即官印，紫绶是紫色系印的带子，此代指官员。⑩ 卧白云：栖身白云之中，代指隐居山林的生活。

赠裴十四

朝见裴叔则①，朗如行玉山②。

黄河落天走东海，万里写入胸怀间。

身骑白鼋不敢度，金高南山买君顾。

徘徊六合无相知，飘若浮云且西去。

① 裴叔则：裴楷（237—291），字叔则，河东闻喜（今山西闻喜）人，曹魏及西晋时期大臣、名士，出身河东裴氏。此处代指裴十四。② 行玉山：裴楷精神秀朗，时人见他以为在玉山上行走，光彩照人。见《世说新语·容止》。

上李邕①

大鹏一日同风起,抟摇直上九万里②。
假令风歇时下来,犹能簸却③沧溟④水。
世人见我恒殊调⑤,见余大言皆冷笑。
宣父⑥犹能畏后生,丈夫未可轻年少。

① 李邕(678—747):字泰和,唐朝大臣,善书法,曾任括州刺史、北海太守,史称"李北海""李括州"。② "大鹏""抟摇"二句:化用《庄子·逍遥游》"有鸟焉,其名为鹏,背若泰山,翼若垂天之云,抟扶摇羊角而上者九万里"之句。③ 簸(chōu)却:激起。④ 沧溟:大海。⑤ 殊调:与众不同的格调意趣,不同流俗的言行。⑥ 宣父:即孔子,唐太宗贞观十一年(637),朝廷下诏封孔子为宣父。《论语·子罕》有"后生可畏"句。

述德兼陈情上哥舒大夫①

天为国家孕英才,森森矛戟拥灵台。
浩荡深谋喷江海,纵横逸气走风雷。
丈夫立身有如此,一呼三军皆披靡。
卫青②漫作大将军,白起③真成一竖子④。

① 哥舒大夫:即哥舒翰(?—757),安西龟兹(今新疆库车)人,唐朝名将,战功卓著。天宝八载(749)发动石堡城之战,大捷,授特进、鸿胪员外卿,加摄御史大夫。② 卫青(?—前106):字仲卿,河东平阳(今山西临汾)人,西汉大臣、将军,一生七击匈奴,收复河朔、河套地区。③ 白起(?—前257):郿

邑（今陕西眉县）人，战国时期秦国将军，任秦军主将三十余年，攻城七十余座。④ 竖子：对人鄙称，与英雄相对，指小子。

走笔赠独孤驸马

都尉朝天跃马归，香风吹人花乱飞。
银鞍紫鞚①照云日，左顾右盼生光辉。
是时仆在金门②里，待诏公车③谒天子。
长揖蒙垂国士恩，壮心剖出酬知己。
一别蹉跎朝市间，青云之交④不可攀。
倘其公子重回顾，何必侯嬴⑤长抱关。
○此间有杂言《用投丹阳知己兼奉宣慰判官》一首，几不可句读，不复抄之。

① 鞚（kòng）：带嚼子的马笼头。② 金门：即金马门，汉代宫门名，为学士待诏之处。此处以汉喻唐，指诗人自己曾供奉翰林。③ 待诏公车：指在公车或官署，准备听从皇帝的召唤。④ 青云之交：有高远之志的友谊。⑤ 侯嬴：战国时魏国隐士，年七十，家贫，为大梁夷门的守门者。

醉后赠从甥高镇

马上相逢揖马鞭，客中相见客中怜。
欲邀击筑悲歌饮①，正值倾家无酒钱。
江东风光不借人，枉杀落花空自春。

黄金逐手快意尽,昨日破产今朝贫。
丈夫何事空啸傲②,不如烧却头上巾。
君为进士不得进,我被秋霜③生旅鬓。
时清④不及英豪人,三尺童儿唾廉蔺。
匣中盘却装鲭鱼⑤,闲在腰间未用渠。
且将换酒与君醉,醉归托宿吴专诸。

①"欲邀"句:诗人用战国时高渐离击筑、荆柯悲歌饮于燕市之事,表达自己与高镇同欢共醉之愿望。②啸傲:放歌长啸,傲然自得。③秋霜:指白发。④时清:清平之时。⑤鲭(cuò)鱼:鲛鱼,俗称鲨鱼,皮可饰刀。此指刀剑。

赠潘侍御论钱少阳

绣衣柱史①何昂藏②,铁冠白笔横秋霜。
三军论事多引纳,阶前虎士罗干将③。
虽无二十五老者,且有一翁钱少阳。
眉如松雪齐四皓④,调笑可以安储皇⑤。
君能礼此最下士,九州拭目瞻清光。

① 柱史:即柱下史,官名。② 昂藏:气宇轩昂的样子。③ 干将:宝剑名。④ 四皓:即商山四皓。⑤ "调笑"句:刘邦晚年欲更换太子刘盈,立赵王如意为太子,刘盈在张良建议下聘请商山四皓辅佐,最终保住了太子之位。储皇即皇储、太子。

流夜郎①赠辛判官〔一〕

昔在长安醉花柳,五侯七贵②同杯酒。
气岸遥凌豪士前,风流肯落他〔二〕人后。
夫子红颜我少年,章台③走马著金鞭。
文章献纳麒麟殿④,歌舞淹留玳瑁筵⑤。
与君自谓长如此,宁知草动风尘起。
函谷忽惊胡马来⑥,秦宫桃李向胡开⑦。
我愁远谪夜郎去,何日金鸡⑧放赦回。

〔一〕流夜郎。　　〔二〕他:一作谁,又作诸。

① 流夜郎:唐肃宗即位后,李白因卷入永王之乱,被流放夜郎。夜郎,地名,今贵州桐梓。② 五侯七贵:泛指权贵豪门。③ 章台:即章台街,汉代长安妓院多在此处,后代指妓院赌场等场所。④ 麒麟殿:汉代宫殿名。⑤ 玳瑁筵:豪华的宴席。⑥"函谷"句:指天宝十四年(755),安禄山于范阳起兵叛唐。⑦"秦宫"句:指长安在安史之乱时曾沦陷于叛军之手。⑧ 金鸡:古代赦免官员时所用的仪仗。

江上赠窦长史

汉求季布鲁朱家①,楚逐伍胥去章华②。
万里南迁夜郎国,三年归及长风沙。
闻道青云贵公子,锦帆游弈西江水。
人疑天上坐楼船,水净霞明两重绮。
相约相期何太深,棹歌摇艇月中寻。
不同珠履三千客,别欲论交一片心。

①"汉求"句：项羽败亡后，楚将季布被刘邦悬赏缉拿，季布先躲在一个周姓的人家里，后来又得到了朱家的帮助。在夏侯婴说情下，刘邦赦免了季布。季布，楚地人，曾为项羽效力。②"楚逐"句：楚平王诛杀伍子胥父伍奢及兄伍尚，伍子胥逃离楚国。伍子胥（前559—前484），名员，楚国人。为相于吴，助吴王阖闾成就霸业。去，离开。章台，楚国宫殿名，此代指楚国。

赠汉阳辅录事

鹦鹉洲①横汉阳渡，水引寒烟没江树。
南浦登楼不见君，君今罢官在何处。
汉口双鱼白锦鳞，令传尺素②报情人。
其中字数无多少，只是相思秋复春。

① 鹦鹉洲：地名，在今武汉汉阳，因东汉名士祢衡所写的《鹦鹉赋》而得名。② 尺素：书信。

江夏①赠韦南陵冰

胡骄马惊②沙尘起，胡雏饮马天津水。
君为张掖近酒泉，我窜三巴九千里。
天地再新法令宽③，夜郎迁客④带霜寒。
西忆故人不可见，东风吹梦到长安。
宁期⑤此地忽相遇，惊喜茫如堕烟雾。
玉箫金管喧四筵，苦心不得申一句〔一〕。

昨日绣衣倾绿樽〔二〕，病如桃李竟何言。
昔骑天子大宛⑥马，今乘款段⑦诸侯门。
赖遇南平豁方寸〔三〕，复兼夫子持清论。
有似山开万里云，四望青天解人闷。
人闷还心闷，苦辛长苦辛。
愁来饮酒二千石，寒灰重暖生阳春。
山公醉后能骑马⑧，别是风流贤主人。
头陀云月多僧气〔四〕，山水何曾称人意。
不然〔五〕鸣箛按鼓戏沧流，呼取江南女儿歌棹讴⑨。
我且为君捶碎黄鹤楼，君亦为吾倒却鹦鹉洲。
赤壁争雄如梦里，且须歌舞宽离忧。

〔一〕一：一作长。　○以上喜迁谪后相遇。　〔二〕绣衣当即指潘侍御。　〔三〕南平指从弟之遥也。　〔四〕头陀寺在鄂州，宋大明五年建。　〔五〕然：一作能。

① 江夏：地名，今武汉武昌。② 胡骄马惊：指安史之乱。③ 法令宽：指乾元二年（759），唐肃宗大赦天下，李白也在被赦免之列。④ 夜郎迁客：指李白自己。⑤ 宁期：哪里能想到。⑥ 大宛（yuān）：古代中亚国名，以产骏马著名。⑦ 款段：马。⑧ "山公"句：指晋山简，曾为征南将军，镇守襄阳时常外出饮酒，酒醉后仍能骑马。⑨ 歌棹（zhào）讴（ōu）：用船桨打着拍子唱歌。

赠从弟南平太守之遥〔一〕

少年不作意，落拓无安居。
愿随任公子①，欲钓吞舟鱼。
常时饮酒逐风景，壮心遂与功名疏。

兰生谷底人不锄，云在高山空卷舒。
汉家天子驰驷马，赤车蜀道迎相如。
天门九重谒圣人，龙颜一解四海春。
彤庭左右呼万岁，拜贺明主收沉沦。
翰林秉笔回英眄②，麟阁③峥嵘谁可见。
承恩初入银台门〔二〕，著书独在金銮殿。
龙驹雕镫白玉鞍，象床绮食〔三〕黄金盘。
当时笑我微贱者，却来请谒为交欢。
一朝谢病游江海，畴昔相知几人在。
前门长揖后门关，今日结交明日改。
爱君山岳心不移，随君云雾迷所为。
梦得池塘生春草，使我长价登楼诗。
别后遥传临海作，可见羊何共和之〔四〕④。

〔一〕时因饮酒过度贬武陵，后诗故赠。　〔二〕一作承恩侍从甘泉宫。　〔三〕食：一作席。　〔四〕谢灵运与从弟惠连、东海何长瑜、颍川荀雍、太山羊璿（之）为四友。

① 任（Rén）公子：有大成就的高士。为《庄子·外物》中的人物，其曾用五十头牛做诱饵钓取一条巨大的鱼，诗人以此寓言来比喻自己年轻时就胸怀大志。② 英眄（miǎn）：皇帝的注意、看重。③ 麟阁：即麒麟阁。④ "可见"句：谢灵运有《登临海峤初发疆中作与从弟惠连可见羊何共和之》诗，此句化用其题目。

对雪醉后赠王历阳①

有身莫犯飞龙鳞，有手莫辨猛虎须。
君看昔日汝南②市，白头仙人隐玉壶。

子猷③闻风动窗竹,相邀共醉杯中绿。

历阳何异山阴时,白雪飞花乱人目。

君家有酒我何愁,客多乐酣秉烛游。

谢尚自能鸲鹆舞④,相如免脱鹔鹴裘。

清晨兴罢〔一〕过江去,他日西看却月楼〔二〕。

〔一〕兴罢:一作鼓棹。　〔二〕一作千里相思明月楼。

① 王历阳:历阳县令,名不详。历阳,今安徽和县。② 汝南:地名,今河南汝南。③ 子猷:即王徽之(338—386),字子猷,琅琊临沂(今山东临沂)人,东晋名士,善书法,王羲之第五子。④ "谢尚"句:谢尚,晋人,善音乐,据《晋书·谢尚传》载,谢尚能跳鸲鹆舞。鸲鹆(qú yù),鸟的一种,即八哥。

春日独坐寄郑明府①

燕麦青青游子悲,河堤弱柳郁金枝。

长条一拂春风去,尽日飘扬无定时。

我在河南别离久,那堪对此当窗牖。

情人道来竟不来,何人共醉新丰酒。

① 郑明府:李白的好友,唐代称县令为明府。

寄王屋山人孟大融

我昔东海上,劳山①餐紫霞②。

亲见安期公③,食枣大如瓜。

中年谒汉主④,不惬还归家⑤。
朱颜⑥谢春晖⑦,白发见生涯。
所期就金液,飞步登云车。
愿随夫子天坛上,闲与仙人扫落花。

① 劳山:又名崂山,在今山东青岛,濒临黄海。② 餐紫霞:以霞为餐,传说道士餐霞饮露,以求长生。③ 安期公:即安期生,秦代隐士,传说他曾从河上丈人学习黄帝、老子之说,并在东海边卖药,后来得道成仙。④ 汉主:即唐玄宗李隆基,唐人常以汉喻唐。⑤ "不惬"句:指天宝三年(744),李白被唐玄宗赐金放归。⑥ 朱颜:年轻时的容貌。⑦ 春晖:本指春天,此指诗人的青年时期。

忆旧游寄谯郡①元参军〔一〕

忆昔洛阳董糟丘,为余天津桥南造酒楼。
黄金白璧买歌笑,一醉累月轻王侯。
海内贤豪青云客,就中与君〔二〕心莫逆②。
回山转海不作难,倾情倒意无所惜。
我向淮南攀桂枝,君留洛北愁梦思〔三〕。
不忍别,还相随。
相随迢迢访仙城,三十六曲一回萦。
一溪初入千花明,万壑度尽松风声。
银鞍金络到平地,汉东太守来相迎。
紫阳之真人③,邀我吹玉笙。
餐霞楼上动仙乐,嘈然宛似鸾凤鸣。
袖长管催欲轻举,汉中太守醉起舞〔四〕。

手持锦袍覆我身，我醉横眠枕其股[五]。

当筵意气凌九霄，星离雨散不终朝。

分飞楚关山水遥。余既还山寻故巢，君亦归家度渭桥。

君家严君④勇貔虎⑤，作尹并州⑥遏戎虏。

五月相呼度太行，摧轮不道羊肠苦⑦。

行来北凉岁月深，感君贵义轻黄金。

琼杯绮食青玉案，使我醉饱无归心。

时时出向城西曲，晋祠⑧流水如碧玉。

浮舟弄水箫鼓鸣，微波龙鳞莎草绿。

兴来携妓恣经过，其若杨花似雪何。

红[六]妆欲醉宜斜日[七]，百尺清潭写翠娥。

翠娥婵娟初月辉，美人更唱舞罗衣。

清风吹歌入空去，歌曲自绕行云飞[八]。

此时行[九]乐难再遇，西游因献长杨赋⑨。

北阙⑩青云不可期，东山⑪白首[十]还归去，

渭桥南头[十一]一遇君，酂台⑫之北又离群[十二]。

问余别恨今多少，落花春暮争纷纷[十三]。

言[十四]亦不可尽，情[十五]亦不可极，

呼儿长跪缄此辞，寄君千里遥相忆。

〔一〕金陵。　〔二〕就中与君：一作与君一见。　〔三〕以上洛阳相会，旋即相别。　〔四〕一作汉东太守酣歌舞。　〔五〕以上汉阳相会，旋又相别。　〔六〕红：一作鲜。　〔七〕宜斜日：一作如花落。　〔八〕以上晋州相会，旋又相别。　〔九〕行：一作欢。　〔十〕首：一作发。　〔十一〕渭桥南头：一作涡水桥南。　〔十二〕以上关中相会，旋又相别。四会四别，统名曰忆旧游。　〔十三〕一作莺飞求友满芳树，落花送客何纷纷。　〔十四〕言：一作情。　〔十五〕情：一作言。

① 谯郡：地名，今安徽亳县。② 莫逆：指两人意气相投，交

往密切友好。③"紫阳"句：即紫阳真人，西汉道士周义山，字季通。④ 君家严君：指元参军的父亲。⑤ 貔（pí）虎：猛兽，此处以猛虎比喻元参军的父亲。⑥ 并州：地名，今山西太原。⑦"羊肠苦"句：化用曹操《苦寒行》中"北上太行山，艰哉何巍巍，羊肠坂诘屈，车轮为之摧"之句。⑧ 晋祠：在今山西太原，为纪念晋国唐叔虞及其母后邑姜而建。⑨ 长杨赋：西汉扬雄创作的一篇赋。⑩ 北阙：古代宫殿北面的门楼，此代指朝廷。⑪ 东山：隐居之地。谢安隐居后栖身于会稽东山，故称。⑫ 酂（cuó）台：地名，在今河南永城。

寄韦南陵冰，余江上乘兴访之遇寻颜尚书，笑有此赠

南船正东风，北船来自缓。

江上相逢借问君，语笑〔一〕未了风吹断。

闻君携妓访情人，应为尚书不顾身。

堂上珠履三千客①，瓮中百斛金陵春。

恨我阻此乐，淹留②楚〔二〕江滨。

月色醉远客，山花开欲然。

春风狂杀人，一日剧三年。

乘兴嫌太迟，焚却子猷船③。

梦见五柳④枝，已堪挂马鞭。

何日到彭泽，长〔三〕歌陶令⑤前。

〔一〕笑：一作声。 〔二〕楚：一作此。 〔三〕长：一作狂。

①"堂上"句：化用《史记·春申君列传》"春申君客三千余人，其上客皆蹑珠履以见赵使，赵使大惭"之典。珠履，即珠饰之履。② 淹留：羁留。③ 子猷船：语出《世说新语·任诞》："王

子猷居山阴,夜大雪,眠觉,开室命酌酒,四望皎然,因起彷徨,咏左思《招隐》诗,忽忆戴安道。时戴在剡,即便夜乘小船就之。经宿方至,造门不前而返。人问其故,王曰:'吾本乘兴而行,兴尽而返,何必见戴?'"④五柳:晋陶渊明著《五柳先生传》以自况。⑤ 陶令:义熙元年(405),陶渊明的叔父陶逵介绍他任彭泽县令,到任八十一天后,陶渊明授印去职。

庐山谣寄卢侍御虚舟①

我本楚狂人②,凤歌笑〔一〕孔丘。
手持绿玉杖〔二〕,朝别黄鹤楼。
五岳③寻仙不辞远,一生好入名山游。
庐山秀出南斗④傍,屏风九叠⑤云锦张。影落明湖青黛⑥光。
金阙前开二峰帐,银河⑦倒挂〔三〕三石梁。
香炉⑧瀑布遥相望,回崖沓嶂崚〔四〕苍苍,
翠影红霞映朝日〔五〕,鸟飞不到吴天长。
登高壮观天地间,大江茫茫去不还。
黄云万里动风色,白波九道流雪山⑨。
好为庐山谣,兴因庐山发。
闲窥石镜清我心,谢公⑩行处苍苔没〔六〕。
早服还丹无世情,琴心三叠道初成。
遥见仙人彩云里,手把芙蓉朝玉京。
先期汗漫九垓⑪上,愿接卢敖⑫游太清。

〔一〕笑:一本作哭。 〔二〕杖:一作枝。 〔三〕挂:一作泻。 〔四〕崚:一作何。 〔五〕映朝日:一作照千里。 〔六〕一作绿萝开处悬明月。

①卢侍御虚舟：即卢虚舟，字幼真，范阳（今北京大兴）人，唐肃宗时曾任殿中侍御史。②楚狂人：即陆通，字接舆，春秋时楚国隐士，因对当时的社会有所不满，剪去头发，佯狂不仕，时人称之"楚狂"。③五岳：五座名山，即东岳泰山、西岳华山、南岳衡山、北岳恒山、中岳嵩山，此泛指各地的名山。④南斗：星宿名，在二十八宿中属于斗宿。⑤屏风九叠：九叠屏又名屏风叠，在庐山三叠泉之东北。安史之乱后，李白来此隐居。⑥青黛：青黑色。⑦银河：瀑布。⑧香炉：即庐山南香炉峰。⑨雪山：此指白色的浪花。⑩谢公：即谢灵运。⑪九垓（gāi）：九天之外。⑫卢敖（前275—前195）：字雍熙，战国时燕国人，为秦博士，曾为秦始皇寻找仙药。

自汉阳病酒归寄王明府〔一〕

去岁左迁①夜郎道，琉璃砚水长枯槁。
今年敕放②巫山阳，蛟龙笔翰生辉光。
圣主还听子虚赋，相如却欲论文章③。
愿扫鹦鹉洲，与君醉百场。
啸起白云飞七泽④，歌吟绿水动三湘。
莫惜连船沽美酒，千金一掷买春芳。

〔一〕回江夏。

①左迁：贬谪。②敕放：赦免。乾元二年（759），唐肃宗大赦天下，李白也在被赦免之列。③"圣主""相如"二句：《史记·司马相如列传》："蜀人杨得意为狗监，侍上。上读《子虚赋》而善之，曰：'朕独不得与此人同时哉！'得意曰：'臣邑人司马相如自言为此赋。'上惊，乃召问相如。相如曰：'有是。然此乃诸侯之事，未足观也。请为天子游猎赋，赋成奏之。'"④七泽：相传古时楚有七处沼泽，后世遂以七泽泛称楚地诸湖泊。

早春寄王汉阳

闻道春还未相识,走傍①寒梅访消息。
昨夜东风入武阳〔一〕②,陌头③杨柳黄金色。
碧水浩浩云茫茫,美人④不来空断肠。
预拂青山一片石,与君连日醉壶觞⑤。

〔一〕阳:一作昌。

① 走傍:走近,靠近。② 武阳:地名,今武汉武昌。③ 陌头:路口,街头。古代把田间东西方向的路叫作"陌"。④ 美人:屈原在《楚辞》中多用香草美人来指代君子,此代指王汉阳。⑤ 壶觞:酒器。

泾溪①东亭寄郑少府谔〔一〕

我游东亭不见君,沙上行将白鹭群。
白鹭闲时散飞去,又如雪点青山云。
欲往泾溪不辞远,龙门蹙波虎眼转。
杜鹃花开春已阑②,归向陵阳③钓鱼晚。

〔一〕宣城。

① 泾溪:水名,在今安徽泾县水西山下。② 春已阑:指春天就要过去了。阑,即阑珊,将尽、将衰之义。③ 陵阳:地名,在今安徽池州。

梦游天姥①吟留别〔一〕

海客谈瀛洲②,烟涛③微茫〔二〕信难求。
越人④语〔三〕天姥,云霓明灭或〔四〕可睹。
天姥连天向天横,势拔五岳掩赤城⑤。
天台⑥四万八千丈,对此欲〔五〕倒东南倾。
我欲因之〔六〕梦吴越,一夜飞度镜湖⑦月。
湖月照我影,送我至剡溪⑧。
谢公⑨宿处今尚在,渌⑩水荡漾清猿啼。
脚著谢公屐⑪,身登青云梯。
半壁见海日,空中闻天鸡。
千岩万转路不定,迷花倚石忽已暝。
熊咆龙吟殷⑫岩泉,栗深林兮惊层巅。
云〔七〕青青兮欲雨,水澹澹⑬兮生烟。
列缺⑭霹雳,丘峦崩摧。
洞天⑮石扇〔八〕,訇然⑯中〔九〕开。
青冥浩荡不见底,日月照耀金银台。
霓为衣兮风为马,云之君⑰兮纷纷而来下。
虎鼓瑟兮鸾回车⑱,仙之人兮列如麻。
忽魂悸以魄动,恍惊起而长嗟。
惟觉时之枕席,失向来之烟霞。
世间行乐亦如此,古来万事东流水。
别君去兮何时还,且放白鹿青崖间,须行即骑访名山。
安能摧眉折腰事权贵,使我不得开心颜。

〔一〕一作别东鲁诸公。 〔二〕微茫:一作弥漫。 〔三〕语:一作道。 〔四〕或:一作安。 〔五〕欲:一作绝。 〔六〕因之:一作冥搜。 〔七〕云:一作枫。 〔八〕扇:一作扉。 〔九〕中:一作而。

① 天姥（mǔ）：山名，在今浙江新昌。② 瀛（yíng）洲：传说中的东海三座仙山之一，另两座叫蓬莱、方丈。③ 烟涛：波涛渺茫。④ 越人：指浙江一带的人。⑤ 赤城：山名，在今浙江天台。⑥ 天台（tāi）：山名，在今浙江天台。⑦ 镜湖：又名鉴湖，在今浙江绍兴。⑧ 剡（shàn）溪：水名，在今浙江嵊州。⑨ 谢公：即谢灵运。谢灵运在天姥山游玩时，曾在剡溪居住。⑩ 渌（lù）：清。⑪ 谢公屐（jī）：谢灵运为游山而制之木屐，前后有齿，可装卸，上山则去前齿，下山去其后齿。⑫ 殷（yǐn）：震响。⑬ 澹（dàn）澹：波涛起伏的样子。⑭ 列缺：闪电。⑮ 洞天：传说仙人在天上所居住的洞府。⑯ 訇（hōng）然：形容巨大的声音。⑰ 云之君：传说居住在云里的神仙。⑱ 鸾回车：鸾鸟驾着车。鸾，传说中的如凤凰一类的神鸟。回，旋转，运转。

留别于十一兄逖裴十三游塞垣①

太公②渭川水，李斯③上蔡门。

钓周猎秦④安黎元，小鱼鶏兔⑤何足言。

天张云卷有时节，吾徒莫叹羝触藩⑥。

于公白首大梁⑦野，使人怅望何可论。

既知朱亥⑧为壮士，且愿束心秋毫里。

秦赵虎争血中原，当去抱关救公子⑨。

裴生览千古，龙鸾炳天章。

悲〔一〕吟雨雪动林木，放书辍剑思〔二〕高堂。

劝尔一杯酒，拂尔裘上霜。

尔为我楚舞，吾为尔楚歌。

且探虎穴向沙漠，鸣鞭走马凌黄河。

耻作易水别，临歧泪滂沱。

〔一〕悲：一作高。　〔二〕思：一作悲。

①塞垣：本指塞外的城墙，即长城，此泛指幽州一带。②太公：即姜子牙，吕氏，名尚，又称姜太公、太公望，西周开国功臣。③李斯（？—前208）：战国末年楚国上蔡（今河南上蔡）人，秦朝大臣，善书法。据《史记·李斯列传》载，李斯死前曾对儿子说："吾欲与若复牵黄犬俱出上蔡东门逐狡兔，岂可得乎！"④钓周猎秦：指姜子牙、李斯后来辅佐西周、秦国，称雄天下。⑤狻（jùn）兔：狡兔。⑥羝触藩：《周易》："羝羊触藩，羸其角。"后多比喻极其困顿的处境。⑦大梁：地名，今河南开封。⑧朱亥：战国时魏国人，因受到侯嬴推荐而成为了信陵君的上宾，后帮助信陵君窃符救赵。⑨"当去"句：指魏国大梁城门守卫者侯嬴为信陵君荐才献策，窃兵符救赵之事。

金陵酒肆①留别

白门柳花满〔一〕店香，吴姬②压酒唤客尝。
金陵子弟③来相送，欲行不行各尽觞。
请君问取东流水，别意与之谁短长。
〔一〕满：一作酒。

①酒肆：酒店。②吴姬：吴地女子，金陵酒店中的侍女。③金陵子弟：诗人在金陵的朋友。

南陵别儿童入京〔一〕

白酒新〔二〕熟山中归，黄鸡啄黍秋正肥。
呼童烹鸡酌白酒，儿女歌笑牵人衣。
高歌取醉欲自慰，起舞落日争光辉。

游说万乘①苦不早②,著鞭跨马涉远道。

会稽愚妇轻买臣③,余亦辞家西〔三〕入秦④。

仰天大笑出门去,我辈岂是蓬蒿人⑤。

〔一〕一云古意。　〔二〕新:一作初。　〔三〕西:一作方。

① 游说万乘:游说君主。万乘,指天子。周制,天子地方千里,兵车万乘。故后世称天子为"万乘之君"。② 苦不早:遗憾没能尽早见到皇帝。③ "会稽"句:买臣,即朱买臣(?—前115),字翁子,会稽郡吴县(今江苏苏州)人。早年家贫,其妻嫌弃他贫穷而离开了他,后来朱买臣得到汉武帝赏识做了会稽太守。事见《汉书·朱买臣传》。④ 入秦:前往长安。⑤ 蓬蒿人:栖身于草野之人,指没有官位的人。

别山僧〔一〕

何处名僧到水西①,乘舟〔二〕弄月宿泾溪。

平明别我上山去,手携金策②踏云梯。

腾身转觉三天近,举足回看万岭低。

谑浪肯居支遁③下,风流还与远公④齐。

此度别离何日见,相思一夜瞑猿啼。

〔一〕泾县作。　〔二〕舟:一作杯。

① 水西:山名,在今安徽泾县。② 金策:即锡杖、禅杖,古时为僧人所持。③ 支遁(313—366):字道林,世称支公,陈留(今河南开封)人,东晋名僧,善诗文。④ 远公:即慧远大师(334—416),东晋高僧,雁门郡楼烦县(今山西原平)人,为净土宗之始祖。

鲁郡尧祠送窦明府薄华还西京〔一〕

朝策犁眉骓①,举鞭力不堪。
强扶愁疾向何处,角巾微服〔二〕②尧祠南。
长杨扫地不见日,石门喷作金沙潭。
笑夸故人〔三〕指绝境,山光水色青于蓝。
庙中往往来击鼓,尧本无心尔何苦。
门前长跪双石人,有女如花日歌舞。
银鞭绣毂③往复回,簸林蹶石④鸣风雷。
远烟空翠时明灭,白鸥历乱长飞雪。
红泥亭子赤〔四〕栏干,碧流环转青锦湍。
深沉百丈洞海底,那知不有蛟龙盘〔五〕。
君不见,绿珠⑤潭水流东海,绿珠红粉沉光彩〔六〕。
绿珠楼下花满园,今日曾无一枝在。
昨夜秋声闻阊⑥来,洞庭木落⑦骚人哀。
遂将三五少年辈,登高送远〔七〕形神开。
生前一笑轻九鼎⑧,魏武何悲铜雀台⑨。
我歌白云⑩倚窗牖〔八〕,尔闻其声但挥手。
长风吹月渡海来,遥劝仙人一杯酒。
酒中乐酣宵向分,举觞醻尧尧可闻。
何不令皋繇〔九〕⑪拥篲横八极,直上青天挥〔十〕浮云。
高阳小饮真琐琐,山公酩酊⑫何如我。
竹林七子去道赊,兰亭雄笔⑬安足夸〔十一〕。
尧祠笑杀五〔十二〕湖水,至今憔悴空荷花。
尔向西秦我东越,暂向瀛洲访金阙。
蓝田太白若可期,为余扫洒石上月。

〔一〕时久病初起作。 〔二〕服:一作步。 〔三〕笑夸故人:一作笑谑伯明。　〔四〕赤:一作朱。　〔五〕以上均叙尧祠风景。以下诙诡跌宕,变化离合,不可方物矣。　〔六〕一作白首同归翳光彩。　〔七〕送远:一作远望。　〔八〕依窗牖:一作大开口。　〔九〕繇:一作陶。　〔十〕挥:一作扫。〔十一〕赊,远也,谓竹林诸子去道甚远也。四句评贬古人之豪饮嘉宴不足尚也。　〔十二〕五:一作镜。

① 犁眉䯅(guā):黑眉黑嘴的黄马。② 微服:便服。③ 银鞍绣毂(gǔ):权贵所乘的豪华车马。④ 簸林蹶(guì)石:声音巨大,在树林与山谷间响动。⑤ 绿珠潭:潭名,在河南洛阳,原为石崇家池,池南绿珠楼为石崇爱妾绿珠所居。⑥ 阊(chāng)阖(hé):原指传说中的西边的天门,此处指西风。⑦ 洞庭木落:化用《九歌·湘夫人》中"袅袅兮秋风,洞庭波兮木叶下"之句。⑧ 九鼎:传说大禹划分天下为九州,据九州方位以青铜铸造九鼎,后九鼎成为历代最高权力的象征。⑨ 铜雀台:曹操所建宫殿,位于河北临漳县境内。⑩ 白云:指《白云谣》。⑪ 皋(gāo)繇(yáo):即皋陶,传说是虞舜时的执法官。⑫ 山公酩酊:山公,即山简,性嗜酒。⑬ 兰亭雄笔:即王羲之写的《兰亭集序》,作于东晋永和九年(353年)三月初三修禊活动。

单父①东楼,秋夜送族弟沈之秦〔一〕,时凝弟在席

尔从咸阳来,问我何劳苦。
沐猴而冠②不足言,身骑土牛③滞东鲁。
况弟欲行凝弟留,孤飞一雁秦云秋。
坐来黄叶落四五,北斗已〔二〕挂西城楼。
丝桐感人弦亦〔三〕绝,满堂送客皆惜别。
卷帘见月清兴来,疑是山阴夜中雪。
明日斗酒别,惆怅清路尘。

遥望长安日，不见长安人。

长安宫阙九天上，此地曾经为近臣。

一朝复一朝，白发心不改。

屈平憔悴滞江潭，亭伯流离放辽海。

折翮翻飞随转蓬[四]，闻弦虚坠下霜空。

圣朝久弃青云士，他日谁怜张长公[五]。

〔一〕秦：一作西京。　〔二〕已：一作稍。　〔三〕亦：一作已。　〔四〕一作翼短天长去不穷。　〔五〕一作谁肯相思张长公。　○自"长安宫阙"至末，皆太白自伤曾为近臣，有流落天涯之感。

① 单父：地名，今山东单县。② 沐猴而冠：猴子戴上帽子学人样，讽刺当权者的无能。沐猴，即猕猴。③ 身骑土牛：比喻升迁很慢。

灞陵行送别[一]

送君灞陵亭①，灞水流浩浩。

上有无花之古树，下有伤心之春草。

我向秦人问路歧，云是王粲②南登之古道。

古道连绵走西京，紫关落日浮云生。

正当今夕断肠处，骊歌③愁绝不忍听。

〔一〕长安。

① 灞陵亭：故址在今陕西西安市城东。唐时，长安人常于此送客为别。② 王粲（177—217）：字仲宣，山阳郡高平县（今山东微山）人，东汉末年文士。汉献帝初平三年（192），王粲由长安南奔

荆州，其《七哀诗》谓"南登灞陵岸，回首望长安"。③ 骊歌：即《诗经·骊驹》，为《诗经》之逸篇。《汉书·王式传》有"客歌《骊驹》，主人歌《客毋庸归》"之句。后世多把告别之歌称为"骊歌"。

送羽林①陶将军

将军出使拥楼船，江上旌旗拂紫烟。
万里横戈探虎穴，三杯拔剑舞龙泉。
莫道词人②无胆气，临行将赠绕朝鞭③。

① 羽林：禁军，担任护卫帝王、皇宫任务的军队。② 词人：诗人，指李白自己。③ 绕朝鞭：即"绕朝策"。绕朝，秦大夫。策，马鞭。见《左传·文公十三年》："乃行，绕朝赠之以策。"

送程、刘二侍御兼独孤判官赴安西幕府

安西幕府多才雄，喧喧唯道三数公。
绣衣貂裘明积雪，飞书走檄①如飘风。
朝辞明主出紫宫，银鞍送别金城空。
天外飞霜下葱海②，火旗云马生光彩。
胡塞尘清③计日归，汉家④草绿遥相待。

① 檄：古时用以征召或声讨的文书。② 葱海：传说葱岭之水分流东西，西入大海，东为黄河之源，后多以葱海泛指葱岭一带。③ 尘清：拂去尘埃，此指安定边境。④ 汉家：此指唐王朝。

同王昌龄送族弟襄归桂阳〔一〕

尔家何在潇湘川，青莎白石长江边。
昨梦江花照江日，几枝正发东窗前。
觉来欲往心悠然，魂随越鸟飞南天。
秦云连山海相接，桂水横烟不可涉。
送君此去令人愁，风帆茫茫隔河洲。
春潭琼草绿可折，西寄长安明月楼。

〔一〕一作同王昌龄崔国辅送李舟归郴州。

送别

寻阳五溪水，沿洄①直入巫山里。
胜境由来人共传，君到南中自称美。
送君别有八月秋，飒飒芦花复益愁。
云帆望远不相见，日暮长江空自流。

① 沿洄：沿，顺流而下；洄，逆流而上。

送族弟绾〔一〕从军安西①

汉家兵马乘北风，鼓行而〔二〕西破犬戎②。
尔随汉将〔三〕出门去，剪虏若草收奇功。

君王按剑望边色,旄头已落胡天空。
匈奴系颈数应尽,明年应〔四〕入蒲桃宫③。

〔一〕绾:一作琯。　〔二〕而:一作向。　〔三〕尔随汉将:一作尔挥长剑。　〔四〕应:一作驱。

① 安西:地名,在今甘肃酒泉一带。② 犬戎:古代族名,此指敌军。③ 蒲桃宫:即葡萄宫,汉哀帝时匈奴单于来朝的居住。唐人常以汉喻唐,此指诗人期待对吐蕃的战事顺利,吐蕃首领会像单于那样来唐廷朝见天子。

送祝八之江东赋得浣纱石〔一〕

西施越溪女,明艳光云海。
未〔二〕入吴王宫殿时①,浣纱古石〔三〕今犹在。
桃李新开映古〔四〕查,菖蒲犹短出平沙。
昔时红粉照流水,今日青苔覆落花。
君去西秦适东越,碧山青江几超忽。
若到天涯思故人,浣纱石上窥明月。

〔一〕峡西。　〔二〕未:一作来。　〔三〕古石:一作石古。　〔四〕古:一作杏。

①"未入"句:西施为越国人,越国被吴国打败后,越王勾践将西施献给吴王夫差,夫差对西施极为宠幸。勾践卧薪尝胆,励精图治,越国最终灭了吴国。

送萧三十一之鲁中兼问稚子伯禽

六月南风吹白沙,吴牛喘月①气成霞。
水国郁〔一〕蒸不可处,时炎道远无行车。
夫子如何涉江路,云帆②袅袅金陵去。
高堂倚门望伯鱼③,鲁中正是趋庭④处。
我家寄在沙丘傍,三年不归空断肠。
君行既识伯禽子,应驾小车骑白羊。

〔一〕郁:一作歊。

① 吴牛喘月:吴地水牛望月而喘,形容天气极热。② 云帆:高大的帆。③ 伯鱼:即孔鲤(前532—前483),字伯鱼,孔子的儿子,鲁国陬邑(今山东曲阜)人。④ 趋庭:语出《论语·季氏》:"鲤退而学诗。他日又独立,鲤趋而过庭。曰:'学礼乎?'对曰:'未也。''不学礼,无以立。'"后人多以"趋庭"代指子女或学生受教。

白云歌送友人

楚山秦山多白云,白云处处长随君。
君今还入楚山里,云亦随君渡湘水①。
水上女萝②衣白云,早卧早行君早起。

① 湘水:即湘江,长江流域洞庭湖水系。② 女萝:即山鬼,屈原《九歌·山鬼》中的山中女神。

送舍弟

吾家白额驹^①,远别临东道。
他日相思一梦君,应得池塘生春草^②。

① 白额驹:千里驹,常比喻年轻有为的青年。② 池塘生春草:《南史·谢方明传》载谢方明子惠连,年10岁能文,族兄谢灵运常嘉赏他。谢灵运曾作诗不成,忽梦见惠连,即得"池塘生春草"句。

与诸公送陈郎将归衡阳[一]

仲尼旅人,文王明夷,苟非其时,圣贤低眉。况仆之不肖者,而迁逐枯槁,固非其宜。朝心不开,暮发尽白,而登高送远,使人增愁。陈郎将义风凛然,英思逸发。来下曹城之榻,去邀才子之诗。动清兴于中流,泛素波而径去。诸公仰望不及,连章祖之。序惭起予,辄冠名贤之首。作者嗤我,乃为抚掌之资乎!

衡山苍苍入紫冥,下看南极老人星^①。
回飙^②吹散五峰雪,往往飞花落洞庭。
气清岳秀有如此,郎将一家拖金紫。
门前食客乱浮云,世人皆比孟尝君^③。
江上送行无白璧^④,临歧惆怅若为分。

[一] 并序。

① 南极老人星:古人认为南极星主寿,故称。② 回飙:旋转的狂风。③ 孟尝君:即田文,战国时齐国临淄(今山东临淄)人,

以养士闻名。④"江上"句：在江边送别友人时没有白璧以赠。古人以赠白璧比喻知己或礼贤爱士。

宣州①谢朓楼②钱别校书③叔云〔一〕④

弃我去者昨日之日不可留。
乱我心者今日之日多烦忧。
长风万里送秋雁，对此可以酣高楼。
蓬莱⑤文章建安骨⑥，中间小谢又清发⑦。
俱怀逸兴⑧壮思⑨飞，欲上青天〔二〕揽明月。
抽刀断水水更流，举杯消愁愁更〔三〕愁。
人生〔四〕在世不称意⑩，明朝散发⑪弄扁舟〔五〕⑫。

〔一〕一作陪侍御叔华登楼歌。 〔二〕天：一作云。 〔三〕更：一作复。 〔四〕人生：一作男儿。 〔五〕散发弄扁舟：一作举棹还沧洲。

① 宣州：地名，今安徽宣城。② 谢朓楼：又称"古北楼"，是谢朓任宣城太守时，在郡城之北的陵阳山上修建的一座楼。③ 校（jiào）书：即校书郎，官名。④ 叔云：即李白的叔叔李云，善诗文，曾任秘书省校书郎。⑤ 蓬莱：神话传说中东海外的仙岛，此指东汉洛阳南宫的东观，为东汉宫廷中贮藏档案、典籍和从事校书、著述的场所。故"蓬莱文章"指汉代文章。⑥ 建安骨：即建安风骨。建安（196—220）是汉献帝的年号，这一时期，形成了以"三曹""七子"为代表作家的雄健深沉、慷慨悲凉的艺术风格，后世称为"建安风骨"。⑦ 清发（fā）：清丽俊逸的诗风。⑧ 逸兴：超逸豪放的兴致。⑨ 壮思：雄心壮志。⑩ 称（chèn）意：称心如意。⑪ 散发：古人多留长发，常束发戴冠，隐居不仕时才去冠披发。此处形容狂放不羁的状态。⑫ 弄扁舟：乘坐小舟，指代隐居江湖。

酬宇文少府见赠桃竹①书筒

桃竹书筒绮绣文,良工巧妙称绝群。
灵心圆映三江月,彩质叠成五色云②。
中藏宝诀峨眉去,千里提携长忆君。

① 桃竹:竹的一种,质地坚实,适合制作各类手工品。② 五色云:五色云彩,古人认为五色云寓意祥瑞。

早秋单父南楼酬窦公衡

白露见日灭,红颜随霜凋。
别君若俯仰,春芳辞秋条。
太山嵯峨夏云在,疑是白波涨东海。
散为飞雨川上来,遥帷却卷清浮埃。
知君独坐青轩下,此时结念同怀者。
我闭南楼著道书,幽帘清寂若仙居。
曾无好事来相访,赖尔高文一起予。

酬张司马赠墨〔一〕

上党①碧松烟②,夷陵③丹沙④末。
兰麝⑤凝珍黑,精光乃堪掇。

黄头奴子双鸦鬟⑥,锦囊养之怀袖间。
今日赠余兰亭⑦去,兴来洒笔会稽山⑧。
〔一〕吴中。

① 上党:地名,今山西上党。② 松烟:松木燃烧后所凝之黑灰,古人常用来制松烟墨。③ 夷陵:地名,今湖北夷陵。④ 丹沙:即丹砂,一种矿物,古时常用来制作颜料。⑤ 兰麝:兰与麝香,泛指名贵的香料。这里是说在松烟墨中添加珍贵的香料。⑥ 双鸦鬟:即鸦髻,色黑如鸦的丫形发髻。⑦ 兰亭:地名,在今浙江绍兴西南,古代为驿亭。东晋时,王羲之在此修禊,并写《兰亭集序》而得名。⑧ 会稽山:山名,在今绍兴东南部。

酬中都①小吏携斗酒双鱼于逆旅见赠〔一〕

鲁酒若琥珀〔二〕,汶鱼紫锦鳞。
山东豪吏②有俊气,手携〔三〕此物赠远人。
意气相倾两相顾,斗酒双鱼表情素。
酒来我饮之,鲙作别离处。
双鳃呀呷③鳍鬣④张,跋剌⑤银盘欲飞去。
呼儿拂几霜刃挥,红肥花落白雪霏。
为君下箸一餐饱〔四〕,醉著金鞭上〔五〕马归。
〔一〕齐鲁。 〔二〕若琥珀:一作琥珀色。 〔三〕携:一作持。 〔四〕饱:一作罢。 〔五〕上:一作走。

① 中都:地名,今山东汶上。② 豪吏:豪放、豪爽的小吏。③ 呀呷:一开一合的样子。④ 鳍(qí)鬣(liè):古时将鱼的背鳍称为鳍,胸鳍称作鬣。⑤ 跋剌:即拔剌,鱼尾摇晃的声音。

答王十二寒夜独酌有怀﹝一﹞

昨夜吴中雪，子猷佳兴发①。
万里浮云卷碧山，青天中道流孤月。
孤月苍浪河汉②清，北斗错落长庚③明。
怀余对酒夜霜白，玉床金井冰峥嵘。
人生飘忽百年内，且须酣畅万古情。
君不能狸膏④金距⑤学斗鸡，坐令鼻息吹虹霓⑥。
君不能学哥舒⑦，横行青海夜带刀⑧，西屠石堡⑨取紫袍⑩。
吟诗作赋北窗里，万言不直一杯水。
世人闻此﹝二﹞皆掉头，有如东风射马耳。
鱼目亦笑我，请﹝三﹞与明月同。
骅骝拳跼不能食，蹇驴得志鸣春风。
折杨黄花合流俗，晋君听琴枉清角。
巴﹝四﹞人谁肯和阳春，楚地由来贱奇璞。
黄金散尽交不成，白首为儒身被轻。
一谈一笑失颜色，苍蝇贝锦喧谤声。
曾参岂是杀人者，谗言三及慈母惊⑪。
与君论心握君手，荣辱于余亦何有。
孔圣犹闻伤凤麟⑫，董龙更是何鸡狗。
一生傲岸若不谐，恩疏媒劳志多乖。
严陵高揖汉天子，何必长剑拄颐事玉阶。
达亦不足贵，穷亦不足悲。
韩信羞将绛灌比，祢衡耻逐屠沽儿。
君不见，李北海，英风豪气今何在。
君不见，裴尚书⑬，土坟三尺蒿棘﹝五﹞居。
少年早欲五湖去，见此弥将钟鼎疏。

〔一〕再入吴中。　〔二〕此：一作之。　〔三〕请：一作谓。　〔四〕巴：一作几。　〔五〕棘：一作下。

①"子猷"句：此处用《世说新语·任诞》王子猷雪夜访戴安道，不去见而返之事。②河汉：银河。③长庚：金星别名。④狸膏：狸的脂膏，古人斗鸡时，常取狸的脂膏涂抹在鸡头上，使对方的鸡闻到气味后畏怯，从而战胜对方。⑤金距：套在鸡爪上的金属品，能使鸡爪更加锋利，从而在斗鸡中占据有利地位。⑥鼻息吹虹霓：鼻孔里出的气能吹到天上的霓虹。因唐玄宗好斗鸡，此比喻那些凭借斗鸡而显赫富贵者。⑦哥舒：即哥舒翰。⑧"横行"句：指哥舒翰曾多次在青海与吐蕃作战并获胜。⑨石堡：在今青海湟源。⑩紫袍：紫色官服，为高官所服，此指凭借战功取得官位。⑪"曾参""谗言"二句：曾参，即曾子（前505—前435），姒姓，字子舆，春秋末年鲁国南武城人，孔子的弟子。《战国策·秦策二》载，有一个与曾子同姓名的费地人杀了人，别人误以为是他，便告知他母亲。曾母相信自己的儿子不会行凶，安然不动，接着又来两人也这样说，曾母不得不信，为之惊惧并跳墙逃走。此代指诗人在长安时受到排挤、打击。⑫伤凤麟：即伤麟，《孔子家语·辨物》载，孔子见人捕获麒麟，认为明主出而麟才至，出非其时，掩面而泣，此指生不逢时。《论语·子罕》载孔子曰："凤鸟不至，河不出图，吾已矣夫！"孔子伤叹自己政治理想绝望，比喻英雄无用武之地。⑬裴尚书：即裴敦复（？—747），字敦复，河东闻喜（今山西闻喜）人，天宝六年被李林甫杀害。

醉后答丁十八以诗讥予捶碎黄鹤楼

黄鹤楼高已捶碎，黄鹤仙人无所依。
黄鹤上天诉玉帝，却放黄鹤江南归。
神明太守再雕饰，新图粉壁还芳菲。
一州笑我为狂客，少年往往来相讥。

君平帘下谁家子，云是辽东丁令威①。
作诗掉我惊逸兴，白云绕笔窗前飞。
待取明朝酒醒罢，与君烂漫寻春晖。

① 丁令威：神话传说中的人物。《搜神后记》载，丁令威学道于灵虚山，后化鹤归来，有少年用弓箭射，鹤言是丁令威。

答杜秀才五松山①见赠〔一〕

昔献长杨赋②，天开云雨欢。
当时待诏承明③里，皆道扬雄才可观。
敕赐飞龙二天马，黄金络头白玉鞍。
浮云蔽日去不返，总为秋风摧紫兰。
角巾东出商山道，采秀行歌咏芝草。
路逢园绮④笑向人，而君解来一何好。
闻道金陵龙虎盘，还同谢朓望长安⑤。
千峰夹水向秋浦，五松名山当夏寒。
铜井炎炉敲九天〔二〕，赫如铸鼎荆山前。
陶公攫烁呵赤电，回禄⑥睢盱扬紫烟。
此中岂是久留处，便欲烧丹从列仙。
爱听松风且高卧，飕飗吹尽炎氛过。
登崖独立望九州，阳春⑦欲奏谁相和。
闻君往年游锦城，章仇尚书倒屣迎⑧。
飞笺络绎奏明主，天书降问回恩荣。
骯髒不能就珪组⑨，至今空扬高蹈名。
夫子工文绝世奇，五松新作天下推。

吾非谢尚邀彦伯⑩,异代风流各一时。

一时相逢乐在今,袖拂白云开素琴。

弹为三峡流泉音。从兹一别武陵去,去后桃花春水深。

〔一〕五松山,南陵铜坑西五六里。　○宣城。　〔二〕秋浦有铜有银,南陵有铜官冶,即梅根冶也。

① 五松山:山名,在今安徽铜陵。② 长杨赋:西汉扬雄创作的一篇赋。③ 承明:即承明殿,西汉宫殿名,在长安城未央宫。④ 园绮:即东园公、绮里季的合称。⑤ "还同"句:语出谢朓《晚登三山还望京邑》诗:"灞涘望长安,河阳视京县。"⑥ 回禄:火神名,后人常用来指代火灾。⑦ 阳春:古代歌曲,以曲高和寡著称。⑧ 倒屣迎:指急于迎客,匆忙之间把鞋子穿倒了,形容热情欢迎宾客。⑨ 珪组:玉圭与印绶,引申指爵位、官职。⑩ 谢尚邀彦伯:谢尚,东晋人,字仁祖,东晋名士,将领。彦伯,指袁宏,所作《咏史》诗借历史人物抒怀。谢尚镇牛渚(安徽当涂),秋夜闻袁宏咏所作《咏史》诗,邀与之谈,通宵不寐,袁宏名誉日隆。谢尚为豫州刺史时,引荐袁宏参与军事之事。

携妓登梁王①栖霞山②孟氏桃园中

碧草已满地,与柳梅争春。

谢公自有东山妓,金屏笑坐如花人。

今日非昨日,明日还复来。

白发对绿酒③,强歌心已摧。

君不见,梁王池上月,昔照梁王樽酒中。

梁王已去明月在,黄鹂愁醉啼春风。

分明感激眼前事,莫惜醉卧桃园东。

① 梁王:即王刘武(?—前144),汉文帝刘恒次子,汉景帝

刘启的弟弟，西汉梁国诸侯王。② 栖霞山：又名梁王台，在今山东单县西南。西汉文帝年间，梁王刘武曾在此营造宫室。③ 绿酒：新酿制的酒，因新酒还未滤清时，酒面会泛起绿色泡沫，故称。

把酒问月〔一〕

青天有月来几时，我今停杯一问之。
人攀明月不可得，月行却与人相随。
皎如飞镜临丹阙，绿烟灭尽清晖发。
但见宵从海上来，宁知晓向云间没。
白兔捣药秋复春，姮娥孤栖与谁邻。
今人不见古时月，今月曾经照古人。
古人今人若流水，共看明月皆如此。
唯愿当歌对酒时，月光长照金樽里。

〔一〕故人贾淳令余问之。

下途归石门①旧居〔一〕

吴山高，越水清，握手无言伤别情。
将欲辞君挂帆去，离魂不散烟郊树。
此心郁怅谁能论，有愧叨承②国士恩。
云物共倾三月酒，岁时同饯五侯③门。
羡君素书常满案，含丹照白霞色烂。
余尝学道穷冥筌④，梦中往往游仙山。
何当脱屣谢时去，壶中⑤别有日月天。

俯仰人间易凋朽，炉峰五云在轩牖。
惜别愁窥玉女窗，归来笑把洪崖⑥手。
隐居寺，隐居山，陶公⑦炼液栖其间。
灵神闭气昔登攀，恬然但觉心绪闲。
数人不知几甲子，昨来犹带冰霜颜。
我离虽则岁物改，如今了然识所在。
别君莫道不尽欢，悬知乐客遥相待。
石门流水遍桃花，我亦曾到秦人家⑧。
不知何处得鸡豕，就中仍见繁桑麻。
翛然⑨远与世事间，装鸾驾鹤又服远。
何必长从七贵游，劳生徒聚万金产。
挹君去，长相思，云游雨散从此辞。
欲知怅别心易苦，向暮春风杨柳丝。
〔一〕吴中。

① 石门：地名，在安徽当涂，李白曾居于此，故称"旧居"。② 叨承：谦辞，不当承受而承受。③ 五侯：泛指权贵豪门。④ 冥筌（quán）：道家玄理的精微之处。⑤ 壶中：道家所说的仙境。⑥ 洪崖：仙人名，据说为黄帝时期的乐官。⑦ 陶公：即陶弘景（456—536），字通明，自号华阳隐居，谥贞白先生，丹阳秣陵（今江苏南京）人，南朝齐、梁时期的道教学者。⑧ 秦人家：陶渊明《桃花源记》中描写的世外绝境。⑨ 翛（xiāo）然：悠然自得、无拘无束的样子。

夜泊黄山闻殷十四吴吟

昨夜谁为吴会吟①，风生万壑振空林。
龙惊不敢水中卧，猿啸时闻岩下音。

我宿黄山碧溪月，听之却罢松间琴。
朝来果是沧洲逸，酤酒提盘饭霜栗②。
半酣③更发江海声，客愁顿向杯中失。

① 吴会吟：唱吴地的歌。吴会，指会稽郡，今浙江北部、江苏南部。② 霜栗：栗子，因栗子熟于九月霜降之时，故称。③ 半酣：半醉，酒喝一半，尚未尽兴之时。

观博平①王志安少府山水粉图②

粉壁为空天，丹青状江海。
游云不知归，日见白鸥在。
博平真人③王志安，沉吟至此愿挂冠④。
松溪石磴⑤带秋色，愁客思归生晓寒。

① 博平：地名，今山东聊城西北。② 粉图：画在粉壁上的图画。③ 真人：道家将得道者称作"真人"。④ 挂冠：即悬挂官帽。后人常用此代指辞去官位。⑤ 石磴（dèng）：石阶。

观元丹丘坐巫山屏风①

昔游三峡见巫山，见画巫山宛相似。
疑是天边十二峰，飞入君家彩屏里。
寒松萧飒如有声，阳台微茫如有情。

锦衾瑶席②何寂寂,楚王神女徒盈盈。
高咫尺,如千里,翠屏③丹崖粲如绮。
苍苍远树围荆门④,历历行舟泛巴水。
水石潺湲⑤万壑分,烟光草色俱氤氲⑥。
溪花笑日何年发,江客听猿几岁闻。
使人对此心缅邈⑦,疑入高丘梦彩云。

① 巫山屏风:绘有巫山图样的屏风。② 锦衾瑶席:锦缎做的被子,瑶草编的卧席。③ 翠屏:峰峦排列的绿色山岩。④ 荆门:即荆门山,位于今湖北宜都西北,长江南岸。⑤ 潺湲:水缓缓流动的样子。⑥ 氤氲:云雾朦胧的样子。⑦ 缅邈:思绪遥远的样子。

暖酒

热暖将来宾铁文,暂时不动聚白云。
拨却白云见青天,掇头里许便乘仙。

对酒

蒲萄酒,金叵罗①,吴姬十五细马②驮。
青黛③画眉红锦靴,道字不正娇唱歌。
玳瑁筵④中怀里醉,芙蓉帐⑤底奈君何。

① 叵罗:古代饮酒用的一种敞口的浅杯。② 细马:骏马,一说为小马。③ 青黛:即靛花,一种植物,古人常用加工后的青黛

来画眉。④ 玳瑁筵：豪华的宴席。⑤ 芙蓉帐：用芙蓉花染缯制成的帐子，泛指华丽的帐子。

怨情

新人如花虽可宠，故人似玉由来①重。
花性飘扬②不自持，玉心皎洁③终不移。
故人昔新今尚故，还见新人有故时。
请看陈后黄金屋④，寂寂珠帘生网丝⑤。

① 由来：从来，从过去到现在。② 花性飘扬：此指新人生性风流。③ 玉心皎洁：此指故人心志纯良。④ 陈后：陈阿娇，汉武帝刘彻的第一任皇后。刘彻初娶阿娇时，戏言为其建一黄金屋。⑤ "寂寂"句：形容陈皇后的凄凉处境。元光五年（前130），陈氏因"惑于巫祝"罪名被废黜皇后之位，退居长门宫。

思边〔一〕

去年何时君别妾，南园绿草飞蝴蝶。
今岁何时妾忆君，西山白雪暗秦云①。
玉关②去此三千里，欲寄音书那可闻。

〔一〕一作春怨。

① 秦云：秦地的云，唐人往往用"秦"来指代长安。② 玉关：即玉门关，故址在今甘肃敦煌。

代美人愁镜

美人赠此龙盘之宝镜,烛我金缕①之罗衣。
时将红袖拂明月,为惜普照之余辉。
影中金鹊飞不灭,台下青鸾思独绝。
藁砧②一别若箭弦,去有日,来无年。
狂风吹却妾心断,玉箸③并堕菱花④前。

① 金缕:金色丝线缝制成的衣服。② 藁砧:又名"鈇",本为斩除杂草的用具,因"鈇"与"夫"同音,以此来指代丈夫。③ 玉箸:眼泪。④ 菱花:即铜镜。因古人铜镜多呈菱花之形或刻有菱花纹饰,故称。

示金陵子[一]①

金陵城东谁家子[二],窃听琴声碧[三]窗里。
落花②一片天上来,随人直渡西江水。
楚歌吴语娇不成,似能未能最有情。
谢公正要东山妓,携手林泉处处行。

〔一〕一作金陵子词。 〔二〕谁家子:一作金陵子。 〔三〕碧:一作夜。

① 金陵子:此指金陵的歌妓。② 落花:此指歌妓。

卷十一

杜工部七古

一百四十六首

元都坛歌〔一〕

故人昔隐东蒙峰①，已佩含景②苍精龙③。
故人今居子午谷④，独在〔二〕阴崖结〔三〕茅屋。
屋前太古⑤玄都⑥坛，青石漠漠常风寒。
子规夜啼山竹裂，王母昼下云旗翻〔四〕。
知君此计成〔五〕长往，芝草琅玕⑦日应长。
铁锁高垂不可攀，致身福地何萧爽。

〔一〕寄元逸人。　○此下皆天宝未乱以前之诗。　〔二〕在：一作并。　〔三〕结：一作白。　〔四〕翻：一作蟠。〔五〕成：或作诚。

① 东蒙峰：山名，亦名东明峰，在今陕西长安终南山。② 含景：含日月之影。景，同"影"。③ 苍精龙：即青龙符。④ 子午谷：地名，在陕西长安南秦岭山中。⑤ 太古：远古，上古。⑥ 玄都：古道坛名。⑦ 琅玕：似珠玉的美石。

今夕行〔一〕

今夕何夕岁云徂①，更长烛明不可孤。
咸阳客舍一事无，相与博塞〔二〕为欢娱。
冯陵②大叫呼五白③，袒跣④不肯成枭卢〔三〕⑤。
英雄有时亦如此，邂逅岂即非良图。
君莫笑，刘毅⑥从来布衣愿，家无儋石输百万⑦。

〔一〕自齐赵西归至咸阳作。　〔二〕博塞：一云赌博。

〔三〕卢:一作牟。

① 岁云徂(cú):一年即将过去。云,语助词。徂,逝,过去。② 冯陵:意气昂扬的样子。③ 五白:五子皆白,古时博戏的采名。④ 袒跣(tǎn xiǎn):袒胸赤足。⑤ 枭卢:樗捕的两种胜采。么为枭,最胜;六为卢,次之。⑥ 刘毅:字希乐,东晋将领。⑦ 儋石:两石,十斗为一石。

贫交行①

翻手作云覆手雨,纷纷轻薄何须数。
君不见管鲍②贫时交,此道今人弃如土。

① 贫交行:描写贫贱之交的诗歌。② 管鲍:即管仲和鲍叔牙,指深厚情谊。

兵车行①

车辚辚,马萧萧,行人弓箭各在腰。
耶娘妻子②走相送,尘埃不见咸阳桥。
牵衣顿足拦〔一〕道哭,哭声直上干云霄。
道傍过者问行人,行人但云点行③频。
或从十五北防河,便至四十西营田④。
去时里正与裹头⑤,归来头白还戍边。
边亭〔二〕流血成海水,武〔三〕皇⑥开边⑦意未已。
君不闻,汉家⑧山东二百州,千村万落生荆杞。

纵有健妇把锄犁，禾生陇亩无东西。

况复秦兵耐苦战，被驱不异犬与鸡。

长者虽有问，役夫敢申恨？

且如今年冬，未休关〔四〕西卒〔五〕⑨。

县官急索租〔六〕，租税从何出？

信知生男恶，反是生女好。

生女犹是〔七〕嫁比邻，生男〔八〕埋没随百草。

君不见，青海头，古来白骨无人收。

新鬼烦冤旧鬼哭，天阴雨湿声〔九〕啾啾。

〔一〕拦：一作桥。 〔二〕亭：一作庭。 〔三〕武：一作我。 〔四〕关：一作陇。 〔五〕一云：役夫心益愤，如今纵得休，还为陇西卒。 〔六〕草堂本作县官云急索。 〔七〕是：一作得。 〔八〕男：一作儿。 〔九〕声：一作悲。

① 兵车行：杜甫自创的乐府新题。② 耶娘妻子：父亲、母亲、妻子、儿女的并称。从军的人既有十几岁的少年，也有四十多岁的成年人，所以送行的人有出征者的父母，也有妻子和孩子。耶，同"爷"，父亲。③ 点行：按户籍名册强征服役。④ 营田：即屯田。⑤ 与裹头：给他裹头巾。古时汉族男子成丁则裹巾。因从军出征时尚未成丁，自己还裹不好头巾，所以里正帮他裹头。⑥ 武皇：即汉武帝刘彻，唐人常以汉喻唐，此借指唐玄宗李隆基。⑦ 开边：用武力扩张领土。⑧ 汉家：汉朝，此借指唐朝。⑨ 关西卒：函谷关以西的士兵，即秦兵。

高都护①骢马②行

安西都护胡青骢③，声价欻④然来向东。

此马临阵久无敌，与人一心成大功。

功成惠养⑤随所致,飘飘远自流沙⑥至。
雄姿未受伏枥⑦恩,猛气犹思战场利。
腕⑧促蹄高如踏铁⑨,交河⑩几蹴⑪曾冰裂。
五花散作云满身,万里方看汗流血。
长安壮儿不敢骑,走过掣电倾城知。
青丝络头为君老,何由却出横门⑫道?

① 高都护:即高仙芝,高句丽贵族,中唐名将。② 骢(cōng)马:青白色相杂的马。③ 胡青骢:西域的骏马。④ 欻(xū):形容迅速,同"忽"。⑤ 惠养:犹豢养。⑥ 流沙:泛指西北沙漠地区。⑦ 枥(lì):马槽。⑧ 腕(wàn):马脚与蹄相连接的部位。⑨ 踏(bó)铁:踏地如铁,比喻马蹄坚硬有力。⑩ 交河:河名,唐时位于西域,源出交河县,流经高昌县。⑪ 几蹴(cù):几次踩踏。⑫ 横门:长安城西北门,是通向西域的大道。

天育①骠骑歌

吾闻天子之马走千里,今之画图无乃是。
是何意态雄且杰,骏〔一〕尾萧梢朔风起。
毛为绿缥②两耳黄,眼有紫焰双瞳方。
矫矫〔二〕龙性〔三〕③合〔四〕变化,卓立天骨森开张。
伊昔太仆张景顺,监牧攻驹〔五〕阅清峻。
遂令大奴④守〔六〕天育,别养骥子怜神俊。
当时四十万匹马,张公叹其才尽下。
故独写真传世人,见之座右久更新。
年多物化空形影,呜呼健步无由骋。

如今岂无骕骦⑤与骅骝，时无王良⑥伯乐死即休。

〔一〕骏：一作鬃。　〔二〕矫矫：一作矫然。　〔三〕矫矫龙性：一云矫龙性逸。　〔四〕合：草堂本云"东坡书作舍"。　〔五〕监牧攻驹：一云考牧攻驹，一云考牧神驹。〔六〕守：一作字。

① 天育：皇家马厩名。② 缥（piǎo）：淡青色。③ 龙性：古代有骏马为龙种之说。④ 大奴：牧马人的头目。⑤ 骕骦（yǎo niǎo）与骅骝（huá liú）：均为骏马。⑥ 王良：春秋时之善驭马者。

白丝行

缫丝须长不须白，越罗蜀锦金粟尺。
象〔一〕床玉手乱殷红，万草千花动凝碧。
已悲素质随时染〔二〕，裂下鸣机色相射。
美人细意熨帖平，裁缝灭尽针线迹。
春天衣著为君舞，蛱蝶飞来黄鹂语。
落絮游丝亦有情，随风照日宜〔三〕轻举。
香汗轻尘污颜色〔四〕，开新合故置何〔五〕许？
君不见才〔六〕士汲引难，恐惧弃捐忍羁旅。

〔一〕象：一作牙。　〔二〕染：一作改。　〔三〕宜：一作疑。　〔四〕一云香汗清尘似微污；又云香汗清尘污不著。陈浩然本一云香汗清尘似颜色。　〔五〕何：一作相。〔六〕才：一作志。　○首六句言白丝之美，自喻其材质。"美人"六句言制衣之精，自喻其技能。末四句言污坏弃置，自喻其不见珍于时。

秋雨叹三首

雨中百草秋烂死,阶下决明①颜色鲜。
著叶满枝翠羽盖,开花无数黄金钱。
凉风萧萧吹汝急,恐汝后时难独立。
堂上书生②空白头,临风三嗅馨香泣。

阑〔一〕风长〔二〕雨〔三〕秋纷纷,四海〔四〕八荒同一云,
去马来牛不复辨③,浊泾清渭何当分?
禾〔五〕头生耳黍穗黑,农夫田妇〔六〕无消息。
城中斗米换〔七〕衾裯,相许宁论两相值!

〔一〕阑:一作兰。 〔二〕长:去声。一作伏,荆公作仗。
〔三〕阑风长雨:一作东风细雨。 〔四〕四海:一云万里。
〔五〕禾:一作木。 〔六〕妇:一作父。 〔七〕换:一作抱。

① 决明:即决明子,一年生草本植物。② 堂上书生:即诗人自己。③"去马"句:去马来牛比喻变化莫测的事物难以捉摸或两不相涉。

长安布衣①谁比数?反锁衡门②守环堵③。
老夫不出长蓬蒿,稚子无忧走〔一〕风雨。
雨声飕飕催早寒,胡雁翅湿高飞难。
秋来未曾〔二〕见白日,泥污后〔三〕土何时干?

〔一〕走:读作奏。 〔二〕曾:陈浩然本作省。 〔三〕后:一作厚。

① 长安布衣:即诗人自己。② 衡门:以横木作门,言居处简陋。③ 环堵:四周环着每面一方丈的土墙,古人常用此形容狭小、简陋的居室。

叹庭前甘菊花

檐〔一〕前甘菊移时晚,青蕊重阳不堪摘。
明日萧条醉尽醒〔二〕,残花烂漫开何益?
篱边野外多众芳,采撷细琐升中堂。
念兹空长大枝叶,结根失所缠〔三〕风霜。

〔一〕檐:一作阶,一作庭。 〔二〕醉尽醒:一作尽醉醒。
〔三〕缠:一作埋。

醉时歌〔一〕

诸公衮衮①登台〔二〕省②,广文先生③官独冷。
甲第④纷纷厌粱肉,广文先生饭不足。
先生有道出羲皇,先生有才〔三〕过屈宋〔四〕⑤。
德尊一代常坎轲〔五〕,名垂万古知何用!
杜陵野客⑥人更〔六〕嗤,被褐短窄〔七〕鬓如丝。
日籴⑦太〔八〕仓⑧五升米,时赴郑老同襟期。
得钱即相觅,沽酒不复疑。
忘形到尔汝,痛饮真〔九〕吾师。
清夜沉沉动容酌,灯前细雨檐花落〔十〕。
但觉高歌有〔十一〕鬼神,焉知饿死填沟壑?
相如⑨逸材亲涤器,子云⑩识字终投阁。
先生早赋归去来,石田茅屋荒苍苔。
儒术于我何有哉?孔丘盗跖⑪俱尘埃。
不须闻此意惨怆,生前相遇且衔杯。

〔一〕赠广文馆博士郑虔。 〔二〕台：一作华。 〔三〕有才：一作所谈，一作所该，一作所抱。 〔四〕有才过屈宋：一云有才或屈宋。 〔五〕轲：一作壈。 〔六〕更：一作见。 〔七〕窄：一作穴。 〔八〕太：一作泰。 〔九〕真：一作直。 〔十〕一作檐前细雨灯花落。 〔十一〕有：一作感。

① 诸公衮（gǔn）衮：即衮衮诸公，指身居高位而无所作为的官僚们。衮衮：连续不断，引申为众多。② 台省：汉的尚书台、三国魏的中书省，都是代表皇帝发布政令的中枢机关，后世遂以"台省"指政府的中央机构。③ 广文先生：即郑虔（691—759），字趋庭，郑州荥泽县（今河南郑州）人，唐代官员，善诗文，精书画。因郑虔时任广文馆博士，故称。④ 甲第：旧时豪门贵族的宅第有甲乙次第，所以说"甲第"。⑤ 屈宋：屈原和宋玉。⑥ 杜陵野客：杜甫的自称。⑦ 籴（dí）：买粮食。⑧ 太仓：京师所设皇家粮仓。⑨ 相如：即司马相如。⑩ 子云：扬雄（前53—前18），字子云。⑪ 盗跖（zhí）：春秋末鲁国人，姬姓，展氏，名跖，据说是春秋时期率领盗匪数千人的大盗。

醉歌行〔一〕

陆机①二十作文赋，汝更小年能缀文。
总角②草书又神速，世上儿子徒纷纷。
骅骝作驹已汗血，鸷鸟③举翮连青云。
词源〔二〕倒流三峡水，笔阵独扫千人军。
只今年〔三〕才十六七，射策④君门期第一。
旧穿杨叶真自知，暂蹶霜蹄未为失。
偶然擢秀非难取，会是排风有毛质。
汝身已〔四〕见唾成珠，汝伯何由发如漆。
春光淡沱〔五〕⑤秦东亭，渚蒲芽白水荇青。

风吹客衣日杲杲,树搅离思花冥冥。
酒尽沙头双玉瓶,众宾皆〔六〕醉我独醒。
乃知贫贱别更苦,吞声踯躅涕泪零。

〔一〕别从任勤落第归。 〔二〕源:一作赋。 〔三〕年:浩然本作生。 〔四〕已:一作即。 〔五〕淡沱:草堂本作潭沱。沱,徒可切。 〔六〕皆:一作已。

① 陆机(261—303):字士衡,吴郡吴县(今江苏苏州)人,西晋官员、文士,擅书法。② 总角:古代儿童的一种发型,头发梳成两个发髻,如头顶两角。借指童年时期。③ 鸷鸟:一种凶猛的鸟,后常用以比喻正直的、不与世俗同流合污的人。④ 射策:汉代考试方法之一,此泛指应试。⑤ 淡沱:荡漾。

送孔巢父①谢病归游江东兼呈李白②

巢父掉头不肯住,东将入海随烟雾。
诗卷长留天地间,钓竿欲拂珊瑚〔一〕树。
深山大泽③龙蛇远,春寒野阴风景暮〔二〕。
蓬莱织女④回云车,指点虚无是征路〔三〕。
自是君身有仙骨,世人那得知其故。
惜君只欲苦死留,富贵何如草头露?
蔡侯静者意有余,清夜置酒临前除⑤。
罢琴惆怅月照席,几岁寄我空中书⑥?
南寻禹穴⑦见李白,道甫问信今何如。

〔一〕珊瑚:一云三珠。 〔二〕一云花繁草青春日暮。 〔三〕是征路:一作引归路。

① 孔巢父:字弱翁,冀州(今河北冀县)人,孔子三十七世

孙,唐代官员。少时与李白、韩准、张叔明、陶沔、裴政隐居徂徕山,称"竹溪六逸",后入仕。② 兼呈李白:李白这时正在浙东,诗人怀念起他,故题用"兼呈"。③ 大泽:大湖沼,大薮泽。④ 织女:星名,此泛指仙人。⑤ 除:台阶。⑥ 空中书:泛指仙人寄来的信。⑦ 禹穴:大禹之穴,古代禹穴有二处,其一在四川北川九龙山下,相传大禹降生于此;另一处位于浙江绍兴会稽山麓,相传大禹卒于此。此处的"禹穴"指后者。

饮中八仙歌

知章①骑马似乘船,眼花落井水底眠。
汝阳②三斗始朝天③,道逢麹车④口流涎⑤,恨不移封向酒泉⑥。
左相⑦日兴费万钱,饮如长鲸吸百川,衔杯乐圣称世[一]贤。
宗之⑧潇洒美少年,举觞白眼望青天,皎如玉树临风前。
苏晋⑨长斋绣佛前,醉中往往爱逃禅⑩。
李白一斗诗百篇,长安市上酒家眠。
天子呼来不上船,自称臣是酒中仙。
张旭⑪三杯草圣传,脱帽露顶王公前,挥毫落纸如云烟。
焦遂⑫五斗方卓然,高谈雄辩惊四筵。

〔一〕世:邵刊作避。

① 知章:即贺知章。② 汝阳:即汝阳王李琎。李琎(?—750),字嗣恭,小名花奴,陇西成纪(今甘肃秦安)人,唐朝宗室,睿宗李旦的嫡长孙。③ 朝天:朝见天子。④ 麹(qū)车:酒车。⑤ 涎:口水。⑥ 酒泉:地名,今甘肃酒泉。唐武德七年(624),始置酒泉县。⑦ 左相:李适之(694—747),原名李昌,陇西郡成纪县(今甘肃秦安)人,唐朝宗室。天宝元年(742),李适之代牛仙客为

左相,故称。⑧宗之:即崔宗之,本名崔成辅,字宗之,博陵安平(今河北安平)人,唐代官员。⑨苏晋(676—734):雍州蓝田县(今陕西蓝田)人,唐代官员。⑩逃禅:此指逃出禅戒,即不守佛门戒律。佛教戒饮酒,苏晋信佛却嗜酒,故曰"逃禅"。⑪张旭:字伯高,一字季明,苏州吴县(今江苏苏州)人,唐人,擅长草书,喜欢饮酒,世称"张颠",与怀素并称"颠张醉素",与贺知章、张若虚、包融并称"吴中四士"。⑫焦遂:唐人,以嗜酒闻名。

曲江①三章章五句

曲江萧条秋气高,菱荷枯折随风涛,游子空嗟垂二毛②。白石素沙亦相荡,哀鸿独叫求其曹。

①曲江:即曲江池,故址在今西安东南,为汉武帝所造,因池水曲折而得名,唐开元中疏凿为游赏胜地。②二毛:斑白的头发,常用以指老年人。

即事①非今亦非古,长歌激越梢②林莽,比屋豪华固难数。吾人甘作心似灰,弟侄何伤泪如雨?

①即事:眼前事物。②梢(shāo):掠过。

自断此生休问天,杜曲幸有桑麻田,故将移住南山边。短衣匹马随李广①,看射猛虎终残年。

①李广(?—前119):陇西成纪(今甘肃秦安)人,西汉名将,善射。

丽人行

三月三日①天气新，长安水边多丽人。
态浓意远淑且真，肌理细腻骨肉匀。
绣〔一〕罗衣裳照暮春，蹙金孔雀银麒麟。
头上何所有？翠微㔩〔二〕叶②垂鬓唇。
背后何所见？珠压腰衱③稳称身〔三〕。
就中云幕椒房亲④，赐名大国虢与秦⑤。
紫驼之峰〔四〕⑥出翠釜，水精之盘行素鳞。
犀箸⑦厌饫⑧久未下，鸾刀缕切空纷纶。
黄门飞鞚⑨不动尘，御厨络绎送八珍。
箫鼓〔五〕哀吟感鬼神，宾从杂〔六〕遝实要津。
后来鞍马何逡巡⑩？当轩下马入锦茵⑪。
杨花雪落覆〔七〕白苹，青鸟飞去衔红巾。
炙手可热势绝伦，慎莫近〔八〕前丞相⑫嗔。

〔一〕绣：一作画。 〔二〕㔩：乌合反，一作匌。 〔三〕杨慎曰：古本"称身"下有"足下何所著，红蕖罗袜穿镫银"。遍考宋刻本并无，知杨氏伪托也，今削正。 〔四〕峰：一作珍。 〔五〕鼓：一作管。 〔六〕杂：一作合。 〔七〕覆：音副。 〔八〕近：一作向。

① 三月三日：即古代的上巳节。② 㔩(è)叶：一种首饰。③ 腰衱(jié)：裙带。④ 椒房亲：椒房是西汉未央宫皇后所居殿名，后世因称皇后为"椒房"，皇后家属为"椒房亲"。⑤ "赐名"句：天宝七年（748），玄宗赐封杨贵妃的三姐为虢国夫人，八姐为秦国夫人。因虢与秦均为周朝时的大国，故称。⑥ 紫驼之峰：即驼峰，是唐代贵族喜爱的一种珍贵食物。⑦ 犀箸(zhù)：犀牛角做的筷子。⑧ 厌饫(yù)：吃饱，吃腻。⑨ 飞鞚(kòng)：飞马，快马。⑩ 逡(qūn)巡：原意为徘徊不前，此处指洋洋得意之貌。⑪ 锦茵：锦制的地毯。⑫ 丞相：即杨国忠（？—756），玄宗

时期的外戚、权臣。杨国忠因杨贵妃被玄宗宠幸而屡被提升，天宝十一年（752）杨国忠拜相，权倾朝野。

乐游园①歌〔一〕

乐游古园崒〔二〕②森爽，烟绵碧草萋萋长。
公子华筵势最高，秦川对酒平如掌。
长生木瓢示真率，更调鞍马狂欢赏。
青春波浪芙蓉园，白日雷霆③夹〔三〕城仗。
阊阖④晴开昳荡荡⑤，曲江翠幕排银牓⑥。
拂水低徊舞袖翻，缘云清切歌声上。
却忆年年人醉时，只今未醉已先悲。
数茎白发那抛得，百罚深杯亦不辞。
圣朝亦〔四〕知贱士丑，一物自〔五〕荷皇天慈〔六〕。
此身饮罢无归处⑦，独立苍茫自咏诗。

〔一〕晦日贺兰杨长史筵醉中作。　〔二〕崒：一作萃。　〔三〕夹：一作甲。　〔四〕亦：一作已。　〔五〕自：一作但。　〔六〕慈：一作私。

① 乐游园：又名乐游苑，在长安（今陕西西安）城南，是唐代长安城内地势最高的地方，为唐人的游赏胜地。② 崒（zú）：山峰高耸险峻的样子。③ 雷霆：指皇帝仪仗的声势浩大。④ 阊（chāng）阖（hé）：此指皇宫的正门。⑤ 昳（dié）荡荡：空旷无际、辽阔壮大的样子。⑥ 银牓（bǎng）：宫殿或庙宇门端所悬的辉煌华丽的匾额。⑦ 无归处：壮志难酬，满怀壮志而无处寄托。

渼陂①行

岑参兄弟②皆好奇,携我远来游渼陂。
天地黤惨③忽异色,波涛万顷堆琉璃。
琉璃汗漫④泛舟入,事殊兴极忧思集。
鼍⑤作鲸吞不复知,恶风白浪何嗟及?
主人锦帆相为开,舟子喜甚无氛埃⑥。
凫鹥⑦散乱棹讴发,丝管啁啾⑧空翠来。
沉竿续蔓深莫测,菱叶荷花静〔一〕如拭。
宛在中流渤海清,下归无极〔二〕终南黑。
半陂已南纯浸山,动影袅窕⑨冲融间。
船舷暝戛云际寺⑩,水面月出蓝田关⑪。
此时骊龙⑫亦吐珠,冯夷⑬击鼓群龙趋。
湘妃⑭汉女出歌舞,金支⑮翠旗光有无。
咫尺但愁雷雨至,苍茫不晓神灵意。
少壮几时奈老何,向来哀乐何其多?

〔一〕静:一作净。　〔二〕下归无极:一云下临无地。

① 渼陂:湖名,在今陕西户县,是唐人的游览胜地。② 岑参兄弟:岑参,唐代官员、诗人。岑氏兄弟共五人,依次为岑渭、岑况、岑参、岑秉和岑亚。③ 黤(yǎn)惨:天色昏黑的样子。④ 汗漫:无边无际的样子。⑤ 鼍(tuó):即扬子鳄,古代称作鼍,民间俗称"土龙"或"猪婆龙"。⑥ 氛埃:尘埃。⑦ 凫鹥(yī):凫鸟和鸥,泛指水鸟。⑧ 啁啾(zhōu jiū):多种乐器齐奏的声音。⑨ 袅窕:晃动的样子。⑩ 云际寺:寺庙名,在长安(今陕西西安)终南山上。⑪ 蓝田关:关名,在今陕西蓝田。⑫ 骊(lí)龙:传说中的一种黑色的龙。⑬ 冯夷:河伯,古代神话中的黄河水神。⑭ 湘妃:相传为帝尧之二女,帝舜之二妃,名为娥皇、女英。⑮ 金支:乐器上的黄金饰品。

沙苑行

君不见，左辅白沙如白水[一]，缭以周墙百余里。
龙媒①昔是渥洼生，汗血②今称献于此。
苑中騋牝③三千匹，丰草青青寒不死。
食之豪健西域无[二]，每岁攻[三]驹冠边鄙。
王有虎臣司苑门，八门天厩皆云屯。
骕骦④一骨独当御，春秋二时归[四]至尊。
至尊内外马盈亿[五]，伏枥在坰空大存。
逸群绝足信殊杰，倜傥权奇难具论。
累累塠阜⑤藏奔突，往往坡陀纵超越。
角壮翻同[六]麋鹿游，浮深簸荡鼋鼍窟。
泉[七]出巨鱼长比人，丹砂作尾黄金鳞。
岂知异物同精气，虽未成龙亦有神。

〔一〕如白水：一作白如水。 〔二〕西域无：一云腾西域。〔三〕攻：一作收，一作牧。 〔四〕归：一作朝。 〔五〕鲍作内外马数将盈亿。 〔六〕同：一作腾。 〔七〕泉：一作海。

① 龙媒：指骏马，古人认为天马为龙种。② 汗血：汗血马，产于西域的良马，汗出似血，故名。③ 騋（lái）牝：《诗经·鄘风·定之方中》中有"騋牝三千"之句，后泛指马。④ 骕骦（sù shuāng）：良马名。⑤ 塠（duī）阜：小山丘。

骢马①行[一]

邓公马癖人共知，初得花骢大宛种。
夙昔传闻思一见，牵来左右神皆竦。

雄姿逸态何崷崒②，顾影骄嘶自矜宠。
隅目青荧夹镜悬，肉骏〔二〕碨磊连钱动。
朝来久〔三〕试华轩下，未觉千金满高价。
赤汗微生白雪毛，银鞍却覆香罗帕。
卿家旧赐公取之〔四〕，天厩真龙此其亚。
昼洗须腾泾渭深，朝〔五〕趋可刷幽并夜。
吾闻良骥老始成，此马数年人更惊。
岂有四蹄疾于鸟，不与八骏③俱先鸣。
时俗造次那得致，云雾晦冥方降精。
近闻下诏喧都邑，肯使〔六〕骐驎地上行。

〔一〕自注：太常梁卿敕赐马也，李邓公爱而有之，命甫制诗。〔二〕骏：荆作鬃。 〔三〕久：草堂作少。 〔四〕取之：一云能取，一云有之。 〔五〕朝：荆作夕，一作晨。 〔六〕肯使：一作知有。

① 骢马：青白色相间的马。② 崷崒（qiú zú）：高峻的样子。③ 八骏：传说是穆王西游时所乘的八匹名马。

去矣行

君不见韝①上鹰，一饱则飞掣②。
焉能作堂上燕，衔泥附炎热③。
野人④旷荡无靦颜⑤，岂可久在王侯间？
未试囊中餐玉法，明朝且入蓝田山。

① 韝（gōu）：放鹰人的臂套。② 飞掣：翱翔。③ 附炎热：依附权贵，讽刺那些趋炎附势之徒。④ 野人：乡野之人，此处是诗

人的自嘲。⑤靦（miǎn）颜：厚颜。

奉先①刘少府新画山水障②歌〔一〕

堂上不合生枫树，怪底③江山〔二〕起烟雾。
闻君扫却赤县④图，乘兴遣画沧州⑤趣。
画师亦无数，好手不可遇。
对此融心神，知君重毫素⑥。
岂但祁岳与郑虔⑦，笔迹远过杨契丹⑧。
得非玄圃⑨裂〔三〕，无乃潇湘⑩翻。
悄然坐我天姥⑪下，耳边已似闻清猿⑫。
反思前夜风雨急，乃〔四〕是蒲〔五〕城鬼神入。
元气淋漓障犹湿⑬，真宰⑭上诉天应泣。
野亭春还杂花远，渔翁暝踏孤舟立。
沧浪水深青溟⑮阔〔六〕，欹岸侧岛〔七〕秋毫⑯末。
不见湘妃鼓瑟时，至今斑竹临江活。
刘侯天机精，爱画入骨髓。
自有两儿郎，挥洒亦莫比。
大儿聪明到，能添老树巅崖里。
小儿心孔开，貌〔八〕得山僧及童子。
若耶溪⑰，云门寺，
吾独胡为在泥滓⑱，青鞋布袜从此始。

〔一〕《英华》题云：新画山水障歌奉先尉刘单宅作。　〔二〕江山：一作山川。　〔三〕裂：一作圻。　〔四〕乃：一作恐。　〔五〕蒲：一作满。　〔六〕《英华》云：沧浪之水深且阔。　〔七〕欹岸侧岛：《英华》云欹峰侧岸。　〔八〕貌：音邈。

① 奉先：地名，今陕西蒲城。② 山水障：绘有山水的屏障。③ 底：为什么。④ 赤县：在唐代，京都下辖的县称"赤县"，此处指奉先县。⑤ 沧州：滨水之地，古时常用以称隐士居住的地方。⑥ 毫素：毫为毛笔，素指素绢，均为绘画的工具。⑦ 祁岳与郑虔：二人均为唐代著名画家。⑧ 杨契丹：隋朝人，善绘画。⑨ 元圃：即玄圃，传说为昆仑山巅之名，常代指仙人的居处。⑩ 潇湘：指湖南的潇水、湘江。⑪ 天姥：即天姥山，在今浙江嵊州东、天台西北。⑫ 清猿：猿的清啼声。⑬ 障犹湿：即墨迹尚未干。⑭ 真宰：天神。⑮ 青溪：大海。⑯ 秋毫：秋天鸟兽身上新长的细毛，后用来比喻最细微的事物。⑰ 若耶溪：溪名，在今浙江绍兴若耶山下，旁有云门寺。杜甫年轻时曾到此。⑱ 泥滓（zǐ）：指尘世。

悲陈陶〔一〕①

孟冬十郡②良家子，血作陈陶泽中水。
野旷天清无战声，四万义军同日死。
群胡③归来血洗箭，仍唱胡歌饮都市④。
都人回面向北啼，日夜更望官军至〔二〕。

〔一〕钱笺：至德元载十月，房琯请为兵马元帅收复西京。辛丑，与贼将安守忠战于咸阳县之陈涛斜，官军败绩。时琯用春秋车战之法，以车二千乘，马步夹之。既战，贼顺风扬尘鼓噪，牛皆震骇，因缚刍纵火焚之，人畜挠败，为所杀伤者四万余人，存者数千而已。《雍录》：陈涛斜在咸阳。李晟自东渭桥移军西上，与李怀光会于陈涛斜是也。未战陈涛斜时，琯已先至便桥据要，既败，又为中人所促，并与南军而败，人事失之也。　○以下皆天宝十五载以后乱离之诗。　〔二〕一云"前后官军苦如此"。

① 陈陶：地名，即陈陶斜，又名陈涛斜，在今陕西咸阳。② 十郡：此处泛指秦中各郡。③ 群胡：指发动安史之乱的叛军。④ 都市：此指唐都长安。

悲青坂〔一〕

我军青坂在东门,天寒饮马太白①窟。
黄头奚儿②日向西,数骑弯弓敢驰突。
山雪河冰野〔二〕萧瑟〔三〕,青是烽〔四〕烟白人骨。
焉得附书与我军,忍待明年莫仓卒。

〔一〕钱笺:癸卯,琯又率南军即战,复败。东坡曰:琯既败,犹欲持重有所伺,而中人邢延恩等促战,仓皇失据,遂及于败。故后篇云:安得附书与我军,忍待明年莫仓卒。青坂,地名,未详。陈涛斜,在咸阳。房琯师次便桥,便桥在咸阳县西南十里,架渭水上,则青坂去陈涛、便桥当不远。 〔二〕野:樊作晚,《乐府》作已。 〔三〕瑟:一作飒。 〔四〕烽:一作人。

① 太白:山名,在武功县,离长安二百里,此泛指山地。
② 黄头奚(xī)儿:安禄山叛军。胡人部族之一,奚为,以黄布裹头,称"黄头奚"。

哀江头

少陵野老①吞声哭②,春日潜行③曲江曲。
江头宫殿锁千门,细柳新蒲为谁绿。
忆昔霓旌④下南苑⑤,苑中万物生颜色。
昭阳殿⑥里第一人⑦,同辇随君侍君侧。
辇前才〔一〕人⑧带弓箭,白马嚼〔二〕啮黄金勒⑨。
翻身向天〔三〕仰射云,一箭〔四〕正坠双飞翼⑩。
明眸皓齿今何在?血污游魂⑪归不得。
清渭东流剑阁深,去住彼此无消息。

人生有情泪沾臆，江水〔五〕江花岂终极。
　　黄昏胡骑尘满城，欲往城南忘南北〔六〕。
　　〔一〕才：一作词。　〔二〕嚼：一作噍。　〔三〕天：一作空。　〔四〕箭：《考异》作笑，蔡君谟作发。　〔五〕水：一作草。　〔六〕忘南北：一云望城北。　〇国藩按，《哀江头》，吊杨妃也。"忆昔"八句，极叙昔年贵宠奢丽。"明眸"四句，叙贵妃缢死，明皇入蜀，生死去住，彼此心伤。末四句言其悲感。

① 少陵野老：杜甫的自称。② 吞声哭：不敢哭出声音。③ 潜行：暗中前往，因当时长安尚在安史叛军的掌控之下，故称。④ 霓旌：像云霓一样的彩旗，此指天子的旌旗。⑤ 南苑：指曲江东南的芙蓉苑，地处曲江之南，故称。⑥ 昭阳殿：西汉宫殿名，汉成帝宠妃赵飞燕、赵合德曾居住此殿。⑦ 第一人：最受君主宠爱的人。唐人常以汉喻唐，此处明写赵飞燕，实指杨贵妃。⑧ 才人：宫中的女官。⑨ 黄金勒：用黄金制成的马笼头。⑩ 正坠双飞翼：正好射落比翼双飞的鸟儿，此处暗寓唐玄宗、杨贵妃遭遇马嵬驿之变。⑪ 血污游魂：指杨贵妃缢死一事。

哀王孙①

　　长安城头头白乌〔一〕②，夜飞延秋门③上呼，
　　又向〔二〕人家啄大屋，屋底达官走避胡。
　　金鞭断折九马死，骨肉不待〔三〕同驰驱。
　　腰下宝玦青珊瑚，可怜王孙泣路隅。
　　问之不肯道姓名，但道困苦乞为奴。
　　已经百日窜荆棘，身上无有完肌肤。
　　高帝子孙④尽隆准⑤，龙种自与常人殊。
　　豺狼在邑⑥龙在野⑦，王孙善保千金躯。

不敢长语临交衢，且为王孙立斯须。

昨夜东〔四〕风吹血腥，东来橐〔五〕驼⑧满旧都。

朔方健儿好身手，昔何勇锐今何愚。

窃闻天子已传位⑨，圣德北服南单于。

花门⑩剺面⑪请雪耻，慎勿出口他人狙〔六〕。

哀哉王孙慎勿疏，五陵佳气无时无。

〔一〕头白乌：樊作多白乌。　〔二〕向：一作来。　〔三〕待：一作得。　〔四〕东：一作春。　〔五〕橐：一作骆。　〔六〕狙：一作沮。

① 王孙：此指遭遇安史之乱后幸存的王公贵族的子孙。② 头白乌：白头乌鸦，常被古人视为不祥之物。③ 延秋门：唐代长安禁苑西门。天宝十四载（755）冬，安禄山起兵叛唐，次年六月，唐玄宗由延秋门出长安，赴蜀避难。④ 高帝子孙：汉高祖刘邦的子孙，此指李唐皇室的王孙。⑤ 隆准：高鼻梁。⑥ 豺狼在邑：此指安禄山率领的叛军占据了长安。⑦ 龙在野：指唐玄宗逃至蜀地。⑧ 橐（tuó）驼：即骆驼。⑨ 天子已传位：天宝十五载（756）八月，肃宗在灵武即位。⑩ 花门：即回纥。⑪ 剺（lí）面：匈奴的习俗，在宣誓仪式上割面流血，以表诚意。这里表示回纥出兵帮助唐王朝平定安史叛军的决心。

苏端薛复筵简薛华醉歌

文章有骨交有道，端复得之名誉早。

爱客满堂尽豪翰〔一〕，开筵上日〔二〕思芳草。

安得健步移远梅，乱插繁花向晴昊。

千里犹残旧冰雪，百壶且试开怀抱。

垂老恶闻战鼓悲，急〔三〕觞为缓忧心捣。

少年努力纵谈笑，看我形容①亦枯槁。

坐中薛华善[四]醉歌，歌辞自作风格老。

近来海内为[五]长句，汝与山东李白好。

何刘沈谢②力未工，才兼鲍照③愁绝倒。

诸生颇尽新知乐，万事终伤不自保。

气酣日落西风来，愿吹野水添[六]金杯。

如渑之酒④常快意，亦知[七]穷愁[八]安在哉？

忽忆雨时秋井塌，古人白骨生青苔，如何不饮令心哀。

〔一〕翰：一作杰。 〔二〕日：一作月。 〔三〕急：一作羽。 〔四〕善：一作能。 〔五〕为：一作无。 〔六〕添：一作注。 〔七〕亦知：荆作不知。 〔八〕亦知穷愁：《英华》作未知穷达。

① 形容：形体，容貌。② 何刘沈谢：即何逊、刘孝绰、沈约和谢朓。何逊（约472—519），字仲言，人称"何记室"，东海郯（今山东郯城）人，南朝梁诗人；刘孝绰（481—539），字孝绰，徐州彭城（今江苏徐州）人，南朝梁诗人；沈约（441—513），字休文，吴兴郡武康县（今浙江德清）人，南朝梁官员，善诗文；谢朓（464—499），字玄晖，斋号高斋，陈郡阳夏县（今河南太康）人，南齐诗人。③ 鲍照（？—466）：字明远，东海（今山东郯城）人，南朝宋文学家，与庾信并称"鲍庾"，与颜延之、谢灵运合称"元嘉三大家"。④ 如渑之酒：有酒如渑水般长流。渑为古水名，源出今山东省淄博市东北，西北流至博兴东南入水。

徒步归行[一]

明公壮年值时危①，经济②实藉英雄姿。

国之社稷今若是，武定祸乱非公谁。

凤翔千官且饱饭，衣马不复能轻肥③。
青袍朝士最困者，白头拾遗④徒步归。
人生交契⑤无老少，论交〔二〕何必先同调。
妻子山中哭向天，须公枥上追风骠。

〔一〕赠李特进。　○自凤翔赴鄜州途经邠州作。　〔二〕交：一作心。

①"明公"句：明公，古人对有名位者的尊称，此处指李嗣业（？—759），京兆高陵（今陕西三原）人，唐朝名将。曾随高仙芝击败小勃律国，又击败吐蕃军队。安史之乱时，李嗣业随李豫收复长安、随郭子仪收复洛阳。② 经济：经国济世。③ 轻肥：轻暖和肥壮，为轻裘肥马的省称。④ 白头拾遗：杜甫的自称。拾遗是官名，即为君主提出建议、避免决策失误的官员。至德二年（757）四月，杜甫冒险前往凤翔投奔肃宗，五月，杜甫被肃宗授为左拾遗。因杜甫此时年老，故自称"白头拾遗"。⑤ 交契：交情，交谊。

逼仄行赠毕曜〔一〕①

逼仄②何逼仄，我居巷南子巷北。
可恨邻里间，十日不一见颜色③。
自从官马送还官，行路难行涩如棘。
我贫无乘非无足，昔者相过今不得。
实不是〔二〕爱微躯〔三〕，又非关足无力。
徒步翻愁官长怒，此心炯炯④君应识。
晓来急雨春风颠，睡美不闻钟鼓传。
东家蹇驴⑤许借我，泥滑不敢骑朝天⑥。
已令急请⑦会通籍〔四〕，男儿信〔五〕命绝可怜。

焉能终日心拳拳,忆君诵诗神凛然。
辛夷⑧始花亦〔六〕已落,况我与子非壮年。
街头酒价常苦贵,方外酒徒稀醉眠。
速宜〔七〕相就饮一斗,恰有三百青铜钱。

〔一〕一云偬偬行,篇中亦作偬偬。《英华》作赠毕四曜。 〔二〕不是:一作未敢。 〔三〕爱微躯:一云慵相访。 〔四〕一云已令把牒还请假。 〔五〕信:一作性。 〔六〕亦:一作又。 〔七〕速宜:一作径须。

① 毕曜:生卒年不详,又作毕耀,郓州须昌(今山东东平)人,曾任监察御史,后流黔中,是杜甫的好友。② 逼仄:谓居住密集拥挤。③ 颜色:面貌,面容。④ 炯炯:明亮的样子。⑤ 蹇(jiǎn)驴:跛足的驴。⑥ 朝天:朝见皇帝。⑦ 急请:因事而请假。⑧ 辛夷:又称紫玉兰,落叶乔木,味香,花大。

洗兵马〔一〕

中兴诸将收山东,捷书日〔二〕报清昼同。
河广传闻一苇过,胡危命在破竹中①。
只残②邺城③不日得,独任朔方无限功。
京师皆骑汗血马,回纥馁④肉葡萄宫。
已喜皇威清海岱,常思仙仗过崆峒。
三年笛里关山月,万国兵前草木风⑤。
成王⑥功大心转小,郭相⑦谋深〔三〕古来少。
司徒清鉴悬明镜,尚书气与秋天杳。
二三豪俊为时出,整顿乾坤济时了。
东走无复忆鲈鱼⑧,南飞觉有安巢鸟。

青春复随冠冕入,紫禁〔四〕正耐烟花绕。
鹤禁通霄凤辇备,鸡鸣问寝龙楼晓。
攀龙附凤势〔五〕莫当,天下尽化为侯王。
汝等岂知蒙帝力,时来不得夸身强。
关中既留萧丞相⑨,幕下复用张子房⑩。
张公一生江海客,身长九尺须眉苍。
征起适遇风云会,扶颠始知筹策良。
青袍白马更何有,后汉今周喜再昌。
寸地尺天皆入贡,奇祥异瑞争来送。
不知何国致白环,复道诸山得银瓮。
隐士休歌紫芝曲,词人解〔六〕撰河清〔七〕颂。
田家望望惜雨干,布谷处处催春种。
淇上健儿归莫懒,城南思妇愁多梦。
安得壮士挽天河,净洗甲兵长不用。

〔一〕收京后作。 〔二〕日:荆作夜,又作夕。 〔三〕谋深:一作谋犹,一作深谋。 〔四〕禁:吴本作驾。 〔五〕势:一作世。 〔六〕解:《西溪丛语》:善本作角。 〔七〕河清:一云清河。 ○按,钱笺谓此诗刺肃宗而作,句句指摘,虽未必尽然,然"成王"六句系指收京者乃二三豪杰,非灵武之从臣也,"鹤禁"二句讥肃宗之有亏子道,"攀龙"四句讥灵武诸臣之骤贵,皆诗旨之显而易见者。

① 命在破竹中:指唐军势如破竹,叛军败局已定。② 只(zhǐ)残:只剩。③ 邺城:地名,在今河南安阳。④ 餧(wèi):作"喂",即饮食。⑤ 草木风:草木皆兵,指人心惶惶,人民受战乱之苦。⑥ 成王:即太子李俶(726—779),肃宗称帝后,李俶被拜为天下兵马元帅,统领郭子仪等人先后收复长安等地。⑦ 郭相:即郭子仪(697—781),华州郑县(今陕西华州)人,唐代中兴名将,因担任同中书门下平章事,故称。⑧ "东走"句:用《晋书·张翰传》中张翰思吴中菰菜、莼羹、鲈鱼脍之典。⑨ 萧丞相:

即萧何（？—前193），曾担任丞相，此处借指房琯。⑩ 张子房：即张良，此借指张镐（？—764），字从周，博州聊城（今山东聊城）人，唐朝宰相。

病后遇〔一〕王倚饮赠歌

麟角〔二〕凤觜①世莫识〔三〕，煎胶续弦②奇自见。
尚看王生抱此怀，在于甫也何由羡。
且遇王生慰畴昔③，素知贱子④甘贫贱。
酷见冻馁不足耻，多病沉年⑤苦无健。
王生怪我颜色恶⑥，答云伏枕艰难遍。
疟疠三秋孰可忍，寒热百日相交战⑦。
头白眼暗坐有胝，肉黄皮皱命如线⑧。
惟生哀我未平复，惟我力致美肴膳。
遣人向市赊香粳，唤妇出房亲自馔。
长安冬菹酸且绿，金城土酥静如练。
兼求富豪〔四〕且割鲜，密沽斗酒谐终宴。
故人情义〔五〕晚谁似，令我手脚轻欲漩〔六〕。
老马为驹信〔七〕不虚，当时得意况深眷⑨。
但使残年饱吃饭，只愿无事常相见。

〔一〕遇：一作过。　〔二〕麟角：一作鳞鱼。　〔三〕识：一作辨。　〔四〕富豪：一作畜豕。　〔五〕义：一作味。〔六〕漩：一作旋。　〔七〕信：一作总。

① 麟角凤觜：麒麟的角、凤凰的嘴，比喻罕见珍贵之物。觜，同"嘴"。② 煎胶续弦：据《海内十洲记》载，西海之中央有凤麟洲，上面有很多麒麟和凤凰，仙人将麟角凤嘴合煎制成胶，可以续

接断了的弓弦和剑。③畴昔:昔日,往日。④贱子:古人对自己的谦称,这里是杜甫自称。⑤沉年:长年,终年。⑥颜色恶:因久病而导致脸色很差。⑦"寒热"句:身体忽冷忽热,冷热交替。此为疟疾的常见症状。⑧命如线:命悬一线,指处于危在旦夕的境地。⑨深眷:眷恋。

湖城①东遇孟云卿②,复归刘颢宅宿,宴饮散因为醉歌〔一〕

疾风吹尘暗河县③,行子隔手④不相见。
湖城城南〔二〕一开眼,驻马偶识云卿面。
向非刘颢为地主,懒回鞭辔成高〔三〕宴。
刘侯叹〔四〕我携客来,置酒张灯促华馔。
且将款曲⑤终今夕〔五〕,休语〔六〕艰难尚酣战。
照室红炉促曙光〔七〕,萦窗素月垂文〔八〕练⑥。
天开地裂⑦长安陌〔九〕,寒尽春生〔十〕洛阳殿。
岂知驱车复同轨⑧,可惜刻漏⑨随更箭。
人生会合不可常,庭树鸡鸣泪如线〔十一〕。

〔一〕蔡本题上有"冬末以事之东都"七字。 〔二〕南:一作东。 〔三〕成高:一作城南。 〔四〕叹:一作欢。 〔五〕终今夕:一云经今夕。 〔六〕语:一作话。 〔七〕促曙光:《英华》作簇曙花。 〔八〕文:一作秋。 〔九〕陌:一作春。 〔十〕寒尽春生:一作紫陌春寒。 〔十一〕线:一作霰。

①湖城:地名,在今河南灵宝。②孟云卿(725—781):字升之,山东平昌(山东临邑)人,唐肃宗时为校书郎,与杜甫友谊笃厚。③河县:因湖城靠近黄河,故称"河县"。④隔手:以

手遮目。⑤ 款曲：殷勤酬应。⑥ 文练：有花纹的熟丝织品。⑦ 天开地裂：巨大的灾难，此指长安在安史之乱时曾沦陷于叛军之手。⑧ 同轨：古时将车辙宽窄相同的道路称作"同轨"，因秦始皇统一天下时采取"车同轨"的政策，后世将之视作"大一统"的象征。⑨ 刻漏：古代的一种计时器。

阌乡①姜七少府设鲙②戏赠长歌

姜侯设鲙当严冬，昨日今日皆天风。
河冻未渔〔一〕不易得，凿冰恐侵河伯③宫。
饔人④受鱼鲛人⑤手，洗鱼磨刀鱼眼红。
无声细下飞碎〔二〕雪，有骨已剁觜春葱。
偏劝腹腴⑥愧年少，软炊香饭〔三〕缘老翁。
落砧⑦何曾白纸湿，放箸未觉金盘空。
新欢便饱姜侯德，清觞⑧异味情屡极。
东归贪〔四〕路⑨自觉难，欲别上马身无力。
可怜为人好心事，于我见子真颜色。
不恨我衰子贵时，怅望且为今相忆。

〔一〕未渔：一云取鱼，一云美鱼。　〔二〕碎：一作素。〔三〕饭：一作粳。　〔四〕贪：一作贫。

① 阌（wén）乡：地名，位于河南西北，西接陕西潼关。② 鲙（kuài）：同"脍"，细切的鱼或肉，此指佳肴。③ 河伯：神话中的黄河水神，此泛指河中的水神。④ 饔（yōng）人：《周礼·天官·内饔》所载古代官名，掌切割烹调之事，后世泛指厨师。⑤ 鲛人：古代神话中鱼尾人身的生物。⑥ 腹腴：指鱼肚下的肥肉。⑦ 砧（zhēn）：切、砍、砸东西时垫在下面的用具。⑧ 清觞：即美酒。⑨ 贪路：急于赶路。

戏赠阌乡秦少公〔一〕短歌

去年行宫①当〔二〕太白，朝回君是同舍客。
同心不减骨肉亲，每语见许文章伯②。
今日时清两京道，相逢苦觉③人情好。
昨夜邀欢乐更无，多才依旧能潦倒。

〔一〕少公：陈浩然本作翁，草堂作少府。　〔二〕当：一作守。

① 行宫：古代帝王出京后临时寓居的官署或住宅，此处指唐肃宗在凤翔的住处。② 文章伯：古时对文章大家的尊称。③ 苦觉：深觉，尤觉。

李鄠县①丈人②胡马行

丈人骏马名胡骝，前年避胡〔一〕过金牛③。
回鞭却走见天子，朝饮汉水暮灵州④。
自矜胡骝奇绝代，乘出千人万人爱。
一闻说尽急难材，转益愁向驽骀⑤辈。
头上锐耳批秋竹，脚下高蹄削寒玉。
始知神龙⑥别有种，不比俗〔二〕马空多肉。
洛阳大道时再清，累日喜得俱东行。
凤臆龙鬐〔三〕⑦未易识，侧身注目长风生。

〔一〕胡：一作贼。　〔二〕俗：一作凡。　〔三〕龙鬐：一作龙鳞。

① 李鄠（hù）县：李县令。鄠县，地名，今陕西户县。② 丈

人：古时对老年男子的尊称。③ 金牛：即金牛道，自陕西勉县而西、南至四川剑阁县剑门关的道路。又称石牛道，为唐代中原通往西南的重要通道。④ 灵州：地名，即灵武，今宁夏灵武，为唐肃宗即位处。⑤ 驽骀（tái）：劣马，俗马。⑥ 神龙：此指骏马。⑦ 凤臆龙鬐（qí）：凤的胸脯、龙的颈毛，此处描写骏马的雄奇健美。

瘦马行〔一〕

东郊瘦〔二〕马使我伤，骨骼〔三〕硉兀①如堵墙。
绊之欲动转欹侧，此岂有意仍腾骧②。
细看六〔四〕印带官字③，众道三〔五〕军遗路旁。
皮干剥落杂〔六〕泥滓，毛暗萧条连雪霜。
去岁奔波逐余寇，骅骝不惯不得将。
士卒多骑内厩④马，惆怅恐是病乘黄。
当时历块误一蹶⑤，委弃非汝能〔七〕周防。
见人惨淡若哀诉，失主错莫无晶光。
天寒远放雁为伴〔八〕，日暮不〔九〕收乌啄疮。
谁家且养愿终惠，更试明年春草长。

〔一〕《英华》作老马。 〔二〕瘦：亦作老。 〔三〕骼：一作骸。 〔四〕六：一作火，非。 〔五〕三：一作官。〔六〕杂：一作尽。 〔七〕能：一作难。 〔八〕伴：一作侣。〔九〕不：一作未。

① 硉（lù）兀：形容马骨突出犹如山石。② 腾骧：飞腾，奔腾。③ 六印带官字：马的身上有六个印记，其中一个是官字印。④ 内厩（jiù）：指官中的马厩，天子的养马之处。⑤ "当时"句：杜甫这里以马的命运来比喻自己的仕途。至德二年（757），杜甫到凤翔（今陕西宝鸡）投奔肃宗并受任左拾遗，旋即因营救房琯触怒

肃宗而被贬到华州(今陕西华县),从此之后不得重用。历块,马的速度极快,此指骏马。误一蹶,指马失足跌倒。

早秋苦热堆案①相仍〔一〕

七月六日苦炎蒸〔二〕,对食暂餐还不能。
每〔三〕愁夜中〔四〕自足蝎,况〔五〕乃秋后转〔六〕多蝇。
束带发狂欲大叫,簿书②何急来相仍。
南望青松架短〔七〕壑,安得〔八〕赤脚踏层冰?

〔一〕时任华州司功。 〔二〕蒸:一作热。 〔三〕每:一作常。 〔四〕中:一作来。 〔五〕况:一作仍。 〔六〕转:一作复。 〔七〕短:一作绝。 〔八〕得:一作能。

① 堆案:堆积案头,指文书甚多。② 簿书:官署中的文书。

乾元①中寓居同谷县②作歌七首〔一〕

有客有客③字子美,白头乱〔二〕发垂过〔三〕耳。
岁拾橡栗随狙公,天寒日暮山谷里。
中原无书〔四〕归不得,手脚冻皴④皮肉死。
呜呼一歌兮歌已〔五〕哀,悲风为我从天〔六〕来。

〔一〕以上皆自秦入蜀后之诗。 〔二〕乱:一作短。
〔三〕过:一作两。 〔四〕书:一作主。 〔五〕已:一作独。
〔六〕天:一作东。

① 乾元:唐肃宗李亨的第二个年号,唐朝使用这个年号从公

元758年至760年,共计三年。② 同谷县:地名,在今甘肃成县。③ 有客:因杜甫寓居此地,故自称"客"。④ 皴(cūn):皮肤因受冻而坼裂。

　　长镵①长镵白木柄,我生托子以为命。
　　黄精〔一〕②无苗山雪盛,短衣数挽不掩胫。
　　此时与子空〔二〕归来,男呻女吟四壁静。
　　呜呼二歌兮歌始放,邻〔三〕里为我色惆怅。
　　〔一〕精:一作独。　〔二〕空:一作同。　〔三〕邻:一作间。

　　① 镵(chán):古代一种挖草药的器具。② 黄精:一种野生的土芋,可以充饥,也可以入药。

　　有弟有弟在远方〔一〕,三人各瘦何人强?
　　生别展转不相见,胡尘暗天道路长。
　　东飞䴔鹅后鹙鸧①,安得送我置汝旁。
　　呜呼三歌兮歌三发,汝归何处收〔二〕兄骨?
　　〔一〕在远方:一作各一方。　〔二〕收:一作取。

　　①"东飞"句:鸟前后飞翔。䴔(jiā)鹅,似雁而较雁大的一种鸟类。鹙鸧(qiū cāng),即秃鹙。

　　有妹有妹在钟离①,良人早殁诸孤痴。
　　长淮浪高蛟龙怒,十年不见来何时〔一〕?
　　扁舟欲往箭满眼,杳杳南国多旌旗。
　　呜呼四歌兮歌四奏,林猿为我啼清昼。
　　〔一〕时:一作迟。

　　① 钟离:地名,今安徽凤阳。

四山多风溪水急,寒雨〔一〕飒飒枯树〔二〕湿。
黄蒿古城云不开,白〔三〕狐跳梁黄狐立。
我生何为在穷谷?中夜起坐万感集。
呜呼五歌兮歌正长,魂招不来归故乡。

〔一〕雨:一作风。枯树: 〔二〕一云树枝。 〔三〕白:一作玄。

南有龙兮在山湫①,古木巃嵸②枝相樛③。
木叶黄落龙正蛰,蝮蛇东来水上游。
我行怪此安〔一〕敢出,拔剑欲斩且复休。
呜呼六歌兮歌思迟,溪壑为我回春姿。

〔一〕安:一作寒。

① 湫(qiū):水潭。② 巃嵸(lóng zǒng):高耸的样子,此指树枝错杂的样子。③ 樛(jiū):树枝弯曲下垂的样子。

男儿生不成名身已老,三〔一〕年饥走荒山道。
长安卿相多少年,富贵应须致身早。
山中儒生旧相识,但话宿昔伤怀抱。
呜呼七歌兮悄终曲,仰视皇天白日速。

〔一〕三:一作十。

石笋行

君不见益州①城西门,陌〔一〕上石笋②双高蹲。
古来相传是海眼③,苔藓蚀〔二〕尽波涛痕。

雨多〔三〕往往得瑟瑟，此事恍惚难明论。

恐是昔时卿相墓〔四〕，立石为表④今仍存。

惜哉俗态好蒙蔽，亦如小臣媚至尊。

政化⑤错迕⑥失大体，坐看倾危受厚恩。

嗟尔石笋擅虚名，后来未识犹骏奔。

安得壮士掷天外，使人不疑见本根。

〔一〕陌：一作街。　〔二〕蚀：旧作食。　〔三〕多：一作来。　〔四〕墓：一作冢。

① 益州：地名，在今四川成都。② 石笋：挺直如竹笋的大石。③ 海眼：泉眼，泉水的出口。④ 立石为表：即竖立碑石，古人一般将碑石竖于墓前或墓道内，用来表彰死者。⑤ 政化：政治与教化。⑥ 错迕：错乱。

石犀①行

君不见秦时蜀太守，刻石立作三犀牛〔一〕②。

自古虽有厌胜③法，天生江水向〔二〕东流。

蜀人矜夸一千载，泛滥不近张仪楼。

今年灌口〔三〕④损户口⑤，此事或恐为神羞。

终藉〔四〕堤防出众力，高拥木石当清秋。

先王作法皆正道，诡怪何得参人谋。

嗟尔三犀不经济，缺讹⑥只与长川逝。

但见元气常〔五〕调和，自免洪涛恣凋瘵⑦。

安得壮士提天纲，再平水土犀奔〔六〕茫。

〔一〕草堂本注云：当作五犀牛。　〔二〕向：一作须。

〔三〕口：一作注。　　〔四〕终藉：草堂作修筑。　　〔五〕常：一作相。　　〔六〕奔：一作苍。　　○两诗皆前六句立案，后半乃讥议之。《石笋》则议其不实，《石犀》则议其无益。赵氏以为《石笋》讥李辅国，恐未必然。

① 石犀：用石头刻成的犀牛雕塑，古人常置石雕于岸边，以求镇压水怪、避免水灾。② "君不""刻石"二句：秦时蜀太守指秦国蜀郡太守李冰。据《华阳国志》载，李冰曾"作石犀五头以厌水精；穿石犀溪于江南，命曰犀牛里"。③ 厌（yā）胜：古时的一种巫术，即用符咒等法除邪得吉，压服人或物。④ 灌口：地名，今四川都江堰。⑤ 损户口：代宗上元二年（761）秋，灌口遭遇洪水灾害，百姓死伤无数。⑥ 缺讹（é）：指减少和变化。⑦ 凋瘵（zhài）：衰败，困顿。

杜鹃行

君不见昔日蜀天子，化作杜鹃似老乌。
寄巢①生子不自啄，群鸟至今与哺雏。
虽同君臣有旧礼，骨肉满眼身羁孤。
业工窜伏深树里，四月五月偏号呼。
其声哀痛口流血，所诉何事常区区？
尔岂摧残始〔一〕发愤，羞带羽翮伤形愚。
苍天变化谁料得，万事反覆何所无？
万事反覆何所无，岂忆当殿群臣趋。

〔一〕始：晋作如。　　○此诗钱笺以为哀上皇迁居西内，幽郁孤寂之状，似为得之。

① 寄巢：杜鹃借巢生子。

题壁画马歌〔一〕

韦侯①别我有所适②,知我怜君〔二〕画无敌。
戏〔三〕拈③秃笔扫骅骝,欻见④骐驎出东壁。
一匹龁草⑤一匹嘶,坐看千里当霜蹄。
时危安得真致此,与人同生亦同死。

〔一〕韦偃画。○陈浩然、草堂本作:题壁上韦偃画马歌。 〔二〕君:一作渠。 〔三〕戏:陈浩然本作试。

① 韦侯:即韦偃(yǎn),唐人,工绘画,以画马、画古松闻名。② 有所适:要到其他地方去。③ 戏拈:形容韦偃画马信手拈来。④ 欻(xū)见:忽见。⑤ 龁(hé)草:吃草。

戏题画山水图歌〔一〕

十日画一水,五日画一石。
能事①不受相促迫,王宰②始肯留真迹。
壮哉昆仑方壶〔二〕③图,挂君高堂之素壁。
巴陵洞庭日本东,赤〔三〕岸水与银河通,中有云气随飞龙。
舟人渔子入浦溆④,山木尽亚〔四〕洪涛风。
尤工远势古莫比,咫尺应须论〔五〕万里。
焉得并州⑤快剪刀,剪取吴松半江水。

〔一〕王宰画。宰丹青绝伦。 〔二〕壶:一作丈。 〔三〕赤:一作南。 〔四〕亚:一作带。 〔五〕论:一作千,一作行。

① 能事:所能之事,即十分擅长的事情。② 王宰:益州成都(今四川成都)人,唐人,工绘画。③ 方壶:神话中的东海仙山。

④ 浦溆（xù）：水边，岸边。⑤ 并州：地名，今山西太原，唐代并州制造的剪刀非常著名。

题李尊师松树障子歌

老夫清晨梳白头，玄都道士来相访。
握发〔一〕呼儿延入户，手提新画青松障。
障子松林静杳冥，凭轩忽若无丹青。
阴崖却承霜雪〔二〕干，偃盖①反走虬龙②形。
老夫平生好奇古，对此兴与精灵聚。
已知仙客意相亲，更觉良工心独苦。
松下丈人巾屦③同，偶坐似〔三〕是商〔四〕山翁。
怅望〔五〕聊歌紫芝曲，时危惨淡来悲风。

〔一〕发：一作手。 〔二〕雪：一云露，一云雾。 〔三〕似：一作自。 〔四〕商：一作南。 〔五〕怅望：一作惆怅。

① 偃盖：形容松树枝叶横垂，张大如伞盖之状。② 虬龙：传说中一种有角的龙。③ 巾屦：头巾和鞋子。

戏为双松图歌〔一〕

天下几人画古松〔二〕，毕宏①已老韦偃少。
绝笔②长风起纤末，满堂动色嗟神妙。
两株惨裂苔藓皮，屈铁③交错回高枝。

白摧朽骨龙虎死,黑入太阴④雷雨垂。

松根胡僧憩寂寞,庞眉皓首⑤无住著。

偏袒右肩露双脚,叶里松子僧前落。

韦侯韦侯数相见,我有一匹好东〔三〕绢。

重之不减锦绣段,已令拂拭光凌乱,请公放笔为直干。

〔一〕韦偃画。　　〔二〕松:一作树。　　〔三〕东:一作素。

① 毕宏:唐人,工绘画,善画古松。② 绝笔:搁笔。③ 屈铁:比喻松枝弯曲。④ 太阴:指阴森黑暗之状。⑤ 庞眉皓首:长眉白头。

投简①成华两县诸子

赤县②官曹③拥材杰,软裘快马④当冰雪。

长安〔一〕苦寒谁独悲?杜陵野老骨欲折。

南山豆苗早荒秽⑤,青门瓜地新冻裂。

乡里儿童项领成,朝廷故旧礼数绝。

自然弃掷与时异,况乃疏顽⑥临事拙。

饥卧动即向一旬,敝裘⑦何啻⑧联百结⑨。

君不见空墙日色晚,此老无声泪垂血。

〔一〕安:一作夜。　　○韩公学杜,与此等最相似。

① 投简:即投赠。② 赤县:唐代京都下辖的县称"赤县",此指长安。③ 官曹:政府官员的办事处所。④ 软裘快马:轻暖的裘衣,善奔的骏马,比喻生活奢华。⑤ 荒秽:荒芜。⑥ 疏顽:懒散而顽钝。⑦ 敝裘:破旧的皮衣。⑧ 何啻(chì):何止,岂止。⑨ 百结:用碎布缀成的衣服。

徐卿二子歌

君不见,徐卿二子生绝奇①,感应吉梦②相追随。
孔子释氏③亲抱送,并是天上麒麟儿。
大儿九龄色清彻,秋水为神玉为骨。
小儿五岁气食牛④,满堂宾客皆回头。
吾知徐公百不忧,积善衮衮⑤生公侯。
丈夫生儿有如此二雏者,名位岂肯卑微休〔一〕。

〔一〕一云异时名位岂肯卑微休。

① 绝奇:无比奇特。② 吉梦:吉祥的梦,此处特指生男育女的喜梦。③ 释氏:即释迦牟尼,佛教创始人,姓乔达摩,名悉达多。④ 气食牛:比喻少年气盛。⑤ 衮衮:众多。

丈人山①

自为青城客,不唾青城地。
为爱丈人山,丹梯近幽意。
丈人祠西佳气浓,缘云拟住最高峰。
扫除白发黄精在,君看他时冰雪容。

① 丈人山:即青城山,位于四川都江堰西南部。传说轩辕黄帝时有宁封子在青城山修道,因宁封子曾向黄帝传授御风云的"龙跻之术",黄帝筑坛拜其为"五岳丈人",后世遂将青城山称为"丈人山"。

百忧集行

忆年十五心尚孩①,健如黄犊②走复来。
庭前八月梨枣熟,一日上树能千回。
即今倏忽已五十〔一〕,坐卧只多少行立。
强将笑语供主人,悲见生涯百忧集。
入门依旧四壁空③,老妻睹我颜色同。
痴儿④未知父子礼,叫怒索饭啼门东。

〔一〕一作即今年才五六十。

① 心尚孩:心智尚未成熟,还像一个小孩子。② 黄犊:小牛犊。③ 四壁空:家里只有四面墙壁,形容自己生活的困苦。④ 痴儿:谦称自己的孩子。

戏作花卿歌〔一〕

成都猛将有花卿,学语小儿知姓名。
用如快鹘①风火生,见贼唯多身始轻。
绵州②副使著柘黄③,我卿扫除即日平。
子章髑髅血模糊,手提掷还崔大夫。
李侯重有此节度,人道我卿绝世〔二〕无。
既称绝世无,天子何不唤取守京都?

〔一〕吴若本注:题下谓段子璋反东川,李奂走成都,崔光远讨平之时事也。崔大夫谓光远。子章即子璋。李侯疑即奂,尝领东川,以子璋乱出奔,及平,复得之镇,故云重有此节度也。
〔二〕世:一作代。

① 鹘(hú):猛禽。② 绵州:地名,今四川绵阳东。③ 柘

黄：用柘木汁染的赤黄色，此指柘黄色的服饰。

入奏行〔一〕

窦侍御，骥①之子，凤之雏②。
年未三十忠义俱，骨鲠③绝代④无。
炯如一段清冰出万壑，置在迎风寒露之玉壶。
蔗浆归厨金碗冻，洗涤烦热足以宁君躯。
政〔二〕用疏通合典则，戚联豪贵耽文儒。
兵革未息人未苏，天子亦念西南隅。
吐蕃凭陵⑤气颇粗，窦氏检察应时须〔三〕。
运粮绳桥壮士喜，斩木火井穷猿呼。
八州刺史思一战，三城守边却可图。
此行入奏计未小，密奉圣旨恩宜〔四〕殊。
绣衣春当〔五〕霄汉立，彩服日向〔六〕庭闱趋〔七〕。
省郎京尹必俯拾〔八〕，江花未落还成都。
江花未落还成都〔九〕，肯访浣花老翁⑥无〔十〕？
为君酤酒满眼酤〔十一〕，与奴白饭马青刍。

〔一〕赠西山检察使窦侍御。　〔二〕政：一作整。　〔三〕应时须：樊作才能俱。　〔四〕宜：一作应。　〔五〕春当：一云飘飘。　〔六〕日向：一云粲粲。　〔七〕樊本此下有开济人所仰，飞腾正时须。　〔八〕俯拾：一云相付。　〔九〕此句一云还成都多暇。　〔十〕一云公来肯访浣花老。　〔十一〕二句一云携酒肯访浣花老，为君着衫捋髭须。

① 骥：良马，比喻优秀的人才。② 凤之雏：雏凤，幼凤，古人常以比喻杰出的人才。③ 骨鲠：本义为鱼骨，古人常以此比喻个性正直。④ 绝代：空前绝后、冠出当代之意。⑤ 凭陵：侵犯，

横行。⑥ 浣花老翁：诗人的自称。759年冬，杜甫携家人来到成都，次年春天，杜甫在友人帮助下，于成都西郊浣花溪畔修建茅屋居住。浣花，即浣花溪，得名于杜甫《卜居》中"浣花溪水水西头，主人为卜林塘幽"之句。

楠〔一〕树为风雨所拔叹

倚江楠树草堂前，故〔二〕老①相传二百年。
诛茅②卜居总为此，五月仿佛闻寒蝉。
东南飘风动地至，江翻石走流云气。
干〔三〕排雷雨犹力争，根断泉源岂天意。
沧波〔四〕老树性所爱，浦上童童一青盖。
野客频留惧雪霜，行人不过听竽籁③。
虎倒龙颠④委榛〔五〕棘，泪痕血点垂胸臆。
我有新诗何处吟？草堂自此无颜色。

〔一〕楠：一作高。　〔二〕故：一作古。　〔三〕干：晋作幹。　〔四〕沧波：一云苍茫。　〔五〕榛：樊作荆。

① 故老：年高而望重之人。② 诛茅：本义为芟除茅草，引申为结庐安居。③ 竽籁：竽和箫，此指楠树发出的吹竽般的声音。④ 虎倒龙颠：形容楠树委地的样子。

茅屋为秋风所破歌

八月秋高风怒号，卷我屋上三重①茅。
茅飞渡江洒〔一〕江郊，高者挂罥②长林梢，下者飘转沉塘坳③。

南村群童欺我老无力，忍能对面为盗贼，公然抱茅入竹去，唇焦口燥呼不得④，归来倚杖自叹息。

俄顷风定云墨色，秋天漠漠⑤向昏黑。

布衾⑥多年冷似[二]铁，骄儿恶卧⑦踏里裂。

床床屋漏无干处，雨脚如麻未断绝。

自经丧乱⑧少睡眠，长夜沾湿何由彻⑨？

安得广厦千万间，大庇天下寒士俱欢颜，风雨不动安如山。

呜呼！何时眼前突兀见⑩此屋，吾庐独破受冻死[三]亦足！

〔一〕洒：一作满。　〔二〕似：一作象。　〔三〕死：一作意。

① 三重：多重。② 挂罥（juàn）：悬挂，挂住。③ 塘坳（ào）：低洼积水的池塘。④ 呼不得：喝止不住。⑤ 漠漠：阴沉迷蒙的样子。⑥ 布衾（qīn）：用布制成的被子。⑦ 恶卧：睡相不好。⑧ 丧（sāng）乱：战乱，此指安史之乱。⑨ 何由彻：如何才能坚持到天亮。⑩ 见（xiàn）：通"现"，出现。

渔阳①

渔阳突骑犹精锐，赫赫雍王②都[一]节制。

猛将飘然恐后时，本朝不入非高计。

禄山③北筑雄武城，旧防败走归其营。

系书请问燕耆④旧，今日何须十万兵。

〔一〕都：一作前。

① 渔阳：今天津蓟州。② 雍王：即唐德宗李适（742—805），唐朝第十位皇帝。③ 禄山：即安禄山（703—757），天宝十四载（755），于范阳起兵叛唐。④ 耆旧：老人，年高望重者。

黄河二首

黄河北岸海西军①，椎鼓②鸣钟天下闻。
铁马③长鸣不知〔一〕数，胡人高鼻动成群。

〔一〕知：一作如。

① 海西军：吐蕃的军队。② 椎（chuí）鼓：击鼓。③ 铁马：即披甲的战马。

黄河西岸是吾〔一〕蜀，欲须供给家无粟。
愿驱众庶戴君王，混一车书弃金玉。

〔一〕吾：一作故。

天边行

天边老人①归未得，日暮东临大江哭。
陇右②河源不种田，胡骑③羌兵入巴蜀。
洪涛滔天风拔木，前飞秃鹙后鸿〔一〕鹄。
九度④附书向洛阳，十年骨肉⑤无消息。

〔一〕鸿：一作黄。

①天边老人：杜甫常年在外漂泊，故自称"天边老人"。②陇右：即陇右道，在今天的甘肃、青海、新疆一带。唐贞观元年（627）置，唐代十道之一，因在陇山之右，故名。③胡骑：此指吐蕃军队。④九度：多次，虚指。⑤骨肉：此指兄弟。

大麦行

大麦干枯小麦黄，妇女〔一〕行泣夫走藏①。
东至集壁西梁洋〔二〕，问谁腰镰②胡与羌。
岂无蜀兵三千人〔三〕，部〔四〕领③辛苦江山长④。
安得如鸟有羽翅，托身白云还故乡。

〔一〕女：一作人。 〔二〕钱笺：四州皆属山南西道。宝应元年建卯月，羌浑奴刺寇梁州；建辰月，党项奴刺寇洋州。此诗当是宝应元年作。 〔三〕三千人：一云千人去。 〔四〕部：一作簿。

①走藏：逃走、躲藏。②腰镰：把镰刀插在腰间。此指以镰刀抢割百姓粮食。③部领：军队。④江山长：山长水远，指路途遥远。

苦战行

苦战身死马将军，自云伏波①之子孙。
干戈未定失壮士，使我叹恨伤精魂。
去年江南〔一〕讨狂贼，临江把臂②难再得。
别时孤云今不飞，时独看云泪横臆。

〔一〕江南:《英华》作南行。

① 伏波:即马援(前14—前49),字文渊,扶风茂陵(今陕西兴平)人,曾西破陇羌,南征交趾,北击乌桓,官至伏波将军,世称"马伏波"。② 把臂:握持手臂,表示关系亲密。

去秋行

去秋涪江木落时,臂枪〔一〕走马谁家儿?
到今不知白骨处,部曲有去皆无归。
遂州城中汉节在,遂州城外巴人稀。
战场冤魂每夜哭,空令野营猛士悲。

〔一〕枪:一作苍。

观打鱼歌

绵州江水之〔一〕东津,鲂鱼鲅色胜银。
渔人漾舟沉大网,截江一拥数百鳞。
众鱼常才尽却弃,赤鲤腾出如有神。
潜龙无声老蛟怒,回〔二〕风飒飒吹沙尘。
饔子左右挥霜刀,脍飞金盘白雪高。
徐州秃尾①不足忆〔三〕,汉阴槎头②远遁逃。
鲂鱼肥美知第一,既饱欢娱亦萧瑟。
君不见朝来割素鬐,咫尺波涛永相失。

〔一〕之:一作水。　〔二〕回:晋作西。　〔三〕忆:一作惜。

①徐州秃尾：对徐州一带盛产的鲢、鳙等类鱼的俗称。②槎头：即槎头鳊，色青，味美，以产于汉水者最为著名。

又观打鱼

苍江渔子①清晨集，设网提纲万〔一〕鱼急。
能者操舟疾若风，撑突波涛挺叉入。
小鱼脱漏不可记〔二〕，半死半生犹戢戢②。
大鱼伤损皆垂头，屈强泥沙〔三〕有时立。
东津观鱼已再来，主人罢鲙还倾杯。
日暮蛟龙改窟穴，山根鱣鲔③随云雷。
干戈兵革斗未止〔四〕，凤凰麒麟安在哉？
吾徒胡为纵此乐，暴殄天物圣所哀！

〔一〕万：一作取。　〔二〕记：一作纪。　〔三〕泥沙：一作沙头。　〔四〕一云干戈格斗尚未已。

①渔子：捕鱼为业的人。②戢（jí）戢：鱼张口的样子。③鱣鲔（zhān wěi）：鱼名。

越王楼①歌

绵州州府何磊落，显庆②年中越王作。
孤城西北起高楼，碧瓦朱甍③照城郭。

楼下长江百丈清，山头落日半轮明。
君王旧迹今人赏，转见千秋万古情。

① 越王楼：楼名，位于今四川绵阳。越王，即李贞（627—688），陇西狄道（今甘肃临洮）人，唐朝宗室、大臣，唐太宗第八子，先后被封为汉王、越王，任绵州刺史时，修建了越王楼。② 显庆（656—661）：唐高宗李治的第二个年号。③ 朱甍（méng）：指朱红色的屋顶。

海棕①行

左绵公馆清江濆②，海棕一株高入云。
龙鳞犀甲相错落，苍稜白皮十抱文。
自〔一〕是众木乱纷纷，海棕焉知身出群。
移栽北辰不可得，时有西域胡僧识。

〔一〕自：一作但。

① 海棕：树名，椰木的一种。② 江濆（pēn）：江岸，亦指沿江一带。

姜楚公①画角鹰歌

楚公画鹰鹰戴角，杀气森森〔一〕到幽朔②。
观者贪愁〔二〕掣臂〔三〕飞，画师不是无心学。
此鹰写真在左绵，却嗟真骨遂虚传。
梁间燕雀休惊怕，亦未抟空上九天③。

〔一〕森森:一作森如。 〔二〕贪愁:旧作徒惊。 〔三〕臂:一作壁。

① 姜楚公:即姜皎,上邽(今甘肃天水)人,善画鹰鸟。② 幽朔:幽州和朔州,此指北方边地。③ 抟(tuán)空上九天:化用《庄子·逍遥游》"鹏之徙于南冥也,水击云千里,抟扶摇而上者九万里"之句。抟空,盘旋于高空。九天,九重天,天的最高处。

相从歌赠严二别驾〔一〕

我行入东川,十步一回首。
成都乱罢气萧飒〔二〕,浣花草堂亦何有?
梓中〔三〕豪俊〔四〕大者谁?本州从事知名久。
把臂开樽饮我酒,酒酣击剑蛟龙吼。
乌帽拂尘青螺〔五〕粟,紫衣将炙绯衣①走。
铜盘烧蜡光吐日,夜如何其初促膝。
黄昏始扣主人门,谁谓俄倾〔六〕胶在漆?
万事尽付形骸②外,百年未见〔七〕欢娱毕。
神倾意豁真佳士,久客多忧今愈疾。
高视乾坤又可〔八〕愁,一躯交态同〔九〕悠悠。
垂老遇君未恨晚,似君须向古人求。

〔一〕一云严别驾相逢歌。 〔二〕飒:一作瑟,一作索。 〔三〕中:一作州。 〔四〕俊:一作贵。 〔五〕螺:一作骡。 〔六〕俄倾:晋作我倾。 〔七〕见:一作及。 〔八〕可:一作何。 〔九〕同:一作真。

① 绯衣:即红色官服,绯衣、紫衣皆为唐代高级文官之制服。② 形骸:人的躯体,此指自身。

光禄坂行

山行落日下绝壁,西望千山万山〔一〕赤。
树枝有鸟乱鸣〔二〕时,暝色①无人独归客。
马惊不忧深谷坠,草动只怕长弓射。
安得更似开元②中,道路即今多〔三〕拥隔③。

〔一〕山:一作水。　〔二〕鸣:一作栖。　〔三〕多:一作何。

① 暝色:暮色,夜色。② 开元(713—741):唐玄宗李隆基的第二个年号。开元年间,唐玄宗励精图治,使得国家呈现盛世局面。③ 拥隔:阻隔。

陪王侍御同登东山最高顶。宴姚通泉,晚携酒泛江

姚公美政谁与俦①?不减昔时陈太丘②。
邑中上客有柱史,多暇日陪骢马游。
东山高顶罗珍羞,下顾城郭销我忧。
清江白日落欲尽,复携美人登彩舟。
笛声愤怨〔一〕哀中流,妙舞逶迤③夜未休。
灯前往往大鱼出,听曲低昂如有求。
三更风起寒浪涌,取乐喧呼觉船重。
满空星河光破碎,四座宾客色不动。
请公临深〔二〕莫相违,回船罢酒上马归。
人生欢会岂有极?无使霜过〔三〕沾人衣。

〔一〕怨:一作怒。　〔二〕深:一作江。　〔三〕过:一

作露。

①侪：比肩，相较。②陈太丘：即陈寔（104—187），字仲弓，颍川许县（今河南长葛）人，东汉名臣。③逶迤：形容舞姿婀娜。

春日戏题恼郝使君兄

使君意气凌青霄①，忆昨欢娱常见招。
细马②时鸣金騕褭③，佳人屡出董娇饶④。
东流江水西飞燕，可惜春光不相见。
愿携王赵两红颜，再骋肌肤如素练⑤。
通泉百里近梓州⑥，请〔一〕公一来开我愁。
舞处重看花满面，尊前还有锦缠头⑦。

〔一〕请：一作诸。

①青霄：青天、高空，常比喻朝廷。②细马：骏马。③騕褭（yǎo niǎo）：骏马。④娇饶：女子名，泛指美人。⑤素练：白色的绢帛。⑥梓州：地名，今四川三台。⑦锦缠头：古人缠在头上作装饰的锦帛。

短歌行〔一〕

王郎酒酣拔剑斫地歌莫哀，我能拔尔抑塞磊落之奇才。
豫樟翻风白日动，鲸鱼跋浪沧溟开。
且脱佩剑休徘徊，西得诸侯棹锦水。

欲向何门跋〔二〕珠履？仲宣楼头春色〔三〕深①。
青眼高歌望吾子，眼中之人吾老矣。

〔一〕赠王郎司直。　〔二〕跋：吴作飒。　〔三〕色：一作已。　○瑰玮顿挫，跌宕嫖姚，可谓空前绝后。

①"仲宣"句：王粲投靠刘表却不得重用，情志郁闷而又思念家乡，登上麦城城楼，作《登楼赋》。仲宣，即王粲。

短歌行〔一〕

前者途中一相见，人事经年记君面。
后生相动〔二〕何寂寥，君有长才不贫贱。
君今起柁①春江流，余亦沙边具小舟。
幸为达书贤府主，江花未尽会江楼。

〔一〕送祁录事归合州因寄苏使君。　○草堂本作邛州录事。　〔二〕动：一作劝。

①起柁（duò）：启动船舵，即开船。

桃竹杖引〔一〕

江心〔二〕蟠石生桃竹，苍波喷浸尺度足。
斩根削皮如紫玉，江妃水仙惜不得。
梓潼使君〔三〕开一束，满堂宾客皆叹息。

怜我老病赠两茎,出入爪甲铿有声。
老夫复欲东南征,乘涛鼓枻^{[四]①}白帝城。
路幽必为鬼神夺,拔^[五]剑或与蛟龙争。
重为告曰:杖兮杖兮,尔之生也甚正直,
慎勿见水踊跃学变化为龙。
使我不得尔之扶持,灭迹于君山湖上之青峰。
噫!风尘㳽洞^②兮豺虎咬人,忽失双杖兮吾将曷从?

〔一〕赠章留后。　〔二〕心:一作上。　〔三〕君:一作者。
〔四〕枻:一作棹。　〔五〕拔:一作杖。

① 鼓枻:划桨,即泛舟。② 㳽(hòng)洞:弥漫无际的样子。

韦讽①录事宅观曹将军②画马图

国初已来画鞍马,神妙独数江都王^{[一]③}。
将军得名三^[二]十载,人间又见真乘黄④。
曾貌先帝照夜白^{[三]⑤},龙池十日飞霹雳。
内府殷红玛瑙碗^[四],婕妤⑥传诏才人⑦索。
碗赐将军拜舞归,轻纨细绮相追飞^[五]。
贵戚权门得笔迹,始觉屏障生光辉。
昔日太宗拳毛䯄^[六],近时郭家师子花^[七],
今之新^[八]图有二马,复令识者久叹嗟。
此皆骑战一敌万,缟素漠漠开风沙。
其余七匹亦殊绝,迥若寒空动烟雪。
霜蹄蹴踏⑧长楸间,马官厮养森成列。

可怜九马争神骏，顾视清高气深稳。

借问苦心爱者谁，后有韦讽前支遁。

忆昔巡幸新丰宫⑨，翠华拂天来向东。

腾骧磊落三万匹，皆与此图筋骨同。

自从献宝朝河宗，无复射蛟江水中。

君不见，金粟堆⑩前松柏里，龙媒去尽鸟呼风。

〔一〕钱笺：《名画记》：江都王绪，霍王元轨之子，太宗皇帝犹子也。多才艺，善书，画鞍马擅名。垂拱中，官至金州刺史。　〔二〕三：樊作四。　〔三〕照夜白：《明皇杂录》：上所乘马有玉花骢、照夜白。《画鉴》：曹霸《人马图》，红衣美髯奚官牵玉面骃，绿衣阉官牵照夜白。　〔四〕碗：一作盘。　〔五〕飞：一作随。　〔六〕拳毛䯄：《金石录》：太宗六马，其一曰拳毛䯄，黄马黑喙，平刘黑闼时所乘。　〔七〕师子花：《杜阳杂编》：代宗自陕还，命以御马九花虬并紫玉鞭辔以赐郭子仪。九花虬，即范阳节度使李怀仙所贡也，额高九寸，毛拳如鳞，以身被九花文号九花虬。亦有师子骢，皆其类。《天中记》载：杜诗师子花即九花虬也。　〔八〕新：一作画。　○金粟堆：《旧书》：明皇亲拜五陵，至睿宗桥陵，见金粟山冈有龙蟠虎踞之势，复近先茔，谓侍臣曰："吾千秋后宜葬此地。"《长安志》：明皇泰陵，在蒲城东北三十里金粟山。

① 韦讽：成都人，杜甫寓居成都时的朋友。② 曹将军：即曹霸，唐人，工绘画，深得唐玄宗喜爱，官至左武卫将军。故杜甫称其为曹将军。③ 江都王：即李绪，字元熙，唐江都王，太宗李世民之侄，以画马闻名。④ 乘黄：古代传说中的神马，后泛指骏马。⑤ 照夜白：唐玄宗的爱马名，因通身白色，在夜晚十分显著，故名。⑥ 婕妤（jié yú）：帝王妃嫔的称号，正三品女官。⑦ 才人：帝王妃嫔的称号，正四品女官。⑧ 蹴踏：踩踏。⑨ 新丰宫：即骊山华清宫，位于陕西西安临潼。始建于唐初，唐玄宗执政以后大加修缮。⑩ 金粟堆：即唐玄宗李隆基的皇陵，位于今陕西富平金粟山。

丹青①引〔一〕

将军②魏武③之子孙，于今为庶④为清门⑤。
英雄割据虽〔二〕已矣，文彩风流犹〔三〕尚存。
学书初学卫夫人⑥，但恨无〔四〕过王右军⑦。
丹青不知老将至，富贵于我如浮云。
开元之中〔五〕常引见，承恩数上南薰殿。
凌烟功臣⑧少颜色，将军下笔开生面。
良相头上进贤冠，猛将腰间大羽箭。
褒公鄂公⑨毛发动，英姿飒爽〔六〕来〔七〕酣战。
先帝天〔八〕马玉花骢，画工如山貌不同。
是日牵来赤墀下，迥〔九〕立阊阖生长风。
诏谓将军拂绢素，意匠惨淡经营中。
斯须九重真龙出，一洗万古凡马空。
玉花却在御榻上，榻上庭前屹相向。
至尊含笑催赐金，圉人太仆⑩皆惆怅。
弟子韩干⑪早入室，亦能画马穷殊相〔十〕。
干惟画肉不画骨，忍使骅骝气凋丧。
将军画〔十一〕善〔十二〕盖有神，必〔十三〕逢佳士亦写真。
即今飘泊干戈际，屡貌寻常行路人。
途穷反遭俗眼白，世上未有如公贫。
但看古来盛名下，终日坎壈⑫缠其身。

〔一〕赠曹将军霸。 〔二〕虽：一作皆。 〔三〕犹：荆作今。 〔四〕无：晋作未。 〔五〕中：一作年。 〔六〕飒爽：一作飒飒。 〔七〕来：樊作犹。 〔八〕天：一作御。 〔九〕迥：一作夐。 〔十〕相：一作状。 〔十一〕画：一作尽。 〔十二〕善：一作妙。 〔十三〕必：一作偶。 ○首八句赞其书画，"开元"八句叙其画凌烟功臣，"先帝"十六句叙其画马,末八句叙其写真。

①丹青:泛指绘画。②将军:即曹霸。③魏武:即魏武帝曹操。④庶:庶人,平民。⑤清门:寒素之家。⑥卫夫人:即卫铄(272—349),字茂漪,河东安邑(今山西夏县)人,晋人,善书法。⑦王右军:即王羲之。⑧凌烟功臣:即凌烟阁二十四功臣。贞观十七年(643),唐太宗李世民为纪念当初一同打天下的诸多功臣,命画家阎立本在凌烟阁内描绘了长孙无忌等二十四位功臣的画像。⑨褒公鄂公:追随李世民的两位功臣。褒公,段志玄(598—642),本名段雄,字志玄,淄州邹平县(今山东邹平)人,唐朝名将,封褒国公;鄂公:尉迟敬德(585—658),朔州人,唐朝名将,封鄂国公。⑩圉(yǔ)人太仆:皆为官名,圉人是古代管理御马的官吏,太仆是管理皇帝车马的官吏。⑪韩干:唐人,工绘画,初师曹霸,为入室弟子。⑫坎壈(lǎn):穷困、困顿的状况。

严氏溪放歌行

天下甲〔一〕马①未尽销②,岂免沟壑常漂漂。
剑南③岁月不可度,边头公卿仍独骄〔二〕。
费心姑息是一役,肥肉大酒徒相要。
呜呼古人已粪土,独觉志士甘渔樵。
况我飘转无定所,终日戚戚忍羁旅。
秋宿〔三〕霜〔四〕溪素月高,喜得与子长夜语。
东游西还力实倦,从此将身更何许?
知子松根长茯苓,迟暮有意来同煮。

〔一〕甲:晋作兵。 〔二〕仍独骄:樊作何其骄。 〔三〕宿:樊作夜。 〔四〕霜:一作清。

① 甲马：铠甲和战马，泛指军备或战事。② 未尽销：指战事尚未完全结束。③ 剑南：地名，贞观元年（627），唐太宗改益州为剑南道，治所位于成都府，因在剑门关以南，故名。

发阆中①

前有毒蛇后猛虎，溪行尽日无村坞②。
江风萧萧云拂地，山木惨惨天欲雨。
女病妻忧归意速〔一〕，秋花锦石③谁复〔二〕数。
别家三月一得书〔三〕，避地④何时免愁苦。

〔一〕速：一作急。　〔二〕复：樊作能。　〔三〕得书：一作书来。

① 阆中：地名，今四川阆中。② 村坞：村庄，此指人家。③ 锦石：有花纹的小石头。④ 避地：因避难而流寓他乡。安史之乱后，杜甫辗转多地，故称。

寄韩谏议〔一〕

今我不乐思岳阳①，身欲奋飞病在床。
美人娟娟隔秋水，濯足②洞庭望八荒。
鸿飞冥冥日月白，青枫叶赤天雨〔二〕霜。
玉京群帝集北斗，或骑麒麟翳凤凰。
芙蓉旌旗〔三〕烟雾乐，影动倒景摇潇湘。
星宫之君醉琼浆③，羽人稀少不在旁。

似闻昨者赤松子,恐是汉代韩张良。
昔随刘氏④定长安,帷幄未改神惨伤。
国家成败吾岂敢,色难腥腐餐风〔四〕香。
周南留滞古所〔五〕惜,南极老人应寿昌。
美人胡为隔秋水,焉得置之贡玉堂?

〔一〕钱笺:程嘉燧曰此诗盖为李泌而作,余考之,是也。按史及家传,泌从肃宗于灵武,既立大功,而幸臣李辅国害其能,因表乞游衡岳,优诏许之,山居累年。代宗即位,累有颁赐,号天柱峰中岳先生,无几,征入翰林。公此诗,盖当邺侯隐衡山之时,劝勉韩谏议,欲其贡置之玉堂也。安刘帷幄,在玄肃之代,舍泌其谁?韩谏议旧本名注。余考韩休之子沈,上元中为谏议大夫,有学,尚风韵高雅,当即其人,"注"字盖传写之误。 〔二〕雨:一作飞。 〔三〕旗:一作旄。 〔四〕风:一作枫。 〔五〕所:一作莫。 ○按《邺侯外传》:平生多遇异人,颇修真仙之术。此诗"玉京"以下六句,盖隐约指其事。"似闻"四句,指邺侯于玄肃间有定社稷之功。"国家"二句,言己虽位卑而不忍不言。"周南"句,杜公自指。"南极"句,仍指邺侯耳。

① 岳阳,地名,今湖南岳阳。② 濯足:本义为洗去脚上的污垢,后多比喻洁身自好,不与世俗同流合污。③ 琼浆:用精美的浆液,亦比喻美酒,传说饮后可以成仙。④ 刘氏:即刘邦。

忆昔二首

忆昔先皇巡朔方①,千乘万骑入咸阳②。
阴山骄子③汗血马,长驱东胡胡走藏。
邺城反覆④不足怪,关中小儿⑤坏纪纲。
张后⑥不乐上为忙,至今今上⑦犹拨乱⑧,劳身焦思补四方。

我昔近侍叨奉引，出兵整肃不可当〔一〕⑨。

为留猛士⑩守未央〔二〕⑪，致使岐雍防西羌。

犬戎直来坐御床⑫，百官跣足⑬随天王。

愿见北地傅介子，老儒不用尚书郎。

〔一〕出兵：一作兵出。当：一作忘。　〔二〕钱注：东坡曰"为留猛士守未央"，谓夺郭子仪兵柄，留宿卫也。代宗即位，子仪自河南入朝，程元振数谮之，子仪请解副元帅节度使留京师。广德元年十月，吐蕃入寇，上出幸陕州，子仪收复京师，十二月驾还长安。

① 先皇巡朔方：指唐肃宗李亨在灵武、凤翔时期。② "千乘"句：指收复长安、肃宗还京事。咸阳，地名，今陕西咸阳，此处指代唐都长安。③ 阴山骄子：即回纥。安史之乱时，肃宗曾与回纥合作，共击叛军。④ 邺城反覆：至德二年（757）十月，安庆绪大败，放弃洛阳，逃往邺郡（今河南安阳），史思明先投降，复又叛乱，出兵营救安庆绪。⑤ 关中小儿：此处指李辅国。《旧唐书·宦官传》："李辅国，本名静忠，闲厩马家小儿。" ⑥ 张后：即唐肃宗李亨皇后张氏，素为李亨所宠。肃宗即位后，张氏勾结太监李辅国干预政事，又图谋废太子李豫。后因试图夺权，事泄被捕，处死。⑦ 今上：当今圣上，即唐代宗李豫（726—779），初名李俶，唐朝第九位皇帝，肃宗李亨长子。⑧ 拨乱：平定祸乱、治理乱政。⑨ 不可当：锐不可当，此是对代宗的赞美。⑩ 猛士：此指郭子仪。⑪ 未央：汉代宫殿名，唐人常以汉喻唐，此处指过国都长安。⑫ "犬戎"句：广德元年（763）十月，吐蕃入侵，代宗李豫逃离京城，到陕州避难。吐蕃占领长安后劫掠府库市里，纵兵焚烧闾舍。⑬ 跣足：赤着脚。

忆昔开元全盛日，小邑犹藏万家室。

稻米流脂粟米白，公私仓廪俱丰实。

九州道路无豺虎〔一〕，远行不劳吉日出。

齐纨鲁缟①车班班②，男耕女桑不相失。

宫中圣人奏云门，天下朋友皆胶漆。

百馀年间未灾变,叔孙礼乐萧何律③。

岂闻一绢直万钱?有田种谷今流血。

洛阳宫殿烧焚尽,宗庙新除狐兔穴。

伤心不忍问耆旧,复恐初从乱离说。

小臣鲁钝无所能,朝廷记识蒙禄秩。

周宣中兴④望我皇,洒血〔二〕江汉身〔三〕衰疾。

〔一〕虎:晋作狼。 〔二〕血:一作泪。 〔三〕身:荆作长。

① 齐纨鲁缟:齐鲁一带生产的精美丝织品。② 车班班:车辆络绎不绝的样子。③ "叔孙"句:叔孙通,薛县人(今山东枣庄),汉定天下后帮助刘邦制定朝仪;萧何,沛郡丰邑(今江苏丰县)人,西汉建立后,萧何扬弃秦朝法律,制定《九章律》。④ 周宣中兴:周宣王即位后,任用召穆公、周定公、尹吉甫等大臣治理朝政,周王室得到短暂复兴,史称"宣王中兴"。

冬狩行〔一〕

君不见,东川节度兵马雄,校猎亦似观成功。

夜发猛士三千人,清晨合围步骤同。

禽兽已毙十七八,杀声落日回苍穹。

幕前生致九青兕①,骆驼䗖羃②垂玄熊。

东西南北百里间,仿佛蹴踏寒山空。

有鸟名鹨鹆③,力不能高飞逐走蓬,

肉味不足登鼎俎,何为见羁虞罗④中?

春蒐冬狩⑤侯〔二〕得同,使君五马一马骢。

况今摄行大将权,号令颇有前贤风。

飘然时危一老翁,十年厌见旌旗红。
喜君士卒甚整肃,为我回辔擒西戎。
草中狐兔尽何益?天子不在咸阳宫。
朝廷虽无幽王⑥祸,得不哀痛尘再蒙。
呜呼!得不哀痛尘再蒙!

〔一〕时梓州刺史章彝兼侍御史留后东川。《旧书·严武传》:上皇诏以剑两川合为一道,是时已废东川节度使,故章以刺史领留后事。诗云东川节度,则循其旧称也。时代宗幸陕,诏征天下兵,无一人应者,故公感激言之。　〔二〕侯:一作候。

① 青兕:古代犀牛类异兽。② 峗(wéi):高的样子。③ 鸲鹆(qú yù):即八哥鸟。④ 虞罗:原指古代掌管山泽之虞人所张设的网罗,后泛指网罗。⑤ 春蒐(sōu)冬狩:指古代天子或王侯在春、冬两季的围猎活动。⑥ 幽王:即周幽王姬宫涅(前795—前771),西周第十二任君主,在位期间任用佞巧善谀的虢石父为卿士,又废嫡立庶,引发不满,最终被杀,西周灭亡。

自平

自平宫中〔一〕吕太一,收珠南海千余日。
近供生犀①翡翠稀,复恐征戎〔二〕干戈密。
蛮溪豪族小〔三〕动摇②,世封刺史③非时〔四〕朝。
蓬莱殿前〔五〕诸主将,才如伏波不得骄。

〔一〕宫中:一作中宫,一作中官。　〔二〕戎:一作戍。
〔三〕小:一作山。　〔四〕时:一作常。　〔五〕前:一作里。

① 生犀:犀牛角。② 小动摇:指小的叛乱。③ 世封刺史:唐代初期,朝廷对于南方溪洞蛮酋归顺者皆世授刺史。

释闷

四海十年不解兵,犬戎〔一〕也复临咸京①。
失道非关出襄野,扬鞭忽是过胡〔二〕城。
豺狼塞路人断绝,烽火照夜尸纵横。
天子亦应厌奔走,群公固合思升平②。
但恐诛求不改辙,闻道嬖孽③能〔三〕全生。
江边老翁错料事,眼暗不见风尘清。

〔一〕戎:一作羊。 〔二〕胡:晋作湖。 〔三〕能:一作今。 ○按,湖城在今阌乡,即汉之湖县,后魏之湖城县也。代宗由长安幸陕,必过湖城。钱笺引晋元帝至湖阴事,失之矣。

① 咸京:指国都长安。② 升平:太平安定的时代。③ 嬖孽(bì niè):为君主所宠信的小人。

阆山歌

阆州城东灵〔一〕山①白,阆州城北玉台〔二〕②碧。
松浮③欲尽不尽云,江动④将崩未崩石。
那知根无鬼神会,已觉气与嵩华⑤敌。
中原格斗⑥且未归,应结茅斋看〔三〕青壁〔四〕。

〔一〕灵:一作雪。 〔二〕台:一作壶。 〔三〕看:一作著。 〔四〕一作应著茅斋向青壁。

① 灵山:山名,在阆州城东北十里。② 玉台:山名,在阆州城北七里。③ 松浮:松树上飘浮着(云)。④ 江动:江水从(石岸)流动。⑤ 嵩华:嵩山与华山。⑥ 格斗:本义为打斗、战斗,此指中原地区仍处于战乱的烽火中。

阆水①歌

嘉陵江色〔一〕何所似？石黛②碧玉相因依。
正怜日破浪花〔二〕出，更复春从沙际归。
巴童③荡桨欹④侧过，水鸡衔鱼来去飞。
阆中胜事⑤可肠断⑥，阆州城南天下稀。

〔一〕色：一作山。　〔二〕浪花：一云阆山。

① 阆水：又称阆江，嘉陵江在阆中一段的名称。② 石黛：石墨，青黑色。③ 巴童：巴地的儿童。④ 欹（qī）：倾斜。⑤ 胜事：即胜景，此指阆中美景。⑥ 可肠断：让人十分喜爱。

三绝句

前〔一〕年渝州①杀刺史，今年开州②杀刺史。
群盗相随剧虎狼，食人更肯留妻子。

〔一〕前：一作去。

① 渝州：地名，今重庆。② 开州：地名，今重庆开州。

二十一家同入蜀，唯残一人出骆谷①。
自说二女啮臂②时，回头却向秦云哭。

① 骆谷：地名，连接陕西与汉中的交通要道。② 啮臂：咬臂出血。

殿前兵马虽骁雄①,纵暴略与羌浑同②。
闻道杀人汉水上,妇女多在官军中。

① 骁雄:勇猛雄武之士。② 浑同:混同,等同。

莫相疑行

男儿生无所成头皓白〔一〕,牙齿欲落真可惜。
忆献三赋①蓬莱宫②,自怪一日声辉〔二〕赫。
集贤学士如堵墙③,观我落笔中书堂④。
往时文彩动人主,此〔三〕日饥寒趋路旁。
晚将末契⑤托年少〔四〕,当面输〔五〕心⑥背面笑。
寄谢悠悠世上儿,不〔六〕争好恶莫相疑。

〔一〕樊作男儿一生无成头皓白。　〔二〕辉:一作烨,荆作烜。　〔三〕此:《文粹》作今。　〔四〕《文粹》作晚将末节契年少。　〔五〕输:一作论。　〔六〕不:一作莫。

① 献三赋:天宝九载(750),杜甫得知玄宗将在天宝十载(751)正月于太清宫、太庙、南郊举行祭祀盛典,即在该年冬天预献《朝献太清宫赋》《朝享太庙赋》《有事于南郊赋》,合称"三大礼赋",简称"三赋"。② 蓬莱宫:唐代宫殿名,在陕西长安,原名大明宫,高宗时改名为蓬莱宫。③ 堵墙:杜甫因进献"三大礼赋"得到玄宗赏识,命待制在集贤院,集贤殿内的学士们都来围观,排列如墙。④ 中书堂:中书省的政事堂,是唐代宰执处理政务的场所。⑤ 末契:暮年交情。⑥ 输心:掏心,真心相待。

青丝

青丝白马①谁家子？粗豪且逐风尘起。
不闻汉主放妃嫔②，近静潼关扫蜂蚁。
殿前兵马破汝时，十月即为齑粉③期。
未如〔一〕面缚④归金阙，万一皇恩下玉墀⑤。

〔一〕如：一作知。

① 青丝白马：挽青绿色缰绳，骑白马。代指叛军将领。② 汉主放妃嫔：据《汉书·文帝纪》载，汉文帝曾放走宫中女子，令其嫁人。唐肃宗、唐代宗也有"放妃嫔"之事，故诗人以汉喻唐。③ 齑（jī）粉：粉末。④ 面缚：面部朝前，双手反绑于背部，古代表示投降。⑤ 玉墀（chí）：宫殿前的石阶。

近闻〔一〕

近闻犬戎远遁逃，牧马不敢侵临洮①。
渭水逶迤白日净，陇山②萧瑟秋云高。
崆峒③五原亦无事，北庭④数有关中使⑤。
似闻赞普⑥更求亲，舅甥和好应难弃。

〔一〕钱注：永泰元年，子仪与回纥定约，请击吐蕃为效。上停亲征，京师解严。是年，仆固名臣及党项帅皆来降。次年二月，命杨济修好于吐蕃，吐蕃遣首领论泣钦陵来朝。此诗盖记其事也。

① 临洮：地名，在今甘肃定西，因境内有洮河而得名。② 陇山：秦岭山系北端的余脉，地处宁夏。③ 崆峒：山名，位于甘肃平凉。④ 北庭：汉朝对北单于王庭的简称，此代指吐蕃政权所在

地。⑤关中使：关中来的使者，此指唐王朝的使者。⑥赞普：吐蕃首领的称号。

蚕谷行

天下郡国向万城，无有一城无甲兵。
焉得铸甲作农器，一寸荒田牛得耕。
牛尽耕〔一〕，蚕亦成，
不劳烈士①泪滂沱，男谷女丝②行复歌。

〔一〕牛尽耕：一有"田"字。

① 烈士：有气节壮志的人。② 男谷女丝：即男耕女织。

折槛行〔一〕

呜呼房魏①不复见，秦王②学士③时难羡。
青衿④胄子⑤困泥涂，白马将军若雷电。
千载少似朱云⑥人，至今折槛空嶙峋。
娄公⑦不语宋公⑧语，尚忆先皇容直臣。

〔一〕自此以上皆自秦入蜀，居成都草堂，中间至青神、新津暨居梓州、阆州，旋又归居成都之诗。　○钱笺：大历初国子监释奠，鱼朝恩率六军诸将往听讲，子弟皆服朱紫为诸生，遂以朝恩判国子监事，故曰"青衿胄子困泥涂，白马将军若雷电"。

① 房魏：房玄龄与魏徵的并称，二人均名列"凌烟阁二十四功臣"。房玄龄（579—648），名乔，字玄龄，齐州临淄人，初唐

名相，曾谋划"玄武门之变"。魏徵（580—643），字玄成，巨鹿郡下曲阳县人，初唐官员，以犯颜直谏著称。② 秦王：即李世民。义宁二年（618）五月，李渊改国号为唐，李世民进封秦王。③ 学士：即李世民担任秦王时府中聚集的一众杰出的学士，包括杜如晦、房玄龄等人。④ 青衿：青色衣领的长衫，因隋唐两宋以"青衿"为学子服饰，故常用来指代学子。⑤ 胄子：帝王或贵族的子弟。⑥ 朱云：字游，西汉元、成帝时官员，因善于直谏，后人常将其视作忠谏者的代表。⑦ 娄公：即娄师德（630—699），字宗仁，郑州原武（今河南原阳）人，武周时的宰相、名将，为人恭勤接下，孜孜不息。⑧ 宋公：即宋璟（663—737），字广平，邢州南和（今河北邢台）人，唐朝名相，历仕武后、中宗、睿宗、殇帝、玄宗五朝，与姚崇协力辅佐玄宗开创"开元盛世"。

引水〔一〕

月峡瞿塘云作顶，乱石峥嵘俗无井。
云安沽水奴仆悲，鱼复移居心力省。
白帝城西万竹蟠，接筒引水喉不干。
人生留滞①生理②难，斗水何直百忧宽。

〔一〕自此以下，严武卒后公去成都，东下寓居云安、夔州之诗。

① 留滞：此处指身处困境。② 生理：生计，生活。

古柏行

孔明庙①前〔一〕有老柏，柯②如青铜根如石。
霜〔二〕皮溜雨〔三〕四十围③，黛色参天二千尺。

君臣已与时际会④,树木犹为人爱惜。

云来气接巫峡长,月出寒通雪山白。

忆昨路绕锦亭[四]东,先主武侯⑤同閟宫⑥。

崔嵬枝干郊原古,窈窕丹青户牖⑦空。

落落⑧盘踞虽得地,冥冥孤高多烈风。

扶持自是神明力,正直原因造化功。

大厦如倾要梁栋,万牛回首丘山重。

不露文章⑨世已惊,未辞剪伐谁能送?

苦心岂免容蝼蚁,香[五]叶终经[六]宿鸾凤。

志士幽人莫怨嗟[七],古来材大难为用。

〔一〕前:一作阶。　〔二〕霜:一作苍。　〔三〕雨:一作水。
〔四〕亭:一作城。　〔五〕香:一作密。　〔六〕经:一作惊。
〔七〕嗟:一作伤。

① 孔明庙:夔州人为纪念诸葛亮而修建的庙。② 柯:草木的枝茎,此指树枝。③ 四十围:四十个人合抱。④ 际会:会合,遇合。⑤ 先主武侯:即刘备和诸葛亮。⑥ 閟(bì)宫:神宫,祠庙。⑦ 户牖(yǒu):门窗。⑧ 落落:卓尔不群的样子。⑨ 文章:文理、绘饰。

缚鸡行

小奴缚鸡向市卖,鸡被缚急响喧争。

家中厌鸡食虫蚁,不知鸡卖还遭烹。

虫鸡于人何厚薄?吾叱奴人解其缚。

鸡虫得失无了时,注目寒江倚山阁。

负薪行

夔州处女发半华，四十五十无夫家。
更遭丧乱嫁不售①，一生抱恨堪〔一〕咨嗟。
土风②坐男使女立，应〔二〕当门户〔三〕女出入。
十犹〔四〕八九负薪归，卖薪得钱应〔五〕供给。
至老双鬟〔六〕③只垂颈，野花山叶银钗并。
筋力登危④集市门，死生射利⑤兼盐井。
面妆首饰杂啼痕，地褊衣寒困石根。
若道巫山女粗丑，何得此有昭君村？

〔一〕堪：一作长。 〔二〕应：一作男。 〔三〕应当门户：一作应门当户。 〔四〕犹：一作有。 〔五〕应：一作当。 〔六〕鬟：一作鬟。

① 嫁不售：嫁不出去。② 土风：夔州当地的风俗习惯。③ 双鬟：古代未婚女子的一种头发样式，在头的两侧各盘卷一髻垂下。④ 登危：攀登至地势较高的山上打柴。⑤ 射利：求取钱财之意。

最能行

峡中丈夫绝轻死，少在公门①多在水。
富豪有钱驾大舸②，贫穷取给行艓③子。
小儿学问止论语，大儿结束④随商旅。
欹帆侧柂⑤入波涛，撇漩捎濆⑥无险阻。
朝发白帝暮江陵，顷来目击信有征。
瞿塘漫天虎须〔一〕⑦怒，归州⑧长年⑨行〔二〕最能。

此乡之人气〔三〕量窄，误竞南风疏北客。
若道土〔四〕无英俊才，何得山有屈原宅⑩？

〔一〕须：一作眼。　〔二〕行：一作与。　〔三〕气：一作器。　〔四〕土：一作士。

① 公门：官府，衙门。② 大舸（gě）：大船。③ 艓（dié）：小船。④ 结束：整治行装。⑤ 柁（duò）：即舵，操纵船只行驶方向的装置。⑥ 濆（pēn）：溃涌，涌起的高浪。⑦ 虎须：滩名，在今四川忠县西南。⑧ 归州：唐武德二年（619）置归州，辖秭归、巴东二县，治所在秭归县。⑨ 长（zhǎng）年：即舵师、船工。⑩ 屈原宅：唐代秭归县北有屈原的故宅。

寄裴施州

廊庙之具①裴施州，宿昔一逢无此〔一〕流。
金钟大镛②在东序，冰壶玉衡〔二〕悬清秋。
自从相遇感〔三〕多病，三岁为客宽边愁。
尧有四岳③明至理，汉二千石真分忧。
几度寄书白盐④北，苦寒赠我青羔〔四〕裘。
霜雪回光避锦袖，龙蛇〔五〕动箧蟠银钩。
紫衣使者辞〔六〕复命，再拜故人谢佳政。
将老已失子孙忧，后来况接才华盛〔七〕。

〔一〕此：一作比。　〔二〕衡：《英华》作珩。　〔三〕感：晋作减。　〔四〕羔：一作丝。　〔五〕龙蛇：刊作蛟龙。〔六〕辞：一作辟。　〔七〕《英华》此句下有"遥忆书楼碧池映"七字。

① 廊庙之具：指能担负国家重任的栋梁之材。廊庙，本为殿

下屋和太庙，后指代朝廷。具，指才干。② 金钟大镛（yōng）：声音洪亮的大钟，比喻有高远的志向、气魄的人。③ 四岳：上古传说人物，相传为唐尧时的大臣。尧年老时向四岳咨询继承人的问题，四岳举荐了舜，尧遂传位给舜；舜年老时向四岳咨询继承人的问题，四岳推荐了禹，舜遂传位给禹。④ 白盐：即白盐山，在今四川奉节。

可叹

天上浮云如〔一〕白衣，斯须改变如苍狗。
古往今来共一时，人生万事无不有。
近者抉眼①去其夫〔二〕，河东女儿身姓柳。
丈夫正色动引经，酆城②客子王季友。
群书万卷常暗诵，孝经一通看在手。
贫穷老瘦家卖屐〔三〕，好事就之为携酒。
豫章太守高帝孙，引为宾客敬颇久。
闻〔四〕道三年未曾语，小心恐惧闭其口。
太守得之更不疑，人生反覆看亦丑。
明月无瑕岂容易，紫气郁郁犹冲斗。
时危可仗真豪俊，二人得置君侧否。
太守顷者领山南，邦人思之比父母。
王生早曾拜颜色，高山之外皆培塿③。
用为羲和天为成，用平水土地为厚。
王也论道阻江湖，李也丞疑旷前后。
死为星辰终不灭，致君尧舜④焉肯朽？
吾辈碌碌饱饭行，风后⑤力牧⑥长回首。

〔一〕如：一作似。　〔二〕夫：陈作眛。　〔三〕屐：一作履。　〔四〕闻：一作问。

① 抉（jué）眼：反目。② 鄷（fēng）城：古地名，在洪州豫章郡（今江西南昌）。③ 培塿（lǒu）：小土丘。④ 致君尧舜：辅佐国君使其成为圣明的君主。尧舜，古时的圣君。⑤ 风后：伏羲后裔，神话传说中黄帝的大臣。⑥ 力牧：古代神话中的人物，黄帝的大臣。

观公孙大娘弟子舞剑器①行

大历二年十月十九日，夔州府别驾②元持〔一〕宅，见临颍③李十二娘舞剑器，壮其蔚跂④。问其所师〔二〕，曰："余公孙大娘弟子也。"开元三载〔三〕，余尚童稚，记于郾城⑤观公孙氏舞剑器浑脱，浏漓⑥顿挫，独出冠时。自高头宜春⑦梨园二伎〔四〕坊内人，洎⑧外供奉，晓是舞者，圣文神武皇帝⑨初，公孙一人而已。玉貌锦衣，况余白首。今兹弟子，亦匪盛颜。既辨其由来，知波澜莫二，抚事慷慨，聊为《剑器行》。往者吴人张旭，善草书帖，数常于邺〔五〕县见公孙大娘舞西河剑器⑩，自此草书长进，豪荡感激，即公孙可知矣。

昔有佳人公孙氏，一舞剑器动四方。
观者如山色沮丧，天地为之久低昂。
㸌〔六〕⑪如羿射九日落，矫如群帝骖龙翔。
来〔七〕如雷霆收震怒，罢如江海凝清光。
绛唇⑫珠袖两寂寞，况〔八〕有弟子传芬芳。
临颍美人⑬在白帝，妙舞此曲神扬扬。
与余问答既有以，感时抚事增惋伤。

先帝〔九〕侍女八千人,公孙剑器初第一。
五十年间似反掌,风尘⑭倾动〔十〕昏王室。
梨园子弟散如烟,女乐余姿映寒日。
金粟堆南木已拱,瞿塘石城草〔十一〕萧瑟。
玳筵急管曲复终,乐极哀来月东出。
老夫不知其所往,足茧荒山转愁疾〔十二〕。

〔一〕持:一作恃。 〔二〕一本此下有答字。 〔三〕一作五载。时公年六岁,公七龄思即壮,六岁观剑似无不可。诗云"五十年间似反掌",自开元五年至是年,凡五十一年,草堂注云疑作十二载,误也。 〔四〕伎:一作教。 〔五〕邺:一作叶。 〔六〕爚:音酷。 〔七〕来:一作未。 〔八〕况:一作晚。 〔九〕帝:一作皇。 〔十〕倾动:一作颎洞。〔十一〕草:一作暮。 〔十二〕疾:一作寂。

① 剑器:唐代乐坊的舞曲名,属健舞(武舞)之一。② 别驾:官名,为州刺史的佐吏。③ 临颍:地名,今河南临颍。④ 蔚跂(qí):雄浑多姿、身形矫健的样子。⑤ 郾(yǎn)城:地名,今河南郾城。⑥ 浏漓(lí):流利飘逸的样子。⑦ 宜春:即宜春院,皇宫内进行歌舞教习的场所。⑧ 洎(jì):及。⑨ 圣文神武皇帝:唐玄宗李隆基的尊号。⑩ 西河剑器:剑器舞的一种。⑪ 爚(huò):闪烁的样子。⑫ 绛唇:红色的嘴唇。⑬ 临颍美人:指李十二娘。⑭ 风尘:比喻战乱。

李潮八分小篆歌

苍颉①鸟迹既茫昧②,字体变化如浮云。
陈仓石鼓③又〔一〕已讹,大小二篆④生八分。
秦有李斯汉蔡邕,中间作者寂不闻。
峄山⑤之碑野火焚,枣木传刻肥失真。

苦县光和尚骨立，书〔二〕贵瘦硬方通神。
惜哉李蔡不复〔三〕得，吾甥李潮下笔亲。
尚书韩择木⑥，骑曹蔡有邻⑦。
开元已来数八分，潮也奄有二子成三人。
况潮小篆逼秦相，快剑长戟森相向。
八分一字直百〔四〕金，蛟龙盘拏⑧肉屈强。
吴郡张颠⑨夸草书，草书非古空雄壮。
岂如吾甥不流宕，丞相中郎丈人行。
巴东〔五〕逢李潮，逾月求我歌。
我今衰老才力薄，潮乎潮乎奈汝何！

〔一〕又：一作文。　〔二〕书：一作画。　〔三〕复：一作可。　〔四〕百：一作千。　〔五〕东：一作江。

① 苍颉：即仓颉，据说是黄帝时期造字的左史官，受鸟兽的足迹启发而发明文字。② 茫昧：因年代久远而模糊不清。③ 石鼓：即石鼓文，是先秦时期的刻石文字。④ 大小二篆：即大篆和小篆。大篆指的是金文、籀文及六国文字。小篆又称"秦篆"，是秦国的通用文字，是大篆的简化字体。⑤ 峄山：山名，在今山东济宁，上有秦代碑刻。⑥ 韩择木：唐代官员，善书，官至工部尚书、右散骑常侍。⑦ 蔡有邻：唐代官员，善书，官至右卫率府兵曹参军。⑧ 盘拏（rú）：形容笔力纡曲强劲。⑨ 吴郡张颠：即张旭（685—759），因擅长草书且喜欢饮酒，世称"张颠"。

荆南兵马使太常卿赵公大食刀歌〔一〕

太常楼船声嗷嘈①，问兵刮寇趋下牢〔二〕。
牧出令奔飞百艘，猛蛟突兽纷腾逃。
白帝寒城驻锦袍，玄冬示我胡国刀。

壮士短衣头虎毛，凭轩拔鞘天为高。

翻风转日木〔三〕怒号，冰翼雪淡伤哀猱。

镌错碧罂鸊鹈膏②，铓锷〔四〕③已莹〔五〕虚秋涛。

鬼神撇捩④辞〔六〕坑壕，苍水使者扪赤絛⑤。

龙伯国人罢钓鳌，芮公回首颜色劳，分阃⑥救世用贤豪〔七〕。

赵公玉立高歌起，揽环结佩相终始。

万岁持之护天子，得君乱丝与君理。

蜀江如线如针水〔八〕，荆岑弹丸心未已。

贼臣恶子休干纪，魑魅魍魉徒为耳，妖腰乱领敢欣喜。

用之不高亦不庳，不似长剑须天倚。

吁嗟光禄英雄弭，大食宝刀聊可比。

丹青宛转麒麟里，光芒六合无泥滓。

〔一〕大食：外国名，在波斯之西，兵刃劲利，其俗勇于战斗。　〔二〕下牢：楚地。　〔三〕木：一作水。　〔四〕铓锷：一作铦锋。　〔五〕莹：一作灵。　〔六〕辞：陈作乱。　〔七〕吴若本注：芮公，以《唐书》考之，恐是卫伯玉。　〔八〕如针水：一作针如水。

① 嘈嘈（cáo）：形容声音喧杂。② 鸊鹈（pì tī）膏：即用鸊鹈脂肪制成的膏可以涂在刀剑上，防止刀剑生锈。鸊鹈，鸟名，俗称油鸭，似鸭而小，善潜水。③ 铓锷（máng è）：刀剑的尖端。④ 撇捩（piě liè）：迅疾的样子。⑤ 赤絛（tāo）：红色的丝绦。⑥ 分阃（kǔn）：指出任将帅或封疆大吏。

王兵马使二角鹰

悲台萧飒〔一〕石巃嵷，哀壑权杌浩呼汹。

中有万里之长江，回风滔〔二〕日孤光动。

角鹰①翻倒壮士臂，将军玉帐轩翠〔三〕气〔四〕。
二鹰猛脑徐侯毬〔五〕，目如愁胡视天地。
杉鸡竹兔不自惜，溪〔六〕虎野羊俱辟易②。
鞲③上锋棱十二翮，将军勇锐与之敌。
将军树勋起安西，昆仑虞泉〔七〕④入马蹄。
白羽曾肉三狻猊⑤，敢决岂不与之齐。
荆南芮公得将军，亦如角鹰下翔〔八〕云。
恶鸟飞飞啄金屋，安得尔辈开其群，
驱出六合枭鸾⑥分。

〔一〕飒：一作瑟。　〔二〕滔：陈作陷。　〔三〕翠：一云昂。　〔四〕《甘泉赋》：飐翠气之宛延。李善注曰：言宫观之高，故翠气宛延在其侧。　〔五〕徐侯毬：荆作绦徐坠。赵云，徐侯毬殊无理义，介甫善本作绦徐坠，于理或然。　〔六〕溪：一作孩。　〔七〕虞泉即虞渊，唐讳渊字也。　〔八〕下翔：一作入朔。

①角鹰：鹰的别名。因其头顶有毛角，故称。②辟易：退避，避开。③鞲（gōu）：臂套，用革制成，用以束衣袖，射箭时用。④虞泉：传说为日没处。⑤狻猊（suān ní）：古代神话传说中龙生九子之一，此指狮子。⑥枭鸾：即枭与鸾，相传枭为恶鸟，鸾为神鸟，对举以喻恶与善、小人与君子。

狄明府〔一〕

梁公曾孙我姨弟，不见十年官济济。
大贤之后竟凌迟①，浩荡古今同一体。
比看叔伯四十人，有才无命百寮底。
今者兄弟一百人，几人卓绝秉周礼。

杜工部七古

在汝更用文章为，长兄白眉复天启。

汝门请从曾翁〔二〕说，太后当朝多巧诋〔三〕②。

狄公③执政在末年，浊河终〔四〕不污清济。

国嗣初将付诸武，公独廷诤守丹陛④。

禁中⑤决册〔五〕请〔六〕房陵〔七〕，前〔八〕朝长老皆流涕。

太宗⑥社稷一朝正，汉官威仪重昭洗。

时危始议不世才，谁谓荼⑦苦甘如荠⑧。

汝曹⑨又宜列土〔九〕食，身使门户多旌棨。

胡为漂泊岷汉间，干谒⑩王侯颇历抵〔十〕。

况乃山高水有波，秋风萧萧露泥泥。

虎之饥，下巉岩，蛟之横，出清泚。

早归来，黄土泥衣〔十一〕眼易眯。

〔一〕博济。　　○一作《寄狄明府》。　　〔二〕翁：一作公。　　〔三〕诋：一作计。　　〔四〕终：陈作中。　　〔五〕决册：陈作册决。　　〔六〕请：一作诏。　　〔七〕房陵：《旧书》：中宗自房陵还宫，则天匿之帐中，召仁杰以庐陵为言，仁杰慷慨敷奏，言发涕流，遽出中宗，谓仁杰曰："还卿储君。"仁杰降阶泣贺，既已，奏曰："太子还宫，人无知者，物议安审是非？"则天以为然，乃复置中宗于龙门，具礼迎归，人情感悦。仁杰前后匡复奏对凡数万言，北海太守李邕撰为《梁公别传》，备载其辞。〔八〕前：一作满。　　〔九〕土：一作鼎。　　〔十〕抵：一作诋。　　〔十一〕黄土泥衣：陈作黄污人衣。

① 凌迟：此处意为衰败。② 巧诋：以不实之语进行诋毁。③ 狄公：即狄仁杰（630—700），字怀英，号祁溪，并州太原（今山西太原）人，唐朝宰相。在武则天执政时期，两度拜相，政绩颇丰。④ "国嗣""公独"二句：即狄仁杰劝谏武则天立李显为太子事，事见《新唐书·狄仁杰传》。⑤ 禁中：帝王所居的宫苑。⑥ 太宗：即唐太宗李世民（599—649），唐朝第二位皇帝，庙号太宗。⑦ 荼（tú）：一种苦菜。⑧ 荠：一种甘菜。⑨ 汝曹：你们（这些人）。⑩ 干谒：拜会，求见，一般指求见地位较高的人。

秋风二首

秋风淅淅吹巫山，上牢下牢修水关。
吴樯楚舵牵百丈，暖向神〔一〕都寒未还。
要路何日罢长戟？战自青羌连百〔二〕蛮。
巴中不曾消息好，暝传戍鼓长云间。
〔一〕神：一作成。　〔二〕百：一作白。

秋风淅淅吹我衣，东流之外西日微。
天清小城捣练急，石古细路行人稀。
不知明月为谁好？早晚孤帆他〔一〕夜归。
会将白发倚庭树，故园池台今是非。
〔一〕他：一作也。

久雨期王将军不至

天〔一〕雨潇潇滞〔二〕茅屋，空山无以慰幽独。
锐头将军来何迟，令我心中苦不足。
数看黄雾乱玄云①，时听严风折乔木。
泉源泠泠杂猿狖②，泥泞〔三〕漠漠饥鸿鹄③。
岁暮穷阴耿未已，人生会面难再得。
忆尔腰下铁丝箭，射杀林中雪色鹿。
前者坐皮因问毛，知子历险人马劳。
异兽如飞星宿落，应弦④不碍苍山高。
安得突骑只五千，崒然眉骨皆尔曹。

走平乱世相催促,一豁明王正郁陶。
忆[四]昔范增⑤碎玉斗,未使吴兵著白袍。
昏昏阊阖闭氛祲⑥,十月荆南雷怒号。

〔一〕天:一云山。　〔二〕滞:一作带。　〔三〕泞:一作滓。　〔四〕忆:一云恨。

① 玄云:黑云,浓云。② 猿狖(yòu):泛指猿猴。③ 鸿鹄:古人对飞行极为高远鸟类的泛称。④ 应弦:应和箭弦声。⑤ 范增(前277—前204):居鄛(今安徽巢湖)人,秦朝末年担任西楚霸王项羽的谋士。⑥ 氛祲(jìn):不祥之气。

别李秘书始兴寺所居

不见秘书心若失,及见秘书失心疾。
安为动主理信然,我独觉子神充实[一]。
重闻西方止观经,老身古寺风泠泠。
妻儿待我[二]且归去,他日杖藜来细听。

〔一〕神充实:一作精神实。　〔二〕我:一作来,陈作米。

虎牙①行

秋[一]风欻吸[二]②吹南国③,天地惨惨无颜色。
洞庭扬波江汉回④,虎牙铜柱皆倾侧。
巫峡阴岑朔漠气,峰峦窈窕溪谷黑。

杜鹃不来猿狖寒〔三〕,山鬼幽忧雪霜逼。
楚老长嗟忆炎瘴⑤,三尺角弓两斛力。
壁立石城横塞起,金错⑥旌竿满云直。
渔阳突骑⑦猎青丘,犬戎锁甲⑧闻丹极⑨。
八荒十年防盗贼,征戍诛求寡妻哭,远客⑩中宵泪沾臆。

〔一〕秋:一作北。　〔二〕欻吸:晋作欷欷。　〔三〕寒:一作啼。

① 虎牙:山名,在三峡下游,与长江南岸荆门山相对。② 欻(chuā)吸:风迅疾的样子。③ 南国:南方。④ 江汉回:因风极大,长江之水和汉水为之倒流。⑤ 炎瘴:蒸热。⑥ 金错:华丽秀美的花纹,此指军旗上的装饰。⑦ 渔阳突骑:指安禄山的骑兵。⑧ 锁甲:铁甲,此指敌军。⑨ 丹极:宫殿中的红色栋宇,是皇帝的居所。⑩ 远客:杜甫的自称。

锦树行

今日苦短昨日休,岁云暮矣增离忧。
霜凋碧树待〔一〕锦树,万壑东逝无停留。
荒戍①之城石色古,东郭老人住青丘。
飞书白帝营斗粟,琴瑟几杖柴门幽。
青〔二〕草萋萋尽枯死,天马②跂〔三〕足随牦牛。
自古圣贤多薄命,奸雄恶少皆封侯〔四〕。
故国③三年一消息,终南渭水寒悠悠。
五陵豪贵④反颠倒,乡里小儿狐白裘。
生男堕地要膂力⑤,一生〔五〕富贵倾邦国。

莫愁父母少黄金，天下风尘儿亦得。

〔一〕待：荆作行，一云作。　〔二〕青：荆作春。　〔三〕天马跋：陈作"与骥"。跋，一作跛。　〔四〕皆封侯：一作封公侯。　〔五〕一生：一作生女。

① 荒戍：荒废的边塞营垒。② 天马：神马，后代指骏马。③ 故国：指故都长安。④ 五陵豪贵：家在京都的富家子弟。⑤ 膂（lǚ）力：体力。

赤霄行

孔雀未知牛有角，渴饮寒泉逢觝触。
赤霄玄圃须往来，翠尾金花不辞辱。
江中淘河吓飞燕，衔泥却落羞华屋。
皇孙犹曾莲勺困①，卫〔一〕庄见贬伤其足②。
老翁慎莫怪少年，葛亮贵和③书有篇。
丈夫垂名动万年，记忆细故④非高贤。

〔一〕卫：一作鲍。

①"皇孙"句：皇孙即汉宣帝刘询（前91—前48），汉武帝刘彻曾孙，据《汉书·宣帝纪》载，刘询未继承帝位时，曾困在莲勺县的盐池中。莲勺，即莲勺县，地名。②"卫庄"句：鲍庄子舍冤被砍断双足。见《左传·成公十七年》。③ 贵和：《三国志·蜀书·诸葛亮传》"诸葛氏集目录"共二十四篇，《贵和》为第十一篇。④ 细故：细小而不值得计较的事情。

前苦寒行二首

汉时长安雪一丈,牛马毛寒缩如蝟①。
楚江②巫峡冰入怀,虎豹哀号又堪记。
秦城老翁荆扬③客,惯习炎蒸岁绤绤④。
玄冥祝融气或交,手持白羽未敢释。

① 蝟:即猬,刺猬。② 楚江:即长江。③ 荆扬:荆州和扬州。④ 绤绤(chī xì):葛布的统称,葛之细者曰绤,粗者曰绤,引申为葛服、布衣。

去年白帝雪在山,今年白帝雪在地。
冻埋蛟龙南浦缩,寒刮〔一〕肌肤北风利。
楚人四时皆麻衣,楚天万里〔二〕无晶辉。
三足之乌足〔三〕恐断,羲和送将何所归〔四〕。

〔一〕刮:陈作割。 〔二〕里:《英华》作顷。 〔三〕足:《英华》作骨。 〔四〕送将何所归:一作迭送将安归,一作送之将安归。

后苦寒行二首

南纪巫庐①瘴不绝,太古以来无尺雪。
蛮夷长老怨苦寒,昆仑天关冻应〔一〕折。
玄猿②口噤不能啸,白鹄③翅垂眼流〔二〕血。安得春泥补地裂?

〔一〕应:《英华》作欲。 〔二〕流:一作出。

① 巫庐：山名，即夔州之巫山、江州之庐山。② 玄猿：黑猿。③ 白鹄：天鹅。

晚〔一〕来江门〔二〕失大水，猛风中夜吹〔三〕白屋。
天兵斩断〔四〕青海戎，杀气南行动地轴。
不尔苦寒何太〔五〕酷，巴东之峡生凌澌。彼苍回轩人得知。

〔一〕晚：一作晓。　〔二〕门：一作边。　〔三〕吹：《英华》作飞。　〔四〕斩断：《英华》作新斩。　〔五〕太：一作其。　〔五〕轩：刊作斡。

晚晴①

高唐暮冬雪壮哉，旧瘴无复似尘埃。
崖沉谷没白皑皑，江石缺裂青枫摧。
南天三旬苦雾开，赤日照耀从西来。
六龙寒急光徘徊。照我衰颜忽落地，
口虽吟咏心中哀。未怪及时少年子，
扬眉结义黄金台②。洎〔一〕乎吾生何飘零？支离委绝③同死灰。

〔一〕洎：陈作汨。

① 晚晴：傍晚晴朗的天色。② 黄金台：亦称招贤台，置黄金于台上而招纳贤士。见《史记·燕召公世家》。③ 委绝：憔悴，衰老。

复阴

方冬合沓①玄阴②塞，昨日晚晴今日黑。
万里飞蓬③映天过，孤城树羽扬风直。
江涛簸〔一〕岸黄沙走，云雪埋山苍兕④吼。
君不见夔子之国⑤杜陵翁⑥，牙齿半落左耳聋。

〔一〕簸：一作欺。

① 合沓（tà）：重叠，攒聚。② 玄阴：月亮。③ 飞蓬：风中飞旋的蓬草。④ 苍兕（sì）：传说中的水兽。⑤ 夔子之国：即夔国，春秋时国名，在湖北秭归、四川奉节一带。⑥ 杜陵翁：杜甫的自称。

夜归

夜半归来冲虎过①，山黑②家中已眠卧。
傍见③北斗向江低，仰看明星④当空大。
庭前把烛嗔〔一〕两炬⑤，峡口惊猿闻一个。
白头老罢⑥舞复歌，杖藜不睡谁能那？

〔一〕嗔：一作唤。

① 冲虎过：在老虎出没处走过。② 山黑：山间夜晚漆黑。③ 傍见：斜见，斜着看。④ 明星：金星别名。⑤ 嗔两炬：叱责点了两支灯烛。⑥ 老罢：老朽，杜甫自称。

寄柏学士林居

自胡之反持干戈①，天下学士亦奔波。
叹彼幽栖载典籍，萧然暴露依〔一〕山阿。
青山万里〔二〕静散地，白雨一洗空垂萝。
乱代飘零②余〔三〕到此，古人成败子如何？
荆扬春冬异风土，巫峡日夜多云〔四〕雨。
赤叶枫林百舌鸣，黄泥〔五〕野岸天鸡舞。
盗贼纵横甚密迩③，形神寂寞甘辛苦。
几时高议排金门，各使苍生有环堵。

〔一〕依：一作向。　〔二〕里：一作重。　〔三〕余：一作馀。　〔四〕云：一作风。　〔五〕泥：一作花。

① 干戈：此指安史之乱。② 飘零：物随着风在空中飘落，引申为人飘泊流落。③ 密迩：临近，接近。

寄从孙崇简

嵯峨①白帝城东西，南有龙湫北虎溪。
吾孙骑曹不骑〔一〕马，业学尸乡多养鸡。
庞公②隐时尽室去，武陵春树他人迷。
与汝林居未相失，近身药裹酒长携。
牧竖樵童亦无赖③，莫令斩断青云梯④。

〔一〕骑：一作记。

① 嵯峨：山势高峻的样子。② 庞公：荆州襄阳（今湖北襄阳）

人,东汉末年名士,携家人隐居于鹿门山,采药而终。③无赖:顽皮。④青云梯:原指上山的石阶,后比喻高位或谋取高位的途径。

醉为马坠诸公携酒相看

甫也诸侯老宾客,罢酒酣歌拓金戟。
骑马复忆少年时,散蹄迸落瞿塘石。
白帝城门水云外,低身直下八千尺。
粉堞①电转紫游缰,东得平冈出天壁。
江村野堂争入眼,垂鞭〔一〕軃鞚②凌紫陌③,
向来皓首惊万人。自倚红颜能骑射。
安知决臆④追风足,朱汗骖騚⑤犹喷玉。
不虞一蹶终损伤,人生快意多所辱。
职当忧戚伏衾枕,况乃迟暮加烦促。
明〔二〕知来问腆我颜,杖藜强起依僮仆。
语尽还成开口笑,提携别扫清溪曲。
酒肉如山又一时,初筵哀丝动豪竹。
共指西日不相贷,喧呼且覆杯中渌。
何必走马来为问〔三〕,君不见嵇康养生遭〔四〕杀戮⑥。

〔一〕鞭:一作肩。 〔二〕明:一作朋。 〔三〕来为问:一作不为身。 〔四〕遭:一作被。

① 粉堞:白墙。② 軃鞚(duǒ kòng):松弛马勒。③ 紫陌:指京师郊野的道路。④ 决臆:犹纵意。臆,通"意"。⑤ 骖騚(cān diàn):马奔跑的样子。⑥ 嵇康养生遭杀戮:嵇康(224—263),字叔夜,三国时期曹魏名士,精乐律,常修养性服食之事,著《养生论》。景元四年(263),因受钟会的构陷,被大将军司马昭下令处死。

君不见简苏徯

君不见道边废弃池,君不见前者摧折桐。
百年死树中琴瑟,一斛旧水藏蛟龙,
丈夫盖棺事始定,君今幸未成老翁,何恨憔悴在山中。
深山穷谷不可处,霹雳魍魉兼〔一〕狂风。
〔一〕兼:一作并。

大觉高僧兰若〔一〕

巫山不见庐山远,松林〔二〕兰若秋风晚。
一老犹鸣日暮钟,诸僧尚乞斋时饭。
香炉峰色隐晴湖,种杏仙家近白榆。
飞锡去年啼邑子,献花何日许门徒。
〔一〕和尚去冬往湖南。 ○以上皆居川东云安、夔州之诗。 〔二〕林:一作间。

忆昔行〔一〕

忆昔北寻小有洞①,洪河怒涛过轻舸②。
辛勤不见华盖君③,艮岑青辉惨么么。
千崖无人万壑静,三步回头五步坐。
秋山眼冷魂未归,仙赏心违泪交堕。
弟子谁依白茅〔二〕室,卢老独启青铜锁。

巾拂香余捣药尘，阶〔三〕除灰死烧丹火。
玄圃④沧洲莽空阔，金节羽衣⑤飘婀娜。
落日初霞闪余映，倏忽东西无不可。
松风涧水声合时，青兕⑥黄熊啼向我。
徒然咨嗟抚遗迹，至今梦向仍犹佐〔四〕。
秘诀隐文须内教，晚岁何功使〔五〕愿果。
更讨〔六〕衡阳董炼师，南浮〔七〕早鼓潇湘舵。

〔一〕此下皆寓居松陵、公安及至湖南之诗。 〔二〕茅：一作石。 〔三〕阶：一作前。 〔四〕佐：一作左，音如佐。 〔五〕使：一作收。 〔六〕讨：一作觅。 〔七〕浮：一作游。

① 小有洞：即小有洞天，传说为道家仙洞。② 轻舸（gě）：指快船、小船。③ 华盖君：仇兆鳌《杜诗详注》引《神仙传》："昔周王子乔养道于华盖山，后升仙，号华盖君。"后指代仙人道士。④ 玄圃：即悬圃，后人常指仙山仙境或极高处。⑤ 羽衣：以羽毛织成的衣服，古人常称道士或神仙所着之衣为羽衣。⑥ 青兕（sì）：青犀牛，此指怪兽。

魏将军歌

将军昔着从事衫①，铁马驰突重两衔。
被坚执锐略西极，昆仑月窟②东崭岩〔一〕。
君门羽林万猛士，恶若哮虎子所监。
五年起家列霜戟，一日过海收风帆。
平生流辈徒蠢蠢，长安少年气欲尽。
魏侯骨耸精爽紧，华岳峰尖见秋隼。
星缠宝校金盘陀。夜骑天驷超天河。

欃枪荧惑③不敢动，翠蕤云旓相荡摩。
吾为子起歌都护，酒阑插剑肝胆露，钩陈苍苍风元武〔二〕。
万岁千秋奉明主，临江节士安足数？

〔一〕荆溪吴子良曰：昆仑月窟在西南，云东者，谓将军略地至西方之极，而昆仑月窟反在东也。　〔二〕风元武：一云元武暮。

① 从事衫：戎衣。② 月窟：月亮升起的地方。③ 欃（chán）枪荧惑：彗星和火星的别称，古人认为此二星为妖星，星出有战事。

白凫①行

君不见，黄鹄②高于五尺童，化为白凫似〔一〕老翁。
故畦遗穗③已荡尽，天寒岁〔二〕暮波涛中。
鳞介④腥膻⑤素不食，终日忍饥西复东。
鲁门鶢鶋⑥亦蹭蹬⑦，闻道如〔三〕今犹避风。

〔一〕似：一作象。　〔二〕岁：一作日。　〔三〕如：樊作于。　○黄鹄自喻其少年之远志，白凫自喻其老年之贞节，中四句自喻其穷困蹭蹬，末二句言志士仁人蹭蹬者多，非仅我也。

① 白凫：白色的野水鸟。② 黄鹄：大鸟，传说能一举千里。③ 遗穗：指收获农作物后遗落在田的谷穗。④ 鳞介：泛指有鳞和介甲的水生动物，此指海鲜。⑤ 腥膻：牛、羊肉刺鼻的气味，此指肉类。⑥ 鲁门鶢鶋（yuán jū）：即鲁门海鸟。《庄子·至乐》载一海鸟飞至鲁地，鲁侯以为神鸟，放置于宗庙中，喂养以佳肴美酒，鸟忧悲不食，三日而死。此指违背本意，事与愿违。⑦ 蹭蹬：路途险阻难行，比喻困顿不顺利。

朱凤行

君不见,潇湘之山衡山高,山巅〔一〕朱凤声〔二〕嗷嗷。

侧身长顾求其群〔三〕,翅垂口噤心甚劳〔四〕。

下愍①百鸟在罗网,黄雀最小犹难逃。

愿分竹实及蝼蚁,尽使鸱枭②相怒号。

〔一〕巅:一作岩。 〔二〕声:一作鸣。 〔三〕群:一作曹。 〔四〕甚劳,一作劳劳。 ○此诗与《凤凰台》一首用意略同,均以凤自况,而思有济于世。彼言凤之心在致君,此言凤之心在泽民耳。蝼蚁、黄雀,皆民也。鸱枭,虐民之吏也。

①愍(mǐn):指忧患、痛心。 ②鸱(chī)枭:即猫头鹰。

惜别行送向卿进奉端午御衣①之上都

肃宗昔在临武②城,指挥猛将收咸京③。

向公泣血洒行殿〔一〕,佐佑卿相乾坤平。

逆胡冥寞随烟烬,卿家兄弟功名震。

麒麟图〔二〕画鸿雁行,紫极出入黄金印。

尚书勋业超千古,雄镇荆州继吾祖〔三〕④。

裁缝云雾成御衣,拜跪题封向〔四〕端午。

向卿将命寸心赤,青山落日江潮白。

卿到朝廷说老翁,漂零已是沧浪客⑤。

〔一〕一云向公亦卫伯玉,盖芮字传写之误。 〔二〕图:一作阁。 〔三〕钱笺:广德元年,卫伯玉拜江陵尹,兼御史大夫、荆南节度使,寻加检校工部尚书,封阳城郡王。此云镇荆州,知为伯玉也。"继吾祖"者,杜预以镇南大将军都督荆州,诸军事也。向卿者，尚书将命之人也。　　〔四〕向：吴本作贺。

①御衣：帝王所穿的衣服。②临武：地名，即灵武，今宁夏灵武，安史之乱后，李亨在灵武为朔方诸将所推立，登基称帝，奉玄宗为太上皇。③咸京：原指秦咸阳，此指唐长安。④吾祖：指杜预（222—285），字元凯，京兆郡杜陵县（今陕西西安）人，曹魏时任尚书郎。两晋时出任镇南大将军，镇守荆州。杜甫出身京兆杜氏，杜预为其祖先。⑤沧浪客：浪迹江湖的人。

醉歌行赠公安颜少府请顾八题壁〔一〕

神仙中人不易得，颜氏之子才孤标。
天马长鸣待驾驭，秋鹰整翮当云霄。
君不见东吴顾文学，君不见西汉杜陵老。
诗家笔势君不嫌，词翰升堂为君扫。
是日霜风冻七泽，乌蛮落照衔赤壁。
酒酣耳热忘头白，感君意气无所惜。
一为歌行歌主客〔二〕。

〔一〕《英华》作赠公安县颜十少府。　　〔二〕歌主客：一本云醉歌行，歌主客。

夜闻觱篥

夜闻觱篥沧江上，衰年侧耳情所向。
邻舟一听多感伤，塞曲三更欸悲壮。

积雪飞霜此夜寒，孤灯急管复风〔一〕湍。
君知天地〔二〕干戈满，不见江湖〔三〕行路难。
〔一〕风：一作奔。　〔二〕地：一作下。　〔三〕湖：一作湘。

发刘郎浦①

挂帆早发刘郎浦，疾风飒飒昏亭午②。
舟中无日不沙尘，岸上空村尽豺虎。
十日北风风未回，客行岁晚晚〔一〕相催。
白头厌伴渔人宿，黄帽青鞋③归去来。
〔一〕晚：一作尤。

① 刘郎浦：渡口名，原名浦口，位于湖北石首城北的长江北岸，因蜀汉先主刘备曾在此处屯兵纳婚而得名。② 亭午：正午，中午。③ 黄帽青鞋：借指隐士或平民生活。

清明

著处繁花务〔一〕是〔二〕日，长沙千人万人出。
渡头翠柳艳明眉，争道朱蹄骄啮膝。
此都好游湘西寺，诸将亦〔三〕自军中至。
马援①征行在眼前，葛强〔四〕亲近同心事。
金镫〔五〕下山红粉〔六〕晚，牙樯②捩柂③青楼远〔七〕。

古时丧乱皆可知，人世悲欢暂相遣。

弟侄虽存不得书，干戈未息苦离[八]居。

逢迎少壮非吾道，况乃今朝更袚除④。

〔一〕花务：陈作华矜。　　〔二〕是：一作足。　　〔三〕亦：一作远，一作方。　　〔四〕葛强：山简爱将也。　　〔五〕镫：《广韵》镫与灯同。　　〔六〕粉：一作日。　　〔七〕"金镫""牙樯"二句，谓舍马登舟也。　　〔八〕离：一作难。

① 马援（前14—49）：字文渊，扶风茂陵（今陕西兴平）人，西汉末年至东汉初年将领，东汉开国功臣。马援西破陇羌，南征交趾，北击乌桓，累官至伏波将军，封新息侯，世称"马伏波"。② 牙樯：装饰精美的桅杆。③ 捩柂（liè duò）：拨转船舵，即行船。④ 袚除：指除灾去邪的礼仪。

风雨看舟前落花戏为新句

江上人家桃树枝，春寒细雨出疏篱。

影遭碧水潜句引，风妒红花却倒吹。

吹花困癫[一]傍舟楫，水光风力俱相怯。

赤憎轻薄遮入[二]怀[三]，珍重分明不来接[四]。

湿久飞迟半日[五]高，萦沙惹草细于毛。

蜜蜂蝴蝶生情性[六]，偷眼蜻蜓避百劳。

〔一〕癫：一作懒。　　〔二〕入：一作人。　　〔三〕杨伦曰：赤憎犹云生憎，亦方言也。　　〔四〕接：一作折。　　〔五〕日：一作欲。　　〔六〕性：一作住。

岳麓山道林二寺行

玉泉之南麓山殊,道林林壑争盘纡①。
寺门高开洞庭野,殿脚插入赤沙湖。
五月寒风冷佛[一]骨,六时天乐朝香炉。
地灵步步雪山草,僧宝人人沧海珠。
塔劫宫墙壮丽敌,香[二]厨松道清凉[三]俱。
莲花[四]交响共命鸟,金榜双回三足乌。
方丈涉海费时节,玄圃寻河知有无。
暮年且喜经行近,春日兼蒙喧暖扶。
飘然斑白身[五]奚适,傍此烟霞茅可诛。
桃源人家②易制度,橘洲田土仍膏腴③。
潭府邑中甚淳古,太守庭内不喧呼。
昔遭衰世皆晦迹,今幸乐国养微躯。
依止老宿亦未晚,富贵功名焉足图?
久为野[六]客④寻幽惯,细学何[七]颙免兴孤[八]。
一重一掩[九]吾肺腑,山[十]鸟山花吾友于。
宋公[十一]放逐曾题壁⑤,物色⑥分留与[十二]老夫。

〔一〕佛:一作拂。 〔二〕香:一作石。 〔三〕凉:樊作崇。 〔四〕花:樊、陈俱作池。 〔五〕身:一作将。 〔六〕野:一作谢。 〔七〕何:当作周。 〔八〕钱笺:《石林诗话》:何颙见《后汉·党锢传》,与是诗之义不类,当作周颙。按,《南史》,周颙音辞辨丽,长于佛理,著《三宗论》,言空假义。西凉州智林道人遗颙书,深相赞美。于钟山西立精舍,休沐则归之。清贫寡欲,终日长蔬。虽有妻子,独处山舍。公又曰:"何颙好不忘",亦同此误也。又《文选》李善注引梁简文帝《草堂传》曰:"汝南周颙,昔经在蜀,以蜀草堂寺林壑可怀,乃于钟岭雷次宗学馆立寺,因名草堂,亦号山茨。"公以颙自喻,言他日虽去蜀,而周颙之兴未忘也。 〔九〕一重一掩:山也。 〔十〕山:一作仙。

〔十一〕宋公：之问也。　　〔十二〕与：一作待。

① 盘纡：回绕曲折。② 桃源人家：陶渊明《桃花源记》描写的世外生活。③ 膏腴：土地肥沃。④ 野客：村野之人，多借指隐逸者。⑤ 题壁：古代文人常常在墙壁上题诗、写字，借以抒发内心的情感，故称。⑥ 物色：风景，景色。

暮秋枉裴道州手札，率尔遣兴寄递呈苏涣侍御

久客多枉友朋书，素书①一月凡一束。
虚名但蒙寒温问，泛爱不救沟壑②辱。
齿落未是无心人，舌存耻作穷途哭。
道州手札适复至，纸长要自三过读。
盈把那须沧海珠，入怀本倚昆山玉。
拨弃潭州百斛酒，芜没潇岸千株菊。
使我昼立烦儿孙，令我夜坐费灯烛。
忆子初尉永嘉去，红颜白面花映肉。
军符侯印取岂迟，紫燕绿耳行甚速。
圣朝尚飞战斗尘，济世宜引英俊人。
黎元愁痛会苏息，夷狄跋扈徒逡巡。
授钺筑坛闻意旨，颓纲漏网期弥纶③。
郭钦上书见大计④，刘毅答诏惊群臣⑤。
他日更仆语不浅，明公论兵气益振。
倾壶箫管黑〔一〕白发，舞剑霜雪吹青春。
宴筵曾语苏季子，后来杰出云孙比。
茅斋定王城郭门，药物楚老渔商市。

市北肩舆每联袂,郭南抱瓮亦隐几。
无数将军西第成,早作丞相东山起。
鸟雀苦肥秋粟菽,蛟龙欲蛰寒沙水。
天下鼓角何时休,阵前部曲终日死,
附书与裴因示苏,此生已愧须人扶。
致君尧舜付公等,早据要路思捐躯。

〔一〕黑:一作理,荆作动。　　○自首至"费灯烛",极写得书欢忻之情。自"忆子初尉"句至"吹青春",叙迁官甚速,冀其大用。末四句忆其聚会宴语之时。"宴筵"二句,因裴公曾语及苏,因叙与苏交情之密。"茅斋"四句,与苏往还亲密也。"无数"三句,言群小得志。"蛟龙"句言苏不见用也。

① 素书:古人以白绢作书,故称。② 沟壑辱:指饿死在沟壑或困厄之境的羞耻。③ 弥纶:治理。④ "郭钦"句:郭钦,晋武帝时任侍御史,太康元年(280)上疏,建议"渐徙内郡杂胡于边地,峻四夷出入之防,明先王荒服之制,此万世之策也。帝不听"(《资治通鉴卷八一》)。⑤ "刘毅"句:刘毅(216—285):字仲雄,东莱郡掖县(今山东莱州)人,魏晋时期大臣。据《晋书·刘毅传》载,晋武帝问刘毅:"卿以朕方汉何帝也?"刘毅答可比汉桓帝、汉灵帝,武帝大为不满,刘毅又说:"桓、灵卖官,钱入官库;陛下卖官,钱入私门。以此言之,殆不如也。"

岁暮行

岁云暮矣多北风,潇湘洞庭白雪〔一〕中。
渔父天寒网罟①冻,莫徭射雁鸣桑弓〔二〕。
去年米贵阙军食,今年米贱大伤农。
高马达官厌酒肉,此辈杼轴茅茨②空。

楚人重鱼不重鸟[三],汝休枉杀南飞鸿。

况闻处处鬻男女,割慈忍爱还租庸③。

往日用钱捉私铸,今许[四]铅锡和青铜。

刻泥为之最易得,好恶不合长相蒙。

万国城头吹画角④,此曲哀怨何时终。

〔一〕雪:一作云。　〔二〕《隋·地理志》:长沙郡杂有胡蜒,名曰莫徭。自云其先祖有功,常免征役,故以为名。刘长卿《连州腊日观莫徭猎》诗云:莫徭自生长,名字无符籍。市易杂蛟人,婚姻通木客。《广异记》:阆州莫徭,以樵采为事。　〔三〕鸟:一作肉。　〔四〕许:一作来。

① 网罟:捕鱼的工具。② 杼轴茅茨:杼轴指织布机上的两个部件,此指纺织衣物。茅茨指简陋的居室,此指无贮粮。二者代指衣食。③ 租庸:指交纳谷帛。④ 画角:号角,因表面有彩绘,故称。

追酬故高蜀州人日见寄[一]

开文书帙①中,检所遗忘,因得故高常侍适往居在成都,时高任蜀州刺史,人日相忆见寄诗。泪洒行间,读终篇末。自枉诗已十余年,莫记存殁又六七年矣。老病怀旧,生意可知。今海内忘形故人,独汉中王[二]瑀与昭州敬使君超先在。爱而不见,情见乎辞。大历五年正月廿一日,却追酬高公此作,因寄王及敬弟。

自蒙[三]蜀州人日作,不意清诗又零落。

今晨散帙眼忽开[四],迸泪幽吟事如昨。

呜呼壮士多慷慨,合沓高明动寥廓。

叹我凄凄求友篇，感时郁郁匡君略。

锦里春光空烂漫，瑶墀②侍臣已冥寞③。

潇湘水国傍鼋鼍，鄠杜④秋天失雕鹗。

东西南北更谁〔五〕论，白首扁舟病独存。

遥〔六〕拱北辰缠寇盗，欲倾东海洗乾坤。

边塞西蕃⑤最充斥，衣冠南渡⑥多崩奔。

鼓瑟至今悲帝子，曳裾⑦何处觅王门。

文章曹植波澜阔，服食刘安德业尊⑧。

长笛谁能〔七〕乱愁思，昭州词翰与招魂⑨。

〔一〕并序。　〔二〕王：樊作郡王。　〔三〕蒙：一作枉。　〔四〕开：一作明。　〔五〕谁：吴作堪。　〔六〕遥：一作犹。　〔七〕谁能：一作邻家。

① 帙：书套。② 瑶墀：玉阶，指朝廷。③ 冥寞：谓死亡。④ 鄠（hù）杜：地名，即鄠县与杜陵。⑤ 西蕃：吐蕃。⑥ 衣冠南渡：西晋末天下乱，中原士族及政权南迁。后指代缙绅、士大夫等避乱南方并落地生根的事件。安史之乱后，中原衣冠多迁江南，故借用晋元帝南渡事。⑦ 曳裾：比喻在权贵的门下做食客。⑧ "文章""服食"二句：以曹植、刘安喻李瑀。波澜阔，形容曹植文章思路辽阔、笔力雄健；德业尊，形容刘安欲以德服百姓、流誉天下。⑨ 招魂：宋玉哀屈原尝作《招魂》，杜甫希望敬超先能像宋玉之于屈原一样，替自己作篇《招魂》，以招高适之魂。

卷十二

韩昌黎七古

七十八首

琴操十首①〔一〕

〔一〕并序。

将归操

孔子之赵,闻杀鸣犊作。

狄之水兮,其色幽幽。

我将济兮,不得其由。

涉其浅兮,石啮我足。

乘其深兮,龙入我舟。

我济而悔兮,将安归尤。

归兮归兮,无与石斗兮,无应龙求。

① 琴操十首:古琴曲十首。

猗兰操

孔子伤不逢时作。

兰之猗猗,扬扬其香。

不采而佩,于兰何伤。

今天之旋,其曷为然。

我行四方,以日以年。

雪霜贸贸①,荠麦之茂。

子如不伤,我不尔觏②。

荠麦之茂,荠麦之有。

君子之伤,君子之守。

① 贸：纷乱的样子。② 觏（gòu）：看见，遇见。

龟山操

孔子以季桓子①受齐女乐，谏不从，望龟山而作。

龟之氛兮，不能云雨。

龟之朽兮，不中梁柱。

龟之大兮，只以奄鲁。

知将隳兮，哀莫余伍。

周公有鬼兮，嗟余归辅。

① 季桓子（？—前492）：即季孙斯，姬姓，季氏，名斯，谥桓，史称季桓子，鲁国季孙氏第五位宗主。

越裳操

周公作。

雨之施物以孳，我何意于彼为。

自周之先，其艰其勤。

以有疆宇，私我后人。

我祖在上，四方在下。

厥临孔威①，敢戏以侮。

孰荒于门，孰治于田。

四海既均，越裳是臣。

① 孔威：庄严，威严。

拘幽操

文王羑里作。

目窈窈兮，其凝其盲。

耳肃肃兮，听不闻声。

朝不日出兮，夜不见月与星。

有知无知兮，为死为生。

呜呼，臣罪当诛兮，天王圣明。

岐山操

周公为太王①作。

我家于豳②，自我先公。

伊我承序，敢有不同。

今狄之人，将土我疆③。

民为我战，谁使死伤。

彼岐有岨，我往独处。

尔莫余追，无思我悲。

① 太王：即公亶父，周氏族的领袖。② 豳：地名，今陕西彬州，旬邑西南一带。③ 将土我疆：将把我的疆土作为他们自己的疆土。

履霜操

尹吉甫子伯奇，无罪，为后母谮而见逐，自伤作。

父兮儿寒，母兮儿饥。

儿罪当笞，逐儿何为。

儿在中野①，以宿以处。

四无人声，谁与儿语。

儿寒何衣，儿饥何食。

儿行于野，履霜以足。

母生众儿，有母怜之。

独无母怜，儿宁不悲。

① 中野：原野。

雉朝飞操

牧犊子七十无妻，见雉双飞，感之而作。

雉之飞，于朝日。
群雌孤雄，意气横出。
当东而西①，当啄而飞。
随飞随啄，群雌粥粥②。
嗟我虽人，曾不如彼雉鸡。
生身七十年，无一妾与妃。

① 当东而西：应向东飞时向西飞。② 粥粥：雌鸣之声。

别鹄操

商陵穆子，娶妻五年无子，父母欲其改娶，其妻闻之，中夜悲啸，穆子感之而作。

雄鹄衔枝来，雌鹄啄泥归。
巢成不生子，大义当乖离①。
江汉②水之大，鹄身鸟之微。
更无相逢日，且可绕树相随飞。

① 乖离：背离，违背。② 江汉：长江和汉水。

残形操

曾子①梦见一狸，不见其首作。

有兽维狸兮，我梦得之。
其身孔明②兮，而头不知。
吉凶何为兮，觉坐③而思。

巫咸^④上天兮，识者其谁。

① 曾子（前505—前435）：姒姓，名参，字子舆，鲁国南武城（今山东平邑，一说山东嘉祥）人，孔子弟子。② 孔明：清晰，明显。③ 觉坐：醒来后坐着。④ 巫咸：古代神巫。

嗟哉董生^①行

淮水出桐柏山，东驰遥遥千里不能休。
泚水出其侧，不能千里，百里入淮流。
寿州属县有安丰，唐贞元时县人董生召南，隐居行义于其中。
刺史不能荐，天子不闻名声，爵禄不及门。
门外惟有吏，日来征租更索钱。
嗟哉董生朝出耕，夜归读古人书。
尽日不得息。或山而樵，或水而渔。
入厨具甘旨^②，上堂问起居。
父母不戚戚^③，妻子不咨咨^④。
嗟哉董生孝且慈。人不识，惟有天翁知。
生祥下瑞无时期。
家有狗乳出求食，鸡来哺其儿，
啄啄庭中拾虫蚁，哺之不食鸣声悲，
徬徨踯躅久不去，以翼来覆待狗归。
嗟哉董生，谁将与俦。
时之人，夫妻相虐，兄弟为仇。

食君之禄,而令父母愁。亦独何心?嗟哉董生无与俦。

① 董生:即董召南,诗人的好友。② 甘旨:美味佳肴。③ 戚戚:忧惧的样子。④ 咨咨:拟声词,叹息的声音。

汴州①乱〔一〕

汴州城门朝不开,天狗堕地声如雷②。
健儿争夸杀留后③,连屋累栋烧成灰。
诸侯④咫尺不能救,孤士何者自兴衰?
母从子走者为谁?大夫夫人留后儿。
昨日乘车骑大马,坐者起趋乘者下⑤。
庙堂⑥不肯用干戈⑦,呜呼奈汝母子何!

〔一〕汴州自大历后多兵。刘元佐死,子士宁代之,无度,其将李万荣逐而代之。万荣死,董晋实代之。晋卒,陆长源总留后,八日而军乱,长源死。公是时已从晋丧出汴四日,实贞元十五年。二诗之作,盖讥德宗姑息之政云。

① 汴州:地名,今河南开封。②"天狗"句:天狗星堕地声如打雷。古代指破军杀将的征兆。③ 留后:官名。④ 诸侯:此指周围各镇的节度使。⑤"坐者"句:坐车的人赶快起身,乘马者赶紧下马。⑥ 庙堂:指代朝廷。⑦ 不肯用干戈:不愿动用干戈,这里是指朝廷姑息养奸,不愿出兵平定藩镇势力。

利剑

利剑光耿耿,佩之使我无邪心。
故人念我寡①徒侣②,持用赠我比知音。
我心如冰剑如雪,不能刺谗夫③,使我心腐剑锋折。
决云中断开青天,
噫!剑与我俱变化归黄泉。

① 寡:少。② 徒侣:徒众、伴侣。此处指志同道合之人。③ 谗夫:进献谗言的小人。

河之水二首寄子侄老成①

河之水,去悠悠。我不如,水东流。
我有孤侄在海陬②,三年不见兮使我生忧。
日复日,夜复夜,三年不见汝,使我鬓发未老而先化③。
河之水,悠悠去。我不如,水东注。
我有孤侄在海浦,三年不见兮使我心苦。
采蕨④于山,缗鱼⑤于渊。我徂⑥京师,不远其还⑦。

① 老成:即韩老成(770—803),别名十二郎,韩愈的侄子。② 海陬(zōu):即海隅、海角,偏远地方。③ 化:变白。④ 蕨:野菜名。⑤ 缗(mín)鱼:钓鱼。缗,钓鱼绳。⑥ 徂:往。⑦ 不远其还:不久当从京师返还。

山石

山石荦确①行径微，黄昏到寺蝙蝠飞。
升堂坐阶新雨足，芭蕉叶大支子肥。
僧言古壁佛画好，以火来照所见稀。
铺床拂席置羹饭，疏粝②亦足饱我饥。
夜深静卧百虫绝，清月出岭光入扉。
天明独去无道路，出入高下穷烟霏。
山红涧碧纷烂漫，时见松枥③皆十围④。
当流赤足蹋涧石，水声激激风吹衣。
人生如此自可乐，岂必局束⑤为人鞿⑥。
嗟哉吾党二三子，安得至老不更归。

① 荦确：怪石嶙峋、凹凸不平的样子。② 疏粝：粗糙的饭食。③ 枥：树名。④ 十围：粗大的样子。⑤ 局束：即局促、束缚，受人拘束之义。⑥ 鞿（jī）：马鞚在口为鞿。此处指受人束缚。

天星送杨凝郎中贺正〔一〕①

天星牢落②鸡喔咿③，仆夫起餐车载脂④。
正当穷冬⑤寒未已，借问君子行安之。
会朝⑥元正无不至，受命上宰须及时。
侍从近臣有虚位⑦，公今此去归何时。

〔一〕此诗贞元十二年作。时杨凝以户部郎中为宣武军判官。公时与同佐董晋幕，凝自汴朝正于京，以诗送之。

① 贺正：古时岁首元旦之日，群臣须朝贺天子。② 牢落：稀疏。③ 喔咿：拟声词，形容鸡鸣之声。④ 车载脂：为车抹上用来润滑的脂膏，此处为准备启程之义。⑤ 穷冬：深冬、隆冬。⑥ 会朝：群臣朝会天子。⑦ 虚位：空位。

汴泗交流①赠张仆射〔一〕②

汴泗交流郡城角，筑场千步平如削。
短垣三面缭逶迤，击鼓腾腾树赤旗。
新秋朝凉未见日，公早结束③来何为。
分曹④决胜约前定，百马攒蹄近相映。
球⑤惊杖奋合且离，红牛缨绂黄金羁。
侧身转臂著马腹，霹雳应手神珠驰。
超遥散漫两闲暇，挥霍纷纭争变化。
发难得巧意气粗，欢声四合壮士呼。
此诚习战非为剧，岂若安坐行良图。
当今忠臣不可得，公马莫走须杀贼。

〔一〕贞元十五年，公在徐州张建封幕。汴水，徐之西；泗水，徐之南，故以名篇。公集有《谏张仆射击球书》，此诗言"此诚习战非为剧，岂若安坐行良图"，盖亦以讽之也。

① 汴泗交流：汴、泗，均为水名，二水在徐州汇合后流入淮河。② 张仆射：即张建封（735—800），字本立，邓州南阳（今河南南阳）人，唐朝中期名臣、诗人。贞元四年（788），德宗升张建封为徐泗节度使，后加官至检校尚书右仆射。③ 结束：整治行装。④ 分曹：分对。⑤ 球（qiú）：即马球。打马球是一种在唐代极为兴盛的运动。

忽忽①

忽忽乎,余未知生之为乐也。
愿脱去而无因,安得长翻大翼如云生我身。
乘风振奋出六合②,绝浮尘③。
死生哀乐两相弃,是非得失付闲人。

① 忽忽:心神恍惚不宁的样子。② 六合:指上下和四方,泛指天下、宇宙。③ 浮尘:空中飞扬的灰尘,此处指代尘世间。

鸣雁

嗷嗷①鸣雁鸣且飞,
穷秋南去春北归。
去寒就暖识所依,
天长地阔栖息稀。
风霜酸苦稻粱微,
毛羽摧落身不肥。
徘徊反顾群侣违②,
哀鸣欲下洲渚非。
江南水阔朝云多,
草长沙软无网罗。
闲飞静集鸣相和,
违忧怀惠性非他,
凌风一举君谓何。
〇此在幕府不得志之诗,欲远举而他适也。

① 嗷嗷：拟声词，大雁鸣叫之声。② 违：离去。

龙移〔一〕

天昏地黑蛟龙移，雷惊电激雄雌随。
清泉百丈化为土，鱼鳖枯死吁可悲。

〔一〕此诗谓南山湫也。湫初在平地，一日风雷，移居山上，其山下湫遂化为土。长安人至今谓之"干湫"。公《题炭谷》诗云"厌处平地土，巢居插天山"，其此之意欤。

雉带箭①

原②头火③烧静兀兀④，野雉⑤畏鹰出复没。
将军⑥欲以巧伏人，盘马弯弓惜不发。
地形渐窄观者多，雉惊弓满劲箭加。
冲人决起百馀尺，红翎白镞⑦相倾斜。
将军仰笑军吏贺，五色⑧离披⑨马前堕。

① 带箭：中箭，为箭所射中。② 原：高地。③ 火：用以驱赶鸟兽的猎火。④ 静兀兀：十分安静的样子。⑤ 野雉：野鸡。⑥ 将军：指张建封（735—800）。⑦ 红翎白镞（zú）：红翎：指红色的箭羽；白镞：即银亮的箭头。⑧ 五色：野鸡的彩色羽毛。⑨ 离披：羽毛散落的样子。

条山①苍

条山苍,
河水黄。
浪波沄沄②去,
松柏在山冈。

○"浪波"句喻世人随俗波靡,"松柏"句喻君子岁寒后凋,亦自况之诗。

① 条山:山名,即中条山,位于山西省南部,黄河、涑水河间,山势狭长。② 沄沄:水流汹涌的样子。

赠郑兵曹①

樽酒相逢十载前,君为壮夫我少年。
樽酒相逢十载后,我为壮夫君白首。
我材与世不相当②,戢鳞委翅③无复望。
当今贤俊皆周行④,君何为乎亦遑遑⑤。
杯行到君莫停手,破除万事无过酒。

① 郑兵曹:即郑群,字弘之,郑州荥阳(今河南荥阳)人,唐德宗贞元四年(788)登进士第。② 相当:适宜、合适。③ 戢(jí)鳞委翅:敛起鳞片不游,收起翅膀不飞,比喻蓄志待时。④ 周行(xíng):正途,大道。此指身处朝廷要职。⑤ 遑遑:心神不安的样子。

桃源①图

神仙有无何渺茫,桃源之说诚荒唐。
流水盘回山百转,生绡②数幅垂中堂③。
武陵④太守好事者,题封远寄南宫下。
南宫先生忻得之,波涛入笔驱文辞。
文工画妙各臻极,异境怳惚移于斯。
架岩凿谷开宫室,接屋连墙千万日。
嬴颠刘蹶⑤了不闻,地坼天分非所恤。
种桃处处惟开花,川原近远蒸红霞。
初来犹自念乡邑,岁久此地还成家。
渔舟之子来何所,物色相猜更问语。
大蛇中断丧前王,群马南渡开新主。
听终辞绝共凄然,自说经今六百年。
当时万事皆眼见,不知几许犹流传。
争持酒食来相馈,礼数不同樽俎异。
月明伴宿玉堂空,骨冷魂清无梦寐。
夜半金鸡啁哳鸣,火轮⑥飞出客心惊。
人间有累不可住,依然离别难为情。
船开棹进一回顾,万里苍苍烟水暮。
世俗宁知伪与真,至今传者武陵人。

① 桃源:即桃花源。② 生绡:未漂煮过的丝织品,古时多用生绡来作画,因此生绡也常被用来指代画卷。③ 中堂:正中的厅堂。④ 武陵:地名,今湖南常德。⑤ 嬴颠刘蹶:指嬴姓秦朝和刘姓汉朝都已覆亡。⑥ 火轮:太阳。

东方半明 [一]

东方半明大星没①,独有太白②配残月。
嗟尔残月勿相疑,同光共影须臾期。
残月晖晖,太白睒睒③。鸡三号,更五点。

〔一〕此诗与"煌煌东方星"兴寄颇同,盖指顺宗即位,不能亲政,而宪宗在东宫之时也。时贾耽、郑珣瑜二相,皆天下重望,王叔文用事,相继引去,此诗所以喻"东方半明大星没"也。执谊、叔文初相汲引,此诗所以喻"独有太白配残月"也。顺宗已厌机政,执谊、叔文尚以私意更相猜忌,此诗所以有"嗟尔残月勿相疑,同光共影须臾期"也。及宪宗立而叔文、执谊窜,犹东方明而残月、太白灭,此诗所以喻"残月晖晖,太白睒睒,鸡三号,更五点"也。意微而显,诚得诗人之旨。

① 大星没:大星,即火星。② 太白:金星别名。③ 睒(shǎn)睒:光亮闪烁的样子。

赠唐衢①

虎有爪兮牛有角,虎可搏兮牛可触。
奈何君独抱奇材,手把锄犁饿空谷。
当今天子急贤良,匦函②朝出开明光。
胡不上书自荐达,坐令四海如虞唐③。

① 唐衢:唐穆宗时人,应进士不第。② 匦(guǐ)函:古代朝廷接受臣民投书的匣子。③ 虞唐:传说中的上古圣君,此处指代唐尧虞舜之世。

贞女峡[一]①

江盘峡束春湍豪,雷风战斗②鱼龙逃。
悬流轰轰射水府,一泻百里翻云涛。
飘船摆石③万瓦裂,咫尺性命轻鸿毛。

〔一〕在连州桂阳县。贞元十九年冬,公自监察御史谪连州阳山令,有此诗。《荆州记》:秦时有女子化人石,在东岸穴中。

① 贞女峡:峡名,在今广东连县。② 雷风战斗:江水湍急,宛如风吹雷动。③ 摆石:摆动大石。

赠侯喜

吾党①侯生字叔纪,呼我持竿钓温水②。
平明鞭马出都门,尽日行行荆棘里。
温水微茫绝又流,深如车辙阔容辀③。
虾蟆跳过雀儿浴,此纵有鱼何足求。
我为侯生不能已,盘针擘粒④投泥滓。
晡时⑤坚坐到黄昏,手倦目劳方一起⑥。
暂动还休未可期,虾行蛭渡似皆疑。
举竿引线忽有得,一寸才分鳞与鬐。
是日侯生与韩子,良久叹息相看悲。
我今行事尽如此,此事正好为吾规。
半世遑遑就举选,一名始得红颜衰。
人间事势岂不见,徒自辛苦终何为。
便当提携妻与子,南入箕颍⑦无还时。

叔迟君今气方锐,我言至切君勿嗤⑧。
君欲钓鱼须远去,大鱼岂肯居沮洳⑨。

① 吾党:同乡,友人。② 温水:即洛河。③ 轫:车辕。④ 盘针擘粒:把钓饵挂在鱼钩上。⑤ 晡(bū)时:即申时,又名日铺、夕食,是十二时辰之一,相当于现今的下午三时至五时。⑥ 一起:一提,即提一下钓竿。⑦ 箕(jī)颍:即箕山、颍水,在今河南、安徽境内。相传上古隐士许由即居住于此。后人常用此来指代隐士隐居之地。⑧ 嗤:嗤笑。⑨ 沮洳(jù rù):小水塘。

古意

太华①峰头玉井莲,开花十丈藕如船。
冷比雪霜甘比蜜,一片入口沉疴②痊。
我欲求之不惮远,青壁无路难夤缘③。
安得长梯上摘实,下种七泽根株连。

① 太华:即华山,位于陕西华阴。② 沉疴:久治不愈的病。③ 夤(yín)缘:攀援。

八月十五夜赠张功曹〔一〕

纤云四卷天无河①,
清风吹空月舒波。
沙平水息声影绝,

一杯相属君当歌。
君歌声酸辞且苦,
不能听终泪如雨。
洞庭连天九疑②高,
蛟龙出没猩鼯③号。
十生九死到官所,
幽居默默如藏逃。
下床畏蛇食畏药,
海气湿蛰熏腥臊。
昨者州前捶大鼓,
嗣皇继圣④登夔皋⑤。
赦书一日行万里,
罪从大辟⑥皆除死⑦。
迁者追回流者还,
涤瑕荡垢朝清班。
州家申名使家〔二〕抑,
坎轲只得移荆蛮。
判司卑官不堪说,
未免捶楚尘埃间〔三〕。
同时辈流多上道,
天路幽险难追攀。
君歌且休听我歌,
我歌今与君殊科⑧。
一年明月今宵多,
人生由命非由他,
有酒不饮奈明何。

〔一〕张功曹:署。　〔二〕使家,谓湖南观察使。　〔三〕老杜《送高书记》诗"脱身簿尉中，始与捶楚辞"。按唐制，参军、簿尉有过即受笞杖之刑，杜牧诗云："参军与簿尉，尘土惊劻勷。一语不中治，鞭笞身满疮。"　○自"洞庭连天"至"难追攀"句，皆张署之歌辞。末五句，韩公之歌辞。

① 河：即银河。② 九疑：山名，今九疑山，在今湖南宁远。③ 猩鼯（wú）：猩猩和飞鼠。④ 嗣皇继圣：贞元二十一年（805）正月，唐德宗驾崩，太子李诵于同月二十六日正式即位，即为唐顺宗。⑤ 夔皋（kuí gāo）：传说是上古时的两位贤臣。⑥ 大辟：古代五刑之一，砍头。⑦ 除死：减死，免除死刑。⑧ 殊科：不同。

谒衡岳庙遂宿岳寺题门楼

五岳祭秩皆三公^①，四方环镇嵩当中^②。
火维^③地荒足妖怪，天假神柄专其雄。
喷云泄雾藏半腹，虽有绝顶谁能穷。
我来正逢秋雨节，阴气晦昧无清风。
潜心默祷若有应，岂非正直能感通。
须臾静扫众峰出，仰见突兀撑青空。
紫盖^④连延接天柱，石廪腾掷堆祝融。
森然魄动下马拜，松柏一径趋灵宫。
粉墙丹柱动光彩，鬼物图画填青红。
升阶伛偻荐脯^⑤酒，欲以菲薄明其衷。
庙令老人识神意，睢盱^⑥侦伺能鞠躬。
手持杯珓^⑦导我掷，云此最吉余难同。
窜逐蛮荒幸不死，衣食才足甘长终。
侯王将相望久绝，神纵欲福难为功。

夜投佛寺上高阁,星月掩映云朣胧。
猿鸣钟动不知曙,杲杲寒日生于东。

① 三公:古代的高级官员。② 嵩当中:五岳之中,嵩山居中,故云。③ 火维:指南方。衡山为"南岳",因南方属火,故称"火维"。④ 紫盖:山峰名。⑤ 脯:祭祀用的肉。⑥ 睢盱(huī xū):开心的样子。⑦ 杯珓:古时的一种占卜用具,多由两个蚌壳或像蚌壳的竹、木片制成,掷在地上,以占卜吉凶。

岣嵝山①

岣嵝山尖神禹碑②,
字青石赤形模奇。
科斗③拳身薤倒披,
鸾飘凤泊拏龙螭④。
事严迹秘鬼莫窥,
道人独上偶见之。
我来咨嗟涕涟洏⑤。
千搜万索何处有,
森森绿树猿猱悲。

① 岣嵝山:山名,即衡山七十二峰之一的南峰,是衡山的主峰,因此衡山也被称为岣嵝山。② 神禹碑:即禹碑,在湖南衡山云密峰。后人附会为夏禹治水时所刻,故名。③ 科斗:即蝌蚪文,一种书体,因头粗尾细形似蝌蚪而得名。④ 螭(chī):古代传说中一种没有角的龙。⑤ 涟洏(ér):流泪的样子。

永贞行 [一]①

君不见，太皇②亮阴③未出令，小人乘时偷国柄。
北军④百万虎与貔⑤，天子自将非他师。
一朝夺印付私党 [二]，懔懔⑥朝士何能为。
狐鸣枭噪争署置，睗睒⑦跳踉相妩媚。
夜作诏书朝拜官，超资越序曾无难。
公然白日受贿赂，火齐磊落堆金盘。
元臣故老不敢语，昼卧涕泣何汍澜 [三]⑧。
董贤三公谁复惜，侯景九锡行可叹。
国家功高德且厚，天位未许庸夫干。
嗣皇卓荦信英主，文如太宗武高祖。
膺图受禅登明堂，共流幽州鲧死羽。
四门肃穆贤俊登，数君非亲岂其朋，
郎官清要为世称，荒郡迫野⑨嗟可矜 [四]。
湖波连天日相腾，蛮俗生梗瘴疠烝。
江氛岭祲昏若凝，一蛇两头见未曾。
怪鸟鸣唤令人憎，蛊虫群飞夜扑灯。
雄虺⑩毒螫堕股肱，食中置药肝心崩。
左右使令诈难凭，慎勿浪信常兢兢。
吾尝同僚情可胜，具书目见非妄征。
嗟尔既往宜为惩。

〔一〕贞元廿一年正月，德宗崩。顺宗即位，病不能视朝，王伾、王叔文用事。四月，册皇太子，八月立为皇帝，是为宪宗，顺宗为太上皇，改元永贞。此诗所以具载。"太皇"谓顺宗，"小人"谓叔文，"元臣故老"谓杜佑、高郢、郑珣瑜等，嗣皇谓宪宗，"郎官荒郡"意指刘禹锡坐叔文党贬连州也。公方量移江陵，而梦得出为连州，邂逅荆蛮，故作是诗。观终篇之意，可见其为梦得作也。

或云自"四门肃穆贤俊登"下为别篇,非是。　〔二〕是岁五月,王叔文等以金吾大将军范希朝为左右神策京西诸城镇行营节度使,以度支郎中韩泰为其行军司马。叔文欲夺取宦官兵权以自固,藉希朝老将,使主其名,而实以泰专其事。人情不测其所为,益疑惧。"私党"即泰也。　〔三〕王叔文用事,一日,诸相会食,叔文至中书,欲与韦执谊计事,执谊起迎,诸相停箸以待。有顷,报叔文索饭,已与韦相同餐阁中矣。杜佑、高郢惧不敢言,郑珣瑜独叹曰:"吾岂可复居此位!"索马径归,卧不起。　〔四〕九月,贬韩泰抚州、司封郎中韩晔池州、礼部员外郎柳宗元邵州、屯田员外郎刘禹锡连州刺史,皆自郎官迁谪。禹锡至荆南,改武陵司马,此诗未改武陵前作也。

① 永贞(805—806):唐顺宗李诵的年号。② 太皇:即太上皇,此处指唐顺宗李诵。③ 亮阴:帝王居丧。④ 北军:即北衙禁军,以保卫皇帝和皇家为主要职责的天子禁军。⑤ 虎与貔:两种猛兽,这里指代禁军。⑥ 懔懔:危惧的样子。⑦ 睒睗:疾视的样子。⑧ 汍澜:垂泪。⑨ 荒郡迫野:指柳宗元等郎官被贬地方。⑩ 虺(huǐ),一种毒蛇。

李花赠张十一署

江陵①城西二月尾,
花不见桃惟见李。
风揉雨练②雪羞比,
波涛翻空杳无涘③。
君知此处花何似?
白花倒烛天夜明,
群鸡惊鸣官吏起。
金乌海底初飞来,

朱辉散射青霞开。
迷魂辞眼看不得,
照耀万树繁如堆。
念昔少年著游燕,
对花岂省曾辞杯。
自从流落忧感集,
欲去未到先思回。
只今四十已如此,
后日更老谁论哉。
力携一樽独就醉,
不忍虚掷④委⑤黄埃。

① 江陵：地名，今湖北荆州。② 雨练：雨水的冲刷。③ 无涘：没有边际。④ 虚掷：浪费时光。⑤ 委：废弃。

杏花

居邻北郭古寺空，杏花两株能白红。
曲江①满园不可到，看此宁避雨与风。
二年流窜出岭外，所见草木多异同。
冬寒不严地恒泄，阳气发乱无全功。
浮花浪蕊镇长有，才开还落瘴雾中。
山榴②踯躅③少意思，照耀黄紫徒为丛。
鹧鸪钩辀④猿叫歇，杳杳深谷攒青枫。
岂如此树一来玩，若在京国情何穷。

今旦胡为忽惆怅，万片飘泊随西东。
明年更发应更好，道人莫忘邻家翁。

① 曲江：一名曲江池，故址在今西安东南，为汉武帝所造，因池水曲折而得名。唐开元中疏凿为游赏胜地。② 山榴：杜鹃花的别名。③ 踯躅（zhí zhú）：杜鹃花的别名。④ 钩辀：鹧鸪的鸣叫声。⑤ 京国：京城。

感春四首〔一〕
〔一〕第三首五言，附。

我所思兮在何所，情多地迥兮遍处处。
东西南北皆欲往，千江隔兮万山阻。
春风吹园杂花开，朝日照屋百鸟语。
三杯取醉不复论，一生长恨奈何许。

皇天平分成四时，春气漫诞①最可悲。
杂花妆林草盖地，白日座上倾天维②。
蜂喧鸟咽留不得，红萼万片从风吹。
岂如秋霜虽惨冽，摧落老物谁惜之。
为此径须沽酒饮，自外天地弃不疑。
近怜李杜无检束，烂漫长醉多文辞。
屈原离骚二十五③，不肯餔啜④糟与醨⑤。
惜哉此子巧言语，不到圣处⑥宁非痴。
幸逢尧舜明四目，条理品汇皆得宜。
平明出门暮归舍，酩酊马上知为谁。

朝骑一马出，暝就一床卧。
诗书渐欲抛，节行久已惰。
冠欹感发秃，语误悲齿堕。
孤负平生心，已矣知何奈。

我恨不如江头人，长网横江遮紫鳞。
独宿荒陂射凫雁，卖纳租赋官不瞋。
归来欢笑对妻子，衣食自给宁羞贫。
今者无端读书史，智慧只足劳精神。
画蛇著足无处用，两鬓雪白趋埃尘。
干愁漫解坐自累，与众异趣谁相亲。
数杯浇肠虽暂醉，皎皎万虑醒还新。
百年未满不得死，且可⑦勤买抛青春。

①漫诞：弥散。②天维：上天的纲纪。③"屈原"句：屈原的赋作有二十五篇。王逸《楚辞章句序》："屈原履忠被谮，忧悲愁思，独依诗人之义而作《离骚》，上以讽谏，下以自慰。遭时暗乱，不见省纳，不胜愤懑，遂复作《九歌》以下凡二十五篇。楚人高其行义，玮其文采，以相教传。"④餔（bū）啜：食和饮。⑤醨（lí）：淡酒。⑥圣处：即酒。⑦且可：姑且。

寒食日出游[一]

李花初发君始病，我往看君花转盛。
走马城西惆怅归，不忍千株雪相映。
迩来①又见桃与梨，交开红白如争竞。

可怜物色阻携手，空展霜缣吟九咏。
纷纷落尽泥与尘，不共新妆比端正。
桐华最晚今已繁，君不强起时难更。
关山远别固其理，寸步难见始知命。
惜昔与君同贬官，夜渡洞庭看斗柄②。
岂料生还得一处，引袖拭泪悲且庆。
各言生死两追随，直置心亲无貌敬。
念君又署南荒吏〔二〕，路指鬼门③幽且夐④。
三公尽是知音人，曷不荐贤陛下圣。
囊空瓶倒谁救之，我今一食日还并⑤。
自然忧气损天和，安得康强保天性。
断鹤两翅鸣何哀，萦骥四足气空横。
今朝寒食行野外，绿杨匝⑥岸蒲生迸。
宋玉庭边不见人，轻浪参差鱼动镜。
自嗟孤贱足瑕疵，特见放纵荷宽政。
饮酒宁嫌盏底深，题诗尚倚笔锋劲。
明宵故欲相就醉，有月莫愁当火令⑦。

〔一〕张十一院长见示《病中忆花》九篇，寒食日出游夜归，因以投赠。张十一即功曹署。公与张同自御史贬官，又同为江陵掾，公法曹参军，张功曹参军。元和元年时也。〔二〕张在江陵未几，邕管经略使路恕署为判官。

① 迩来：近来。② 斗柄：指北斗七星中玉衡、开阳、摇光三星。北斗七星之中，第五、六、七颗星排列成弧状，状如酒斗之柄，故称"斗柄"。③ 鬼门：即鬼门关，地名。④ 夐（xiòng）：远、辽阔。⑤ 一食日还并：一顿饭都要并日而食，形容生活贫困。⑥ 匝：环绕。⑦ 火令：禁火之令，为寒食节的习俗。

忆昨行和张十一

忆昨夹钟之吕初吹灰，上公礼罢元侯回〔一〕。
车载牲牢①瓮异②酒，并召宾客延邹枚③。
腰金首翠光照耀，丝竹迥发清以哀。
青天白日花草丽，玉斝④屡举倾金罍⑤。
张君名声座所属，起舞先醉长松摧。
宿酲⑥未解旧痁⑦作，深室静卧闻风雷。
自期殒命在春序⑧，屈指数日怜婴孩。
危辞苦语感我耳，泪落不掩何漼漼〔二〕⑨。
念昔从君渡湘水，大帆夜划穷高桅。
阳山鸟路出临武⑩，驿马拒地驱频㚄。
践蛇茹蛊不择死，忽有飞诏从天来。
伾文未揃崖州炽，虽得赦宥恒愁猜。
近者三奸悉破碎，羽窟无底幽黄能⑪。
眼中了了见乡国，知有归日眉方开〔三〕。
今君纵署天涯吏，投檄⑫北去何难哉〔四〕。
无妄之忧勿药喜，一善自足禳千灾。
头轻目朗肌骨健，古剑新劚磨尘埃。
殃销祸散百福并，从此直至耇⑬与鲐⑭。
嵩山东头伊洛岸，胜事不假须穿栽。
君当先行我待满，沮溺可继穷年推〔五〕。

〔一〕上公，方以为当作社公，叙荆帅裴均罢社而享客也。朱子云：上公即社神也，不必改为社公。　〔二〕自首至此，叙张与裴帅赛社之宴，酒后卧病。　〔三〕自"念昔从君"至此，叙与张同贬南荒而俱幸北归。　〔四〕张在江陵，虽经邕管经略使路恕奏署为判官，而可以辞谢不往，故劝其投檄北去。投檄，犹投绂、投劾之投。　〔五〕自"今君纵署"至此，祝张病体康复，将耦耕于嵩山之下。

①牲牢：祭祀时用的牲畜。②舁（yú）：共同抬着东西。③邹枚：即邹阳和枚乘，西汉的两位文士。④玉斝（jiǎ）：原指玉制的酒器，后来泛指酒杯。⑤金罍（léi）：饰金的大型酒器。⑥宿酲（chéng）：醉酒之后，一宿未醒。⑦痁（shān）：疟疾。⑧春序：春天，春季。⑨漼漼：泪流的样子。⑩临武：地名，今湖南临武。⑪黄能：即黄熊。⑫投檄：弃官不做。⑬耇（gǒu）：年老，长寿。⑭鲐（tái）：原为一种鱼，古人认为人年老时，背上会生出鲐鱼般的斑纹，故常以"鲐"指代老年人。

刘生诗

生名师命其姓刘，自少轩轾①非常俦②。
弃家如遗来远游，东走梁宋暨扬州。
遂凌大江极东陬，洪涛春天禹穴③幽。
越女一笑三年留，南逾横岭入炎州。
青鲸高磨波山浮，怪魅炫曜堆蛟虬。
山獑欢噪猩猩游，毒气烁体黄膏流。
问胡不归良有由，美酒倾水炙肥牛。
妖歌慢舞烂不收，倒心回肠为青眸④。
千金邀顾不可酬，乃独遇之尽绸缪。
瞥然一饷成十秋，昔须未生今白头。
五管⑤历遍无贤侯，回望万里还家羞。
阳山穷邑惟猿猴，手持钓竿远相投。
我为罗列陈前修，芟蒿斩蓬利锄耰⑥。
天星回环数才周，文学穰穰⑦困仓稠。

车轾御良马力优,咄哉识路行勿休,往取将相酬恩仇。

○刘在广南,当有名妓,声价甚高,而遇刘独厚者。"美酒"二句,刘之冶游也;"倒心"句,倾情于名妓也;"千金"句,声价高也;"绸缪"句,待刘厚也。

① 车轾(zhì):古代前高后低的车为"轩",前低后高的车为"轾",后指代杰出不凡之人。② 非常俦:不是一般人。③ 禹穴:即大禹之穴。④ 青眸:表示喜爱。⑤ 五管:泛指岭南地区。⑥ 锄耰(yōu):本指农具,泛指耕种。⑦ 穰穰:丰盛的样子。

郑群赠簟①

蕲州②笛竹天下知,郑君所宝尤瑰奇。
携来当昼不得卧,一府传看黄琉璃。
体坚色净又藏节,尽眼凝滑无瑕疵。
法曹贫贱众所易,腰腹空大何能为。
自从五月困暑湿,如坐深甑③遭蒸炊。
手磨袖拂心语口,慢肤④多汗真相宜。
日暮归来独惆怅,有卖直欲倾家资。
谁谓故人知我意,卷送八尺含风漪。
呼奴扫地铺未了,光彩照耀惊童儿。
青蝇侧翅蚤虱避,肃肃⑤疑有青飚⑥吹。
倒身甘寝百疾愈,却愿天日恒炎曦⑦。
明珠青玉不足报,赠子相好无时衰。

① 簟(diàn):竹席。② 蕲州:地名,今湖北黄冈蕲春。③ 甑(zèng):古代的一种蒸食器具。④ 慢肤:肥胖。⑤ 肃肃:形容风

的声音。⑥青飔：清风。⑦炎曦：即炎热。

丰陵①行

羽卫②煌煌一百里，晓出都门葬天子。
群臣杂沓驰后先，宫官穰穰来不已。
是时新秋七月初，金神按节③炎气除。
清风飘飘轻雨洒，偃蹇旂旆④卷以舒。
逾梁下坂笳鼓咽，嵽嵲⑤遂走玄宫间。
哭声訇天⑥百鸟噪，幽坎⑦昼闭空灵舆⑧。
皇帝孝心深且远，资送礼备无赢余。
设官置卫锁嫔妓，供养朝夕象平居。
臣闻神道尚清净，三代旧制存诸书。
墓藏庙祭不可乱，欲言非职知何如。

①丰陵：唐顺宗李诵的陵寝，在今陕西富平。②羽卫：帝王的卫队和仪仗。③金神按节：即秋天。金神，即蓐收，又名该，古代神话中的金神、秋神。④旂旆（qí pèi）：旌旗。⑤嵽嵲（dì niè）：高峻。⑥訇天：声音极大，宛如惊天。⑦幽坎：即墓穴。⑧灵舆：即天子的灵车。

游青龙寺赠崔大补阙〔一〕①

秋灰②初吹季月管，日出卯南晖景短。
友生招我佛寺行，正值万株红叶满。

光华闪壁见神鬼,赫赫炎官③张火伞④。
然云烧树大实骈,金乌下啄赪⑤虬卵。
魂翻眼倒忘处所,赤气冲融无间断。
有如流传上古时,九轮照烛乾坤旱。
二三道士席其间,灵液屡进颇黎⑥碗。
忽惊颜色变韶稚,却信灵仙非怪诞。
桃源迷路竟茫茫,枣下悲歌徒纂纂。
前年岭隅乡思发,踯躅成山开不算。
去岁羁帆湘水明,霜枫千里随归伴。
猿呼鼯⑦啸鹧鸪啼,侧耳酸肠难濯浣。
思君携手安能得,今者相从敢辞懒。
由来钝呆寡参寻,况是儒官饱闲散。
惟君与我同怀抱,锄去陵谷置平坦。
年少得途未要忙,时清谏疏⑧尤宜罕。
何人有酒身无事,谁家多竹门可款。
须知节候即风寒,幸及亭午⑨犹妍暖。
南山逼冬转清瘦,刻画圭角出崖窾⑩。
当忧复被冰雪埋,汲汲来窥诚迟缓。

〔一〕诸本大作群。崔群,字敦诗,公同年进士也。公元和元年在京师为国子博士时作。详诗意,可见寺在京城南门之东。洪庆善云:诗中"正值万株红叶满",谓柿也;"灵液屡进颇黎碗",谓食柿也。

① 补阙:官名,负责为君主裨补缺漏。② 秋灰:膜烧制的灰置于律管中以候气。秋天已至。③ 炎官:神话中的火神。④ 火伞:比喻红色的伞盖。⑤ 赪(chēng):红色。⑥ 颇黎:玻璃。⑦ 鼯(wú):一种飞鼠。⑧ 谏疏:谏诤君主的奏疏。⑨ 亭午:中午。⑩ 窾(kuǎn):空隙、洞穴。

赠崔立之①评事②

崔侯文章苦③捷敏，高浪驾天输④不尽。
曾从关外来上都⑤，随身卷轴车连轸。
朝为百赋犹郁怒⑥，暮作千诗转遒紧。
摇毫掷简自不供，顷刻青红⑦浮海蜃。
才豪气猛易语言，往往蛟螭⑧杂蝼蚓。
知音自古称难遇，世俗乍见那妨哂。
勿嫌法官未登朝，犹胜赤尉长趋尹。
时命虽乖心转壮，技能虚富家逾窘。
念昔尘埃两相逢，争名龃龉持矛楯。
子时专场夸觜矩，余始张军严韅靷⑨。
尔来但欲保封疆，莫学庞涓怯孙膑。
窜逐新归厌闻闹，齿发早衰嗟可闵。
频蒙怨句刺弃遗，岂有闲官敢推引。
深藏箧笥时一发，戢戢已多如束笋。
可怜无益费精神，有似黄金掷虚牝⑩。
当今圣人求侍从，拔擢杞梓收楛箘。
东马严徐⑪已奋飞，枚皋即召穷且忍。
复闻王师西讨蜀，霜风洌洌摧朝菌。
走章驰檄在得贤，燕雀纷拏要鹰隼。
窃料二途必处一，岂比恒人长蠢蠢。
劝君韬养待征招，不用雕琢愁肝肾。
墙根菊花好沽酒，钱帛纵空衣可准。
晖晖檐日暖且鲜，掭掭⑫井梧疏更殒。
高士例须怜曲蘖⑬，丈夫终莫生畦畛。
能来取醉任喧呼，死后贤愚俱泯泯。

① 崔立之：字斯立，博陵人，贞元进士。② 评事：官名，掌同司直，出使推按，参决疑狱。③ 苦：很，非常。④ 输：写。⑤ 上都：京城，此处指长安。⑥ 郁怒：强劲的气势。⑦ 青红：这里指墨。⑧ 蛟螭：蛟龙。⑨ 韅靷（xiǎn yǐn）：马身上的装配之物。⑩ 虚牝：空谷。⑪ 东马严徐：均为西汉武帝时的文士。⑫ 搋（sè）搋：拟声词，形容叶片飘落的声音。⑬ 曲糵（niè）：即酒。

送区弘南归

穆①昔南征军不归，虫沙猿鹤伏以飞。
汹汹洞庭莽翠微，九疑镵天②荒是非。
野有象犀水贝玑，分散百宝人士稀。
我迁于南③日周围〔一〕，来见者众莫依稀。
爰有区子荧荧晖，观以彝训④或从违。
我念前人譬葑菲⑤，落以斧引以纆徽⑥。
虽有不逮驱骍骍⑦，或采于薄渔于矶，服役不辱言不讥。
从我荆州来京畿⑧，离其母妻绝因依。
嗟我道不能自肥，子虽勤苦终何希。
王都观阙⑨双巍巍，腾踏众骏事鞍鞿⑩，
佩服上色紫与绯⑪，独子之节可嗟唏。
母附书至妻寄衣，开书拆衣泪痕晞，虽不敕还情庶几。
朝暮盘羞恻庭闱，幽房无人感伊威。
人生此难余可祈，子去矣时若发机。
蜃沉海底气升霏，彩雉野伏朝扇翚。
处子窈窕王所妃，苟有令德隐不腓。
况今天子铺⑫德威，蔽能者诛荐受禨⑬。

出送抚背我涕挥，行行正直慎脂韦。

业成志树来颀颀⑭，我当为子言天扉⑮。

〔一〕贞元十九年冬，公谪阳山，明年冬，弘来，故云"日周围"。

① 穆：即周穆王姬满，周昭王之子，西周第五位君主。② 镵（chán）天：刺向天空。③ 迁于南：被贬至南方。④ 彝训：日常的训诫。⑤ 蓣菲：两种野菜名。⑥ 缧（mò）徽：木工所用的绳墨。⑦ 骈骈：马止步不前的样子。⑧ 京畿：京城。⑨ 观阙：古代帝王宫门前的两座楼台。⑩ 鞍靮：马鞍和缰绳。⑪ 紫与绯：紫色官服与红色官服，为唐代高级文官的制服。⑫ 铺：广施的意思。⑬ 禨（jī）：福。⑭ 颀颀：身长而俊美的样子。⑮ 天扉：天门，此处指代朝廷。

三星行

我生之辰①，月宿南斗②。

牛奋其角，箕张其口。

牛不见服箱，斗不挹酒浆。

箕独有神灵，无时停簸扬③。

无善名已闻，无恶声已欢。

名声相乘除，得少失有馀。

三星各在天，什伍东西陈。

嗟汝牛与斗，汝独不能神。

① 辰：时间。② 月宿南斗：月居于斗宿。③ 簸扬：用箕扬米，除去糠皮。

剥啄①行

剥剥啄啄，有客至门。我不出应，客去而瞋。
从者语我，子胡为然②。我不厌客，困于语言。
欲不出纳，以堙③其源。空堂幽幽，有秸有莞④。
门以两版，丛书⑤于间。窅⑥窅深堅，其墉⑦甚完⑧。
彼宁可骞，此不可干⑨。从者语我，嗟子诚难。
子虽云尔，其口益蕃⑩。我为子谋，有万其全⑪，
凡今之人，急名与官。子不引去，与为波澜。
虽不开口，虽不开关，变化咀嚼，有鬼有神。
今去不勇，其如后艰。我谢再拜，汝无复云。
往追不及，来不有年。

① 剥啄：拟声词，模拟敲门的声音。② 子胡为然：您为什么要这样（做）？③ 堙：堵塞，阻塞。④ 莞：水葱一类的植物，即蒲草。⑤ 丛书：堆积书。⑥ 窅（yǎo）窅：幽静深远的样子。⑦ 墉：高墙。⑧ 完：坚固。⑨ 干：犯，侵犯。⑩ 蕃：多。⑪ 有万其全：有万全之策。

陆浑山火和皇甫湜①用其韵

皇甫补官②古贲浑③，时当玄冬④泽乾源。
山狂谷很相吐吞，风怒不休何轩轩。
摆磨出火以自燔，有声夜中惊莫原。
天跳地踔颠乾坤，赫赫上照穷崖垠。
截然高周烧四垣，神焦鬼烂无逃门。

三光⁵驰隳不复暾⁶,虎熊麋猪逮猴猿。

水龙鼍龟鱼与鼋,鸦鸱雕鹰雉鹄鹍。

炰炰煨⁷燖孰飞奔〔一〕,祝融⁸告休酌卑尊〔二〕。

错陈齐玫辟华园,芙蓉披猖塞鲜繁〔三〕,

千钟万鼓咽耳喧,攒杂啾嚄沸篪埙〔四〕,彤幢绛旃紫䍧旛〔五〕⑨。

炎官热属朱冠裈,髹其肉皮通髀臀。

颓胸垤腹车掀辕〔六〕,缇颜靺股豹两鞬。

霞车虹靷日毂辖,丹蕤縓盖绯繙帉〔七〕。

红帷赤幕罗脤膰,衁池波风肉陵屯〔八〕。

䶗牙巨擘颎黎盆,豆登五山瀛四樽〔九〕。

熙熙醹酬笑语言,雷公擘山海水翻。

齿牙嚼啮舌腭反,电光磹䃩赪目暖〔十〕。

项冥⑪收威避玄根,斥弃舆马背厥孙。

缩身潜喘拳肩跟〔十一〕,君臣相怜加爱恩。

命黑螭⑫侦焚其元,天关悠悠不可援。

梦通上帝血面论,侧身欲进叱于阍⑬。

帝赐九河湔涕痕,又诏巫阳反其魂。

徐命之前问何冤,火行于冬古所存。

我如禁之绝其飧,女丁妇壬传世婚〔十二〕。

一朝结仇奈后昆,时行当反慎藏蹲。

视桃著花可小骞,月及申酉利复怨。

助汝五龙从九鲲,溺厥邑囚之昆仑〔十三〕。

皇甫作诗止睡昏,辞夸出真遂上焚。

要余和增⑭怪又烦,虽欲悔舌不可扪〔十四〕。

〔一〕已上浑写野烧之盛。 〔二〕告休,犹休暇也;卑尊,即客也。《周礼·小司徒》云:"使各登其乡之众寡",《乡大夫》

云:"率其吏与其众寡。"此云卑尊,犹彼云众寡耳。 〔三〕二句陈设。 〔四〕二句音乐。 〔五〕此句旌旗。 〔六〕此三句众客之衣冠形状。 〔七〕此三句客之仪从。 〔八〕二句祭馔酒食。 〔九〕二句器皿。 〔十〕四句笑语醉态。自"祝融告休"至此,设为祝融宴客,仪卫之盛、宾从之豪、笑语之欢。 〔十一〕拳肩跟者,谓肩与足跟拳踢相连,极言颛顼、玄冥君臣失势之状。 〔十二〕洪曰:丁,火也;壬,水也;火,女也;水,男也。丁女而为妇于壬,故曰女丁妇壬。 〔十三〕自"火行于冬"至此九句皆上帝劝慰火神之辞,言不必与火结仇,时至,行将胜之也。 〔十四〕自"顼冥收威"至此,皆水火相克相济之说。

① 皇甫湜(777—835):字持正,睦州新安(今浙江淳安)人,唐代官员,韩愈弟子。② 补官:即补授官职。③ 贲(bēn)浑:即陆浑。④ 玄冬:冬季。⑤ 三光:古人以日、月、星为三光。⑥ 暾:明亮。⑦ 燖(xún)炰(páo)煨:燖,用火烧熟;炰,把带毛的肉用泥包好放在火上烧烤;煨,把生食放在火灰里烤熟。⑧ 祝融:本为火官,后尊为火神。⑨ 纛旛(dào fān):旗子。⑩ 礥霯(xiàn diàn):闪电。⑪ 顼冥:水帝颛顼和水神玄冥的并称。⑫ 黑螭:一种黑色的无角龙。⑬ 阍(hūn):天门的守卫。⑭ 和增:和其诗歌,为之增色。

和虞部卢四酬翰林钱七赤藤杖歌〔一〕

赤藤为杖世未窥,台郎始携自滇池①。
滇王扫宫避使者,跪进再拜语喁咿②。
绳桥拄过免倾堕,性命造次③蒙扶持。
途经百国④皆莫识,君臣聚观逐旌麾。
共传滇神出水献,赤龙拔须血淋漓。

又云羲和操火鞭,瞑到西极睡所遗。
几重包裹自题署,不以珍怪夸荒夷。
归来捧赠同舍子,浮光照手欲把疑。
空堂昼眠依牖户,飞电著壁搜蛟螭〔二〕。
南宫清深禁闱密,唱和有类吹埙篪⑤。
妍辞丽句不可继,见寄聊且慰分司⑥。

〔一〕卢四:汀。钱七:徽。 〔二〕东坡《以铁柱杖寿乐全》诗有句云:"欹壁蛟龙护昼眠",融化此两句而为之也。

① 滇池:池名,在云南昆明,此处指代云南。② 喔咿(wà yī):拟声词,模拟人说话的声音。③ 造次:危急。④ 百国:南诏地区曾有蒙巂诏、越析诏、浪穹诏、邆睒诏、施浪诏、蒙舍诏等六诏,少数民族众多,故称。⑤ 埙篪(xūn chí):即埙和篪,古代的两种乐器。⑥ 分司:唐代分东西两都,西都长安,东都洛阳。唐制,将中央官员在陪都(洛阳)任职者称为分司。

感春五首

辛夷①高花最先开,青天露坐始此回。
已呼孺人②戛③鸣瑟,更遣稚子传清杯。
选壮军兴不为用,坐狂朝论④无由陪。
如今到死得闲处,还有诗赋歌康哉。

洛阳东风几时来,川波岸柳春全回。
宫门一锁不复启,虽有九陌无尘埃。
策马上桥朝日出,楼阙赤白正崔嵬。

孤吟屡阕莫与和，寸恨至短谁能裁⑤。

春田可耕时已催，王师北讨何当回〔一〕。
放车载草农事济，战马苦饥谁念哉。
蔡州纳节旧将死〔二〕，起居谏议联翩来〔三〕。
朝廷未省有遗策，肯不垂意瓶与罍。

〔一〕元和四年，讨成德节度使王承宗。 〔二〕是年，彰义军节度使吴少诚卒。 〔三〕裴度以河南府功曹召为起居舍人，孟简、孔戣皆为谏议大夫，联翩相继也。

前随杜尹⑥拜表回，笑言溢口何欢咍⑦。
孔丞别我适临汝，风骨峭峻遗尘埃。
音容不接只隔夜，凶讣⑧讵可相寻来〔一〕。
天公高居鬼神恶，欲保性命诚难哉。

〔一〕元和四年，杜兼为河南尹，十一月无疾暴卒。孔戡以卫尉寺丞分司东都，五年正月将浴临汝之阳泉，至其县，遂卒。凶讣相寻谓此。

辛夷花房忽全开，将衰正盛须频来。
清晨辉辉烛霞日，薄暮耿耿⑨和烟埃。
朝明夕暗已足叹，况乃满地成摧颓。
迎繁送谢别有意，谁肯留念少环回⑩。

①辛夷：树名，又名木兰、木笔。②孺人：妻子。③戛：敲击。④朝论：朝堂上的议论。⑤裁：节制，控制。⑥杜尹：字处弘，唐代官员。⑦咍（hāi）：笑。⑧凶讣：死讯。⑨耿耿：显著、鲜明的样子。⑩环回：徘徊、盘桓之义。

醉留东野

昔年因读李白杜甫诗,长恨二人不相从①。
吾与东野生并世,如何复蹑②二子踪。
东野不得官,白首夸龙钟③。
韩子稍奸黠④,自惭青蒿倚长松。
低头拜东野,愿得终始如駏蛩⑤。
东野不回头,有如寸筳撞巨钟。
吾愿身为云,东野变为龙。
四方上下逐东野,虽有离别无由逢。

① 不相从:不常在一起。李白和杜甫只见过三次面,故称。② 蹑:踩。③ 龙钟:形容年老体衰、行动不便的样子,亦指潦倒不得志。④ 奸黠:狡猾。⑤ 駏蛩(jù qióng):古代传说中的一种动物。

李花二首

平旦①入西园,梨花数株若矜夸。
旁有一株李,颜色惨惨似含嗟。
问之不肯道所以,独绕百匝至日斜。
忽忆前时经此树,正见芳意初萌牙。
奈何趁酒不省录②,不见玉枝攒霜葩③。
泫然④为汝下雨泪,无由反骑⑤羲和车⑥。
东风来吹不解颜,苍茫夜气生相遮。
冰盘夏荐碧实⑦脆,斥去不御惭其花。

当春天地争奢华,洛阳园苑尤纷拏⑧。
谁将平地万堆雪,剪刻作此连天花。
日光赤色照未好,明月暂入都交加。
夜领张彻投卢仝⑨,乘云共至玉皇家。
长姬香御四罗列,缟裙练帨⑩无等差。
静濯明妆有所奉,顾我未肯置齿牙。
清寒莹骨肝胆醒,一生思虑无由邪。

①平旦:平明,黎明。②省录:记忆。③霜葩:白花。④泫然:泪流的样子。⑤反斾:回师。⑥羲和车:传说中羲和是为太阳驾车的神,指代太阳。⑦碧实:绿色的果实,即李子。⑧纷拏:繁盛的样子。⑨卢仝(tóng)(?—835):唐代诗人,范阳(今河北涿州)人。⑩练帨(shuì):白色的佩巾。

寄卢仝〔一〕

玉川先生①洛城里,破屋数间而已矣。
一奴长须不裹头,一婢赤脚老无齿。
辛勤奉养十余人,上有慈亲下妻子。
先生结发憎俗徒,闭门不出动一纪。
至令邻僧乞米送,仆忝县尹能不耻。
俸钱供给公私余,时致薄少助祭祀。
劝参留守谒大尹,言语才及辄掩耳。
水北山人得名声,去年去作幕下士。
水南山人又继往,鞍马仆从塞闾里。
少室山人索价高,两以谏官征不起。

彼皆刺口[2]论世事，有力未免遭驱使。
先生事业不可量，惟用法律自绳[3]己。
春秋三传[4]束高阁，独抱遗经究终始。
往年弄笔嘲同异，怪辞惊众谤不已。
近来自说寻坦途，犹上虚空跨绿駬[5]。
去岁生儿名添丁，意令与国充耘耔[6]。
国家丁口连四海，岂无农夫亲未耜[7]。
先生抱才终大用，宰相未许终不仕。
假如不在陈力[8]列，立言垂范亦足恃。
苗裔当蒙十世宥，岂谓贻厥[9]无基阯。
故知忠孝生天性，洁身乱伦安足拟。
昨晚长须来下状，隔墙恶少恶难似。
每骑屋山下窥阚，浑舍惊怕走折趾。
凭依婚媾[10]欺官吏，不信令行能禁止。
先生受屈未曾语，忽此来告良有以。
嗟我身为赤县令，操权不用欲何俟。
立召贼曹呼伍伯，尽取鼠辈尸诸市。
先生又遣长须来，如此处置非所喜。
况又时当长养节，都邑未可猛政理。
先生固是余所畏，度量不敢窥涯涘。
放纵是谁之过欤，效尤戮仆愧前史。
买羊沽酒谢不敏，偶逢明月曜桃李。
先生有意许降临，更遣长须致双鲤[11]。

〔一〕元和六年春，公为河南令作。仝闭门不出，时洛阳有留守郑庆馀，有尹李素，仝皆不见。水北谓石洪，水南谓温造，皆继往河阳幕。少室谓李渤。三人者，皆仝所不为也。

①玉川先生：卢仝的号。②刺口：多言多语。③自绳：自我约束。④春秋三传：《春秋左氏传》《春秋公羊传》和《春秋穀梁传》的合称。⑤绿駬（ěr）：即绿耳，传说中周穆王出巡时驾车用的八匹骏马之一。⑥耘耔：耕种，耕作。⑦耒耜（lěi sì）：农具。⑧陈力：即出仕做官。⑨贻厥（yí jué）：指代子孙后代。⑩婚媾（gòu）：婚姻，嫁娶。⑪双鲤：指代书信。

酬司马卢四兄云夫院长望秋作

长安雨洗新秋出，极目寒镜①开尘函。
终南晓望踏龙尾，倚天更觉青巉巉②。
自知短浅无所补，从事久此穿朝衫。
归来得便即游览，暂似壮马脱重衔。
曲江荷花盖十里，江湖生目思莫缄。
乐游③下瞩无远近，绿槐萍合不可芟。
白首寓居谁借问，平地寸步局云岩。
云夫吾兄有狂气，嗜好与俗殊酸咸。
日来省我不肯去，论诗说赋相喃喃。
望秋一章已惊绝，犹言低抑避谤谗。
若使乘酣骋雄怪，造化何以当镌劖④。
嗟我小生值强伴，怯胆变勇神明鉴〔一〕。
驰坑跨谷终未悔，为利而止真贪馋。
高揖群公谢名誉，远追甫白⑤感至诚⑥。
楼头完月不共宿，其奈就缺行攕攕⑦。

〔一〕鉴：平声。

①寒镜：清秋时节的明月。②巉巉：高峻的样子。③乐游：即乐游原，在长安（今陕西西安）城南，唐人的游赏胜地。④镌鐫（chán）：凿刻。⑤甫白：杜甫与李白。⑥諴（xián）：真诚。⑦攕（xiān）攕：女子的手纤细的样子。

谁氏子〔一〕

非痴非狂谁氏子，去入王屋①称道士。
白头老母遮门啼，挽断衫袖留不止。
翠眉②新妇年二十，载送还家哭穿市。
或云欲学吹凤笙，所慕灵妃媲萧史。
又云时俗轻寻常，力行险怪取贵仕。
神仙虽然有传说，知者尽知其妄矣。
圣君贤相安可欺，乾死穷山竟何俟。
呜呼余心诚岂弟③，愿往教诲究终始。
罚一劝百政之经，不从而诛未晚耳。
谁其友亲能哀怜，写吾此诗持送似④。

〔一〕吕氏子炅，河南人。元和中，弃其妻，着道士服，谢母曰：当学仙王屋山。去数月，复出见河南少尹李素。素立之府门，使吏卒脱道士服，给冠带，送付其母。公时为河南令，作此诗，有"愿往教诲""不从而诛"之语，至是素始归之。事见李素墓志。

①王屋：即王屋山，位于河南济源，属太行山脉西南段。②翠眉：指代美女。③岂弟：和乐平易。④送似：送给。

河南令舍池台

灌池才盈五六丈,筑台不过七八尺。
欲将层级压篱落①,未许波澜量斗硕。
规摹虽巧何足夸,景趣不远真可惜。
长令人吏远趋走,已有蛙黾②助狼籍。

① 篱落:篱笆。② 黾(mǐn):蛙的一种。

石鼓歌

张生①手持石鼓文②,劝我试作石鼓歌。
少陵无人谪仙死,才薄将奈石鼓何。
周纲陵迟③四海沸,宣王④愤起挥天戈。
大开明堂⑤受朝贺,诸侯剑佩鸣相磨。
蒐⑥于岐阳骋雄俊,万里禽兽皆遮罗。
镌功勒成告万世,凿石作鼓隳嵯峨。
从臣才艺咸第一,拣选撰刻留山阿。
雨淋日炙野火燎,鬼物守护烦㧑呵〔一〕。
公从何处得纸本,毫发尽备无差讹。
辞严义密读难晓,字体不类隶与科⑦。
年深岂免有缺画,快剑斫断生蛟鼍。
鸾翔凤翥众仙下,珊瑚碧树交枝柯。
金绳铁索锁纽壮,古鼎跃水龙腾梭。
陋儒编诗不收入,二雅褊迫无委蛇。

孔子西行不到秦,掎摭星宿遗羲娥〔二〕⑧。
嗟余好古生苦晚,对此涕泪双滂沱。
忆昔初蒙博士征,其年始改称元和⑨。
故人从军在右辅,为我量度掘臼科。
濯冠沐浴告祭酒,如此至宝存岂多。
毡苞席裹可立致,十鼓只载数骆驼。
荐诸太庙比郜鼎,光价岂止百倍过。
圣恩若许留太学,诸生讲解得切磋。
观经鸿都尚填咽,坐见举国来奔波。
剜苔剔藓露节角,安置妥帖平不颇。
大厦深檐与盖覆,经历久远期无佗〔三〕。
中朝大官老于事,讵肯⑩感激徒媕婀⑪。
牧童敲火牛砺角,谁复著手为摩挲。
日销月铄就埋没,六年西顾空吟哦。
羲之俗书趁姿媚,数纸尚可博白鹅。
继周八代争战罢,无人收拾理则那。
方今太平日无事,柄任儒术崇丘轲。
安能以此上论列,愿借辩口如悬河。
石鼓之歌止于此,呜呼吾意其蹉跎〔四〕。

〔一〕自"周纲陵迟"至此,叙周宣蒐狩镌功勒石。　〔二〕自"公从何处"至此,叙拓本之精、文字之古。　〔三〕自"嗟余好古"至此,议请移鼓于太学。　〔四〕已上慨移鼓之议不遽施行,恐其无人收拾。

① 张生:即张籍。② 石鼓文:先秦时期的一种刻石文字,因其刻石外形似鼓,故名。③ 陵迟:渐趋衰败。④ 宣王:即周宣王(?—前782)姬静,周厉王之子,西周第十一代君主。⑤ 明堂:古时天子朝会诸侯、发布政令的场所。⑥ 蒐(sōu):打猎。⑦ 科:即蝌蚪文,一种书体,因头粗尾细形似蝌蚪而得名。⑧ 羲娥:羲

和与嫦娥。⑨元和（806—820）：唐宪宗李纯的年号。⑩讵肯：怎肯，岂肯。⑪婹婀（ān'ē）：依违阿曲，不能决定的样子。

赠刘师服

羡君齿牙牢且洁，大肉硬饼如刀截。
我今呀豁①落者多，所存十余皆兀臲②。
匙钞烂饭稳送之，合口软嚼如牛呞③。
妻儿恐我生怅望，盘中不饤④栗与梨。
只今年才四十五，后日悬知渐莽卤。
朱颜皓颈讶莫亲，此外诸余谁更数。
忆昔太公仕进初，口含两齿无赢余。
虞翻⑤十三比岂少，遂自惋恨形于书。
丈夫命存百无害，谁能检点形骸外。
巨缗东钓倘可期，与子共饱鲸鱼脍。

①呀豁：牙齿空缺。②臲（niè）：摇摇欲坠，极不稳定的样子。③呞（shī）：即反刍，俗称倒嚼。④饤：堆放。⑤虞翻（164—233）：字仲翔，慈溪鸣鹤乡（今浙江慈溪）人，三国时期吴国官员、学者。

听颖师①弹琴

昵昵②儿女语，恩怨相尔汝③。
划然④变轩昂⑤，勇士赴敌场。

浮云柳絮无根蒂，天地阔远随飞扬。
喧啾⑥百鸟群，忽见孤凤凰。
跻攀⑦分寸不可上，失势一落千丈强。
嗟余有两耳，未省⑧听丝簧。
自闻颖师弹，起坐在一旁。
推手遽⑨止之，湿衣泪滂滂⑩。
颖乎尔诚能，无以冰炭置我肠。

① 颖师：一位僧人琴师，与韩愈、李贺等人有交往。② 昵昵：亲热的样子。③ 尔汝：你我。④ 划然：忽然。⑤ 轩昂：高昂雄壮。⑥ 喧啾（jiū）：喧闹嘈杂。⑦ 跻（jī）攀：攀登。⑧ 未省（xǐng）：不懂得。⑨ 遽（jù）：急忙。⑩ 滂滂：流泪的样子。

卢郎中云夫寄示送盘谷子诗两章歌以和之

昔寻李愿①向盘谷，正见高崖巨壁争开张。
是时新晴天井②溢，谁把长剑倚太行。
冲风吹破落天外，飞雨白日洒洛阳〔一〕。
东蹈燕川食旷野，有馈木蕨牙满筐。
马头溪③深不可厉④，借车载过水入箱。
平沙绿浪榜⑤方口，雁鸭飞起穿垂杨。
穷探极览颇恣横，物外日月本不忙〔二〕。
归来辛苦欲谁为，坐令再往之计堕眇芒。
闭门长安三日雪，推书扑笔歌慨慷。
旁无壮士遣属和，远忆卢老诗颠狂。
开缄忽睹送归作，字向纸上皆轩昂。

又知李侯竟不顾,方冬独入崔嵬藏〔三〕。

我今进退几时决,十年蠢蠢随朝行。

家请官供不报答,无异雀鼠偷太仓。

行抽手版付丞相,不待弹劾还耕桑〔四〕。

〔一〕天井关之水被风吹洒洛阳,语则诞而情则奇。 〔二〕以上叙昔至盘谷访李愿事。 〔三〕已上叙卢寄示诗篇,知李已入山矣。 〔四〕已上叙已将归耕。

① 李愿:陇西人,唐朝隐士,是韩愈的好友,自号"盘谷子"。② 天井:即天井关,又名雄定关,为晋豫边境雄关,在今山西晋城。③ 马头溪:溪名。④ 深不可厉:溪水很深,不可涉过。⑤ 榜:划船。

月蚀诗效玉川子作

元和庚寅斗插子①,月十四日三更中。

森森万木夜僵立,寒气屭奰②顽无风。

月形如白盘,完完上天东。

忽然有物来噉③之,不知是何虫。

如何至神物,遭此狼狈凶。

星如撒沙出,攒集争强雄。

油灯不照席,是夕吐焰如长虹。

玉川子,涕泗下,中庭独行。

念此日月者,为天之眼睛。

此犹不自保,吾道何由行。

尝闻古老言,疑是虾蟆精。

径圆千里纳女腹，何处养女百丑形。

杷沙脚手钝，谁使女解缘青冥。

黄帝有四目，帝舜重其明。

今天只两目，何故许食使偏盲。

尧呼大水浸十日，不惜万国赤子鱼头生。

女于此时若食日，虽食八九无嚵④名。

赤龙黑鸟烧口热，翎鬣倒侧相搪撑⑤。

婪酣大肚遭一饱，饥肠彻死无由鸣。

后时食月罪当死，天罗磕匝何处逃汝形。

玉川子立于庭而言曰：地行贱臣全，再拜敢告上天公。

臣有一寸刃，可刳凶蟆肠。

无梯可上天，天阶无由有臣踪。

寄笺东南风，天门西北祈风通。

丁宁附耳莫漏泄，薄命正值飞廉⑥慵。

东方青色龙，牙角何呀呀。

从官百余座，嚼啜烦官家。

月蚀汝不知，安用为龙窟天河。

赤乌司南方，尾秃翅齉沙。

月蚀于汝头，汝口开呀呀。

虾蟆掠汝两吻过，忍学省事不以汝觜啄虾蟆。

於菟⑦蹲于西，旗旄卫毸毢。

既从白帝祠，又食于蜡⑧礼有加。

忍令月被恶物食，枉于汝口插齿牙。

乌龟怯奸，怕寒缩颈，以壳自遮，

终令夸娥⑨抉汝出，卜师烧锥钻灼满板如星罗。

此外内外官，琐细不足科。

臣请悉扫除，慎勿许语令啾哗。

并光全耀归我月,盲眼镜净无纤瑕。
弊蛙拘送主府官,帝箸下腹尝其膰。
依前使兔操杵臼,玉阶桂树闲婆娑。
嫦娥还宫室,太阳有室家。
天虽高,耳属地。感臣赤心,使臣知意。
虽无明言,潜喻厥旨。有气有形,皆吾赤子。
虽忿大伤,忍杀孩稚。还女月明,安行于次。
尽释众罪,以蛙磔⑩死。

① 斗插子:农历十一月。② 赑屃(xì bì):强盛而有力的样子。③ 啖(dàn):吃。④ 嚵(chán):馋。⑤ 搪撑:拄撑,填塞。⑥ 飞廉:传说中的风神。⑦ 於菟:虎。⑧ 蜡:即蜡祭,古时在新旧交接的岁末十二月举行的一种祭祀。⑨ 夸娥:又作夸蛾,传说中的大力神。⑩ 磔(zhé):分裂肢体。

射训狐①

有鸟夜飞名训狐,矜凶挟狡夸自呼。
乘时阴黑止我屋,声势慷慨非常粗。
安然大唤谁畏忌,造作百怪非无须。
聚鬼征妖自朋扇,摆掉栱桷②颓堲涂③。
慈母抱儿怕入席,那暇更护鸡窠雏。
我念乾坤德泰大,卵此恶物常勤劬④。
纵之岂即遽有害,斗柄行拄西南隅。
谁谓停奸计尤剧,意欲唐突⑤羲和乌〔一〕。
侵更历漏气弥厉,何由侥倖休须臾。

咨余往射岂得已,候女两眼张睢盱⑥。
枭惊堕梁蛇走窦⑦,一夫斩颈群雏枯。
〔一〕斗柄拄西南,谓天将明也;唐突羲和乌,谓侵陵主上也。

① 训狐:鸮的别名,俗称猫头鹰。② 棋桷(jué):古代建筑中的一种木质构件。桷,方形的椽子。③ 墍(jì)涂:用来涂抹屋子的泥巴。④ 勤劬(qú):辛勤,劳苦。⑤ 唐突:冒犯。⑥ 睢盱(suī xū):睁眼仰视的样子。⑦ 窦:洞穴。

短灯檠①歌

长檠八尺空自长,短檠二尺便且光。
黄帘绿幕朱户闭,风露气入秋堂凉。
裁衣寄远泪眼暗,搔头②频挑移近床。
太学儒生东鲁客,二十辞家来射策③。
夜书细字缀语言,两目眵昏④头雪白。
此时提携当案前,看书到晓那能眠。
一朝富贵还自恣,长檠高张照珠翠。
吁嗟世事无不然,墙角君看短檠弃。

① 檠(qíng):灯架。② 搔头:即发簪。③ 射策:汉代的一种取士方式。④ 眵(chī)昏:目塞眼花。眵:眼睑为泌出的黄色液体,俗称眼屎。

华山女

街东街西讲佛经,撞钟吹螺闹宫庭。
广张罪福资诱胁,听众狎恰①排浮萍。
黄衣道士亦讲说,座下寥落如明星。
华山女儿家奉道,欲驱异教归仙灵。
洗妆拭面着冠帔②,白咽红颊长眉青。
遂来升座讲真诀,观门不许人开扃③。
不知谁人暗相报,竘然振动如雷霆。
扫除众寺人迹绝,骅骝④塞路连辎軿⑤。
观中人满坐观外,后至无地无由听。
抽钗脱钏解环佩,堆金叠玉光青荧。
天门贵人传诏召,六宫愿识师颜形。
玉皇颔首许归去,乘龙驾鹤来青冥。
豪家少年岂知道,来绕百匝脚不停。
云窗雾阁事恍惚,重重翠幔深金屏。
仙梯难攀俗缘重,浪⑥凭青鸟通丁宁。

① 狎(xiá)恰:密集、拥挤的样子。② 帔:古代女子的披肩。③ 开扃(jiōng):开门。④ 骅骝(huá liú):周穆王八骏之一,常用泛指良马。⑤ 辎軿(zī píng):古代一种有帷幔的车,多供贵族妇女乘坐。⑥ 浪:徒,空。

雪后寄崔二十六丞公〔一〕

蓝田①十月雪塞关,我与南望愁群山。
攒天②嵬嵬冻相映,君乃寄命于其间。

秩卑俸薄食口众,岂有酒食开容颜。
殿前群公赐食罢,骅骝蹋路骄且闲。
称多量少鉴裁密,岂念幽桂遗榛菅③。
几欲犯严出荐口,气象硉兀④未可攀。
归来殒涕掩关卧,心之纷乱谁能删?
诗翁憔悴钃荒棘,清玉刻佩联玦环。
脑脂遮眼卧壮士,大弨⑤挂壁无由弯。
乾坤惠施万物遂,独于数子怀偏悭。
朝欷暮嗟⑥不可解,我心安得如石顽。

〔一〕崔二十六,斯立也。斯立是时为蓝田县丞。其曰"蓝田十月",元和十年十月也。孟郊已死,张籍病眼,故有"诗翁""壮士"之句,有怀立之且念朋友之不振也。

① 蓝关:地名,在蓝田县南。② 攒天:丛立天际。③ 榛菅:丛生的茅草。④ 硉(lù)兀:高兀的样子。⑤ 弨(chāo):松弛的弓箭。⑥ 朝欷(xī)暮嗟(jiè):成天欷歔叹息。

送僧澄观[一]①

浮屠西来何施为,扰扰四海争奔驰。
构楼架阁切星汉,夸雄斗丽止者谁。
僧伽后出淮泗上,势到众佛尤恢奇。
越商胡贾脱身罪,珪璧满船宁计资。
清淮无波平如席,栏柱倾扶半天赤。
火烧水转扫地空,突兀便高三百尺。
影沉潭底龙惊遁,当昼无云跨虚碧。

借问经营本何人，道人澄观名籍籍。
愈昔从军大梁下，往来满屋贤豪者。
皆言澄观虽僧徒，公才吏用当今无。
后从徐州辟书至，纷纷过客何由记。
人言澄观乃诗人，一座竞吟诗句新。
向风长叹不可见，我欲收敛加冠巾。
洛阳穷秋厌穷独，丁丁②啄门疑啄木。
有僧来访呼使前，伏犀③插脑高颧权。
惜哉已老无所及，坐睨神骨空潸然④。
临淮太守初到郡，远遣州民送音问。
好奇赏俊直难逢，去去为致思从容。

〔一〕澄观建僧伽塔于泗州，诗语详之。公贞元十六年秋在洛阳作。

① 澄观：即澄观法师（738—838），唐代高僧。② 丁丁：拟声词，敲门声。③ 伏犀：指人前额至发际骨骼隆起，古人以"伏犀"为显贵之相。④ 潸然：泪流的样子。

奉酬卢给事云夫四兄曲江荷花行见寄，并呈上钱七兄阁老、张十八助教〔一〕

曲江千顷秋波净，平铺红云盖明镜。
大明宫①中给事归，走马来看立不正。
遗我明珠九十六，寒光映骨睡骊目。
我今官闲得婆娑，问言何处芙蓉多。
撑舟昆明度云锦，脚敲两舷叫吴歌。

太白②山高三百里，负雪崔嵬插花里。
玉山前却不复来，曲江汀滢水平杯。
我时相思不觉一回首，天门九扇相当开。
上界真人足官府，岂如散仙③鞭笞鸾凤终日相追陪。

〔一〕卢四名汀，字云夫；钱七名徽，字蔚草；张十八，即籍也。

① 大明宫：唐廷正宫，位于长安（今陕西西安）北侧的龙首原。② 太白：山名，位于秦岭山脉，在今陕西太白、眉县、周至三县。③ 散仙：道教中未被授予官爵的神仙，这里指自己和张籍。

记梦

夜梦神官与我言，罗缕道妙角与根。
挈携①陂维②口澜翻，百二十刻须臾间。
我听其言未云足，舍我先度横山腹。
我徒三人共追之，一人前度安不危。
我亦平行蹋䃮䃡③，神完骨蹻④脚不掉。
侧身上视溪谷盲，杖撞玉版声彭䩹⑤。
神官见我开颜笑，前对一人壮非少。
石坛坡陀⑥可坐卧，我手承颏⑦肘挂座。
隆楼杰阁磊嵬高，天风飘飘吹我过。
壮非少者哦七言，六字常语一字难。
我以指撮白玉丹，行且咀噍⑧行诘盘。
口前截断第二句，绰虐顾我颜不欢。
乃知仙人未贤圣，护短凭愚邀我敬。

我能屈曲自世间，安能从女巢神山。

①挈携：提携，携带。②陬（zōu）维：边隅，角隅。③秫䫉（qiào nào）：不安的样子。④骨骹：身躯壮健。⑤彭觥：即杖撞玉版的声音，象声词。⑥坡陀：山势起伏不平的样子。⑦颏：下巴。⑧咀噍（jiào）：咀嚼。

白香山七古上

五十首

新乐府[一]

序曰：凡九千二百五十二言，断为五十篇，篇无定句，句无定字，系于意，不系于文。首句标其目，卒句显其志，《诗》三百之意也。其辞质而径，欲见之者易谕也；其言直而切，欲闻之者深诫也；其事覈而实，使采之者传信[二]也；其体顺而肆，可以播于乐章歌曲也。总而言之，为君为臣为民为物为事而作，不为文而作也。

〔一〕并序。○元和四年为左拾遗时作。　〔二〕传信：一作有征。

七德舞

美拨乱陈王业也[一]。
七德舞，七德歌，传自武德至元和。
元和小臣白居易，观舞听歌知乐意，乐终稽首陈其事：
太宗十八举义兵，白旄黄钺定两京，擒充戮窦①四海清。
二十有四功业成，二十有九即帝位，
三十有五致太平，功成理定何神速，
速在推心置人腹，亡卒遗骸散帛收[二]，饥人卖子分金赎[三]。
魏徵梦见天子泣[四]，张谨哀闻辰日哭[五]，
怨女三千放出宫[六]，死囚四百来归狱[七]。
剪须烧药赐功臣②，李勣呜咽思杀身[八]。
含血吮疮抚战士，思摩奋呼乞效死[九]。

不独善战善乘时[十]，以心感人人心归。

尔来一百九十载，天下至今歌舞之。

歌七德，舞七德，圣人有作垂无极。

岂徒耀神武，岂徒夸圣文。

太宗意在陈王业，王业艰难示子孙。

〔一〕武德中，天子始作《秦王破阵乐》，以歌太宗之功业。贞观初，太宗重制《破阵乐舞图》，诏魏徵、虞世南等为之歌词，名《七德舞》。自龙朔已后，诏郊庙奏之。　〔二〕贞观初，诏收天下阵死骸骨，致祭而瘞埋之，寻又散帛以求之也。　〔三〕贞观五年大饥，人有鬻男女者。诏出御府金帛尽赎之，还其父母。〔四〕天子：一作子夜。魏徵疾亟，太宗梦与徵别，既寤，流涕。是夕徵卒。故御制碑文云："昔殷宗得良弼于梦中，今朕失贤臣于觉后。"　〔五〕张公谨卒，太宗为之举哀，有司奏曰在辰，阴阳所忌，不可哭。上曰："君臣义重，父子之情也。情发于中，安知辰日！"遂哭之恸。　〔六〕太宗常谓侍臣曰："妇人幽闭深宫，情实可愍，今将出之，任求伉俪。"于是令左丞戴胄、给事中杜正伦于西门拣多人放归。　〔七〕贞观六年，亲录囚徒死罪者三百九十人，放出归家，令明年秋来就刑，应期毕至，诏悉原之。　〔八〕李勣尝疾，医云：得龙须烧灰，方可疗之。太宗自剪须，烧灰赐之，服讫而愈。勣叩头泣涕而谢。　〔九〕李思摩尝中弩，太宗亲为吮血。　〔十〕不独：一作则知不独。

① 擒充戮窦：擒拿王世充，诛杀窦建德。② "剪须"句：唐太宗自剪须，为大将李勣和药。见《旧唐书·李勣传》。

法曲①

美列圣正华声也[一]。

法曲法曲歌大定，积德重熙有余庆。

永徽之人舞而咏〔二〕，法曲法曲舞霓裳。
政和世理音洋洋，开元之人乐且康〔三〕。
法曲法曲歌堂堂，堂堂之庆垂无疆。
中宗肃宗复鸿业，唐祚中兴万万叶〔四〕。
法曲法曲杂〔五〕夷歌，夷声邪乱华声和。
以乱干和天宝末，明年胡尘犯宫阙〔六〕。
乃知法曲本华风，苟能审音与政通。
一从胡曲相参错，不辨兴衰与哀乐。
愿求牙旷②正华音，不令夷夏相交侵。

〔一〕玄宗杂彝舞歌，不能无所刺焉。　〔二〕永徽之时，有贞观遗风，故高宗制《一戎大定》乐曲。　〔三〕《霓裳羽衣曲》起于开元，盛于天宝也。　〔四〕永隆元年，太常寺李嗣贞善审音律，能知兴衰，云近者乐府有《堂堂》之曲，再言之者，唐祚再兴之兆也。　〔五〕杂：一作合。　〔六〕法曲虽似失雅音，盖诸夏之声也，故历朝行焉。玄宗虽雅好度曲，然未尝使蕃汉杂奏。天宝十三载，始诏诸道调法曲与胡部新声合作，识者深异之。明年冬，而安禄山反。

① 法曲：歌舞大曲，宫廷燕乐的一种。② 牙旷：即俞伯牙和师旷两位乐师。

二王后①

明祖宗之意也。
二王后，彼何人？
介公酅公为国宾②，周武隋文之子孙。
古人有言天下者，非是一人之天下。

周亡天下传于隋,隋人失之唐得之。
唐兴十叶③岁二百,介公酅公世为客。
明堂太庙朝享时,引居宾位备威仪。
备威仪,助郊祭,高祖太宗之遗制。
不独兴灭国,不独继绝世,
欲令嗣位守文君④,亡国子孙取为戒。

① 二王后:指隋封后周靖帝为介国公,唐封隋帝为酅(xī)国公,以为二王后。② 国宾:新王朝对旧王朝后代的尊称。③ 叶:世、代。④ 守文君:即守文之君,本谓遵循文王法度,后泛指遵循先王法度。

海漫漫

戒求仙也。
海漫漫,直下无底旁无边。
云涛烟浪最深处,人传中有三神山。
山上多生不死药,服之羽化为天仙。
秦皇汉武信此语,方士年年采药去。
蓬莱今古但闻名,烟水茫茫无觅处。
海漫漫,风浩浩,眼穿不见蓬莱岛。
不见蓬莱不敢归,童男丱女①舟中老。
徐福②文成③多诳诞,上元太一虚祈祷。
君看骊山顶上茂陵头,毕竟悲风吹蔓草。
何况玄元圣祖④五千言,不言药,不言仙,
不言白日升青天。

① 丱（guàn）女：此指童女。丱：指把头发束成两角的样子。② 徐福：秦始皇时的方士。③ 文成：汉武帝时的方士。④ 玄元圣祖：指老子。因姓李而被唐朝皇族攀认为始祖，称其为"大圣祖高上大道阙玄天皇大帝"。

立部伎

刺雅乐之替也〔一〕。
立部伎，鼓笛喧。双舞剑，跳七丸。
袅巨索，掉长竿，太常部伎有等级。
堂上者坐堂下立，堂上坐部声歌清。
堂下立部鼓笛鸣。笙歌一曲〔二〕众侧耳，
鼓笛万曲无人听。立部贱，坐部贵。
坐部退为立部伎，击鼓吹笛和杂戏。
立部又退何所任，始就乐悬①操雅音。
雅音替坏一至此，长令尔辈调宫徵。
圆丘后土郊祀时，言将此乐感神祇。
欲望凤来百兽舞，何异北辕将适楚。
工师愚贱安足云，太常三卿尔何人。

〔一〕太常选坐部伎无性识者，退入立部伎；又选立部伎绝无性识者，退入雅乐部。则雅乐之声可知矣。　〔二〕曲：一作声。

① 乐悬：古时常将钟磬类乐器悬挂起来演奏，指悬挂乐器的架子。

华原磬

刺乐工非其人也〔一〕。

华原磬，华原磬，古人不听今人听。
泗滨石，泗滨石，今人不击古人击。
今人古人何不同，用之舍之由乐工。
乐工虽在耳如壁，不分清浊即为聋。
梨园弟子调律吕①，知有新声不如古。
古称浮磬出泗滨，立辩致死声感人。
宫悬一听华原石，君心遂亡封疆臣。
果然胡寇从燕起，武臣少肯封疆死。
始知乐与时政通，岂听铿锵而已矣。
磬襄入海去不归，长安市儿为乐师。
华原磬与泗滨石，清浊两音谁得知。

〔一〕天宝中，始废泗滨磬，用华原石代之。询之磬人，则曰：故老云，泗滨石下调之不能和，得华原石考之乃和，由是不改。

① 律吕：古代校正乐律时使用的器具。

上阳〔一〕人

愍怨旷①也〔二〕。

上阳人，上阳人，红颜暗老白发新。
绿衣监使守宫门，一闭上阳多少春。
玄宗末岁初选入，入时十六今六十。

同时采择百余人，零落年深残此身。
忆昔吞悲别亲族，扶入车中不教哭。
皆云入内便承恩，脸似芙蓉胸似玉。
未容君王得见面，已被杨妃遥侧目。
妒令潜配上阳宫，一生遂向空房宿。
宿空房[三]，秋夜长，夜长无寐天不明。
耿耿残灯背壁影，萧萧暗雨打窗声。
春日迟，日迟独坐天难暮。
宫莺百转愁厌闻，梁燕双栖老休妒。
莺归夜去长悄然，春往秋来不记年。
唯向深宫望明月，东西四五百回圆。
今日宫中年最老，大家②遥赐尚书号。
小头鞋履窄衣裳，青黛点眉眉细长。
外人不见见应笑，天宝末年时世[四]妆。
上阳人，苦最多。
少亦苦，老亦苦，少苦老苦两如何。
君不见昔时吕尚③美人赋[五]，
又不见今日上阳宫人白发歌。

〔一〕一本有白发二字。　〔二〕天宝五载已后，杨贵妃专宠，后宫人无复进幸矣。六宫有美色也，辄置别所。上阳是其一也，贞元中尚存焉。　〔三〕房：旧本皆作床。　〔四〕世：一作样。　〔五〕天宝末，有密采艳色者，当时号"花鸟使"，吕尚献《美人赋》以讽之。

① 怨旷：长期别离。② 大家：宫中近臣或后妃对皇帝的称呼。③ 吕尚：吕尚当作吕向。唐玄宗岁遣使采择天下姝好，内之后宫，号"花鸟使"。向因奏《美人赋》以讽，帝善之，擢左拾遗。

胡旋①女

戒近习也〔一〕。

胡旋女，胡旋女，心应弦，手应鼓。

弦歌一声双袖举，回雪飘飖〔二〕转蓬舞。

左旋右转不知疲，千匝万周无已时。

人间物类无可比，奔车轮缓旋风迟。

曲终再拜谢天子，天子为之微启齿。

胡旋女，出康居②，徒劳东来万里余。

中原自有胡旋者，斗妙争能尔不如。

天宝季年时欲变：

臣妾人人学圆转，中有太真外禄山。

二人最道能胡旋，梨花园中册作妃。

金鸡障下养为儿，禄山胡旋迷君眼。

兵过黄河疑未反，贵妃胡旋惑君心。

死弃马嵬念更深，从兹地轴天维转。

五十年来制不禁，胡旋女，

莫空舞，数唱此歌悟明主。

〔一〕天宝末，康居国献之。　〔二〕雪飘飖：一作风飘飖。

① 胡旋：胡旋舞，舞急转如风，唐代盛行的舞蹈之一，由西域传入中原。② 康居：即康居国，古西域三十六国之一。

折臂〔一〕翁

戒边功①也。

新丰老翁八十八，头鬓眉须皆似雪。

玄孙扶向店前行，左凭肩②右臂折〔二〕。

问翁臂折来几年，兼问致折何因缘。

翁云贯属新丰县，生逢圣代无征战。

惯听梨园歌管声〔三〕，不识旗枪与弓箭。

无何天宝大征兵，户有三丁点一丁。

点得驱将何处去，五月万里云南行。

闻道云南有泸水，椒花落时瘴烟起。

大军徒涉水如汤，未过〔四〕十人二三死。

村南村北哭声哀〔五〕，儿别耶娘夫别妻。

皆云前后征蛮者，千万人行无一回。

是时翁年二十四，兵部牒中有名字。

夜深不敢使人知，偷将〔六〕大石槌折臂。

张弓簸旗俱不堪，从兹使免征云南。

骨碎筋伤非不苦，且图拣退归乡土。

此臂折来六十年，一肢虽废一身全。

至今风雨阴寒夜，直到天明痛不眠。

痛不眠，终不悔，且喜老身今独在。

不然当时泸水头，身死魂孤骨不收。

应作云南望乡鬼，万人冢上哭呦呦〔七〕。

老人言，君听取。

君〔八〕不闻，开元宰相宋开府，不赏边功防黩武〔九〕。

又不闻，天宝宰相杨国忠，欲求恩幸立边功。

边功未立生民怨，请问新丰折臂翁〔十〕。

〔一〕一作新丰折臂。　〔二〕左：一作右。右：一作左。　〔三〕一作唯听骊宫歌吹声。　〔四〕过：一作战。　〔五〕哀：一作悲。　〔六〕偷将：一作自把。　〔七〕云南有万人冢，即鲜于仲通、李密曾覆军之所，今冢犹存。　〔八〕君：一作何。　〔九〕开元初，突厥数犯边，时天武军牙将郝灵筌出使，因引特勒回鹘部落，斩突厥默啜，献首于阙下，自谓有不世之功。时宋璟为相，以天子年少好武，恐徼功者生心，痛抑其党。逾年，始授郎将。灵筌遂痛哭呕血而死。　〔十〕天宝末，杨国忠为相，重构阁罗凤之役，募人讨之，前后发二十余万众，去无返者。又捉人连枷赴役，天下怨哭，人不聊生，故禄山得乘人心而盗天下。元和初，而折臂翁犹存，因备歌之。

　　① 边功：即边事，开疆拓土之义。② 凭肩：扶在肩上、搭在肩上。

太行路

　　借夫妇以讽君臣之不终也。
　　太行之路能摧车，若比君心〔一〕是坦途。
　　巫峡之水能覆舟，若比君心是安流。
　　君心好恶苦不常，好生毛羽恶生疮。
　　与君结发①未五载，岂期牛女为参商②。
　　古称色衰相弃背，当时美人犹怨悔。
　　何况如今鸾镜中，妾颜未改君心改。
　　为君薰衣裳，君闻兰麝不馨香。
　　为君盛容饰，君看珠翠无颜色。
　　行路难，难重陈。
　　人生莫作妇人身，百年苦乐由他人。
　　行路难，难于山，险于水。
　　不独人家夫与妻，近代君臣亦如此。
　　君不见，左纳言，右纳史，朝承恩，暮赐死。
　　行路难，不在水，不在山，只在人情反覆间。

〔一〕君心：一作人心。下同。

① 结发：成婚。② 参商：即参星与商星，参宿在西，商宿在东，二者此出彼没，永不相见。

司天台①

引古以儆今也。
司天台，仰观俯察天人际。
羲和死来职事废，官不求贤空取艺。
昔闻西汉元成②间，下陵上替③谪见天。
北辰微暗少光色，四星煌煌如火赤。
耀芒动角射三台，上台半灭中台坼。
是时非无太史官，眼见心知不敢言。
明朝趋入明光殿，唯奏庆云寿星④见。
天文时变两如斯，九重天子不得知，安用台高百尺为。

① 司天台：唐代负责天文历法相关事务的机构。② 元成：即汉元帝和汉成帝。③ 下陵上替：即上下失序，在下位者凌驾于上，在上位者无所作为。④ 庆云寿星：象征祥瑞的天象。

捕蝗

刺长吏也。
捕蝗捕蝗谁家子，天热日长饥欲死。

兴元兵久〔一〕伤阴阳，和气蛊蠹化为蝗。

始至两河及三辅，荐食如蚕飞似雨。

雨飞蚕食千里间，不见青苗空赤土。

河南长吏言忧农，课人昼夜捕蝗虫。

是时粟斗钱三百，蝗虫之价与粟同。

捕蝗捕蝗竟何利，徒使饥民重劳费。

一蝗虽死百蝗来，岂将人力竞天灾。

我闻古之良吏有善政，以政驱蝗蝗出境。

又闻贞观之初道欲昌，文皇仰天吞一蝗。

一人有庆兆民赖，是岁虽蝗不为害〔二〕。

〔一〕久：一作革。 〔二〕贞观二年，太宗吞蝗虫，事具《贞观实录》。

昆明①春

思王泽之广被也〔一〕。

昆明春，昆明春，春池岸古春流新。

影浸南山青滉漾，波沉西日红奫沦。

往年因旱灵池竭，龟尾曳涂鱼煦沫。

诏开八水注恩波，千介万鳞②同日活。

今来净渌水照天，游鱼鲅鲅③莲田田。

洲香杜若抽心短，沙暖鸳鸯铺翅眠。

动植飞沉性皆遂，皇泽如春无不被。

渔者仍丰网罟资，贫人又获菰蒲利。

诏以昆明近帝城，官家不得收其征。

菰蒲无租鱼无税,近水之人感君惠。

感君惠,独何人?

吾闻率土皆王民,远民何疏近何亲。

愿推此惠及天下,无远无近同〔二〕欣欣。

吴兴山中罢榷茗④,鄱阳坑里休税银。

天涯地角无禁利,熙熙同似昆明春。

〔一〕贞元中始涨之。　〔二〕同:一作皆。

① 昆明:即昆明池,位于陕西西安,原址为西周"灵沼"所在地,始建于汉武帝元狩三年(前120)。唐代曾数次疏浚水池。② 千介万鳞:各类水生生物。③ 鲅(bà)鲅:鱼跳跃的样子。④ 榷茗:茶税。

城盐州

美圣谟①而诮边将也〔一〕。

城盐州,城盐州,城在五原原上头。

蕃东节度钵阐布②,忽见新城当要路。

金乌飞传赞普③闻,建牙传箭集群臣。

君臣赧面④有忧色,皆言勿谓唐无人。

自筑盐州十余载,左衽⑤毡裘不犯塞。

昼牧牛羊夜捉生,长去新城百里外。

诸边急警劳戍人,唯此一道无烟尘。

灵夏⑥潜安谁复辩,秦原暗通何处见。

鄜州驿路好马来,长安药肆黄蓍⑦贱。

城盐州,盐州未城天子忧。

德宗按图自定计,非关将略与庙谋。
吾闻高宗中宗世,北虏猖狂最难制。
韩公创筑受降城⑧,三城鼎峙屯汉兵。
东西亘绝数千里,耳冷不闻胡马声。
如今边将非无策,心笑韩公筑城壁。
相看养寇为身谋,各握强兵固恩泽。
愿分今日边将恩,褒赠韩公封子孙。
谁能将此盐州曲,翻作歌词闻至尊。

〔一〕贞元壬申岁,特诏城之。

① 圣谟:圣人治理天下的宏图大略。② 钵阐布:唐代吐蕃政权执政高僧的译称,意为"吐蕃宰相沙门",又称钵掣逋。③ 赞普:吐蕃君长。④ 赭面:吐蕃有以赭涂面的习俗。⑤ 左衽:衣襟左掩。这里指代吐蕃人。⑥ 灵夏:灵武和银夏,均为地名,在今宁夏银川一带。⑦ 黄耆(shī):即黄芪,中药名称。⑧ "韩公"句:指张仁愿修筑三座受降城之事。韩公,即张仁愿(?—714),原名仁亶,华州下邽(今陕西渭南)人,封韩国公。

道州民

美贤臣遇明主也。

道州民,多侏儒,长者不过三尺余。
市作矮奴年进奉,号为道州任土贡。
任土贡,宁若斯?
不闻使人生别离,老翁哭孙母哭儿。
一自阳城①来守郡,不进矮奴频诏问。
城云臣按六典书,任土贡有不贡无。

道州水土所生者，只有矮民无矮奴。
吾君感悟玺书②下，岁贡矮奴宜悉罢。
道州民，老者幼者何欣欣。
父兄子弟始相保，从此得作良人身。
道州民，民到于今受其赐，欲说使君先下泪。
仍恐儿孙忘使君，生男多以阳为字。

① 阳城（736—805）：字亢宗，定州北平（今河北满城）人，唐代大臣。见《旧唐书·阳城传》。② 玺书：诏书。

驯犀①

感为政之难终也〔一〕。
驯犀驯犀通天犀，躯貌骇人角骇鸡。
海蛮闻有明天子，驱犀乘传②来万里。
一朝得谒大明宫，欢呼拜舞自论功。
五年驯养始堪献，六译语言方得通。
上嘉人兽俱来远，蛮馆四方犀入苑。
秣③以瑶苣④锁以金，故乡迢递君门深。
海鸟不知钟鼓乐，池鱼空结江湖心。
驯犀生处南方热，秋无白露冬无雪。
一入上林三四年，又逢今岁苦寒月。
饮冰卧霰⑤苦踡跼⑥，角骨冻伤鳞甲缩〔二〕。
驯犀死，蛮儿啼，向阙再拜颜色低。
奏乞生归本国去，恐身冻死似驯犀。

君不见，建中初，驯象生还放林邑〔三〕。

君不见，贞元末，驯犀冻死蛮儿泣。

所嗟建中异贞元，象生犀死何足言。

〔一〕贞元丙戌岁，南海进驯犀，诏纳苑中；至十三年冬，大寒，驯犀死矣。按李绅传作贞元丙子，且贞元至甲申、己酉而止，无丙戌年，此注当属传写之误也。　〔二〕犀有回纹毛如鳞身，项有肉甲。　〔三〕建中元年，诏尽出苑中驯象，放归南方。

① 驯犀：即驯犀牛。② 乘传：乘坐驿车。③ 秣：喂养牲畜，这里指喂养犀牛。④ 瑶刍：极其珍贵的饲料。⑤ 霰（xiàn）：小冰粒。⑥ 踡跼（quán jú）：屈曲不能伸直，形容生活受到拘束。

五弦弹①

恶郑之夺雅也②。

五弦弹，五弦弹，听者倾耳心寥寥。

赵璧③知君入骨爱，五弦一一为君调。

第一第二弦索索，秋风拂松疏韵落。

第三第四弦泠泠，夜鹤忆子笼中鸣。

第五弦声最掩抑，陇水冻咽流不得。

五弦并奏君试听，凄凄切切复铮铮。

铁击珊瑚一两曲，冰写玉盘千万声。

铁声杀，冰声寒〔一〕。

杀身入耳肤血惨，寒气中人肌骨酸。

曲终声尽欲半日，四座相对愁无言。

座中有一远方士，唧唧咨咨声不已。

自叹今朝初得闻，始知孤负④平生耳。

唯忧赵璧白发生,老死人间无此声。

远方士,耳^[二]听五弦信为美,吾闻正始之音不如是。

正始之音其若何,朱弦疏越清庙歌。

一弹一唱再三叹,曲淡节稀声不多。

融融曳曳召元气,听之不觉心平和。

人情重今多贱古,古琴有弦人不抚。

更从赵璧艺成来,二十五弦不如五。

〔一〕今本遗此六字,不联贯矣。　〔二〕耳:一作尔。

① 五弦弹:即五弦琴。② 恶郑之夺雅也:郑,即郑声,先秦时期流行于郑、卫地区的民间音乐。在传统儒家的思想中,"郑声"是靡靡之音。雅,雅乐,朝廷正乐,为儒家所推崇。③ 赵璧:人名,琴师。④ 孤负:辜负。

蛮子朝

刺将骄而相备位也^[一]。

蛮子朝,泛皮船兮渡绳桥,来自巂州道路遥。

入界先经蜀川^[二]过,蜀将收功先表贺。

臣闻云南六诏蛮①,东连牂牁西接蕃。

六诏星居初琐碎,合为一诏渐强大。

开元皇帝虽圣神,唯蛮倔强不来宾②。

鲜于仲通六万卒,征蛮一阵全军没。

至今西洱河岸边,箭孔刀痕满枯骨^[三]。

谁知今日慕华风,不劳一人蛮自通。

诚由陛下休明德,亦赖微臣诱谕功。

德宗省表知如此，笑令中使迎蛮子。

蛮子道从者谁何，摩挲俗羽双隈伽③。

清平官持赤藤杖，大将军系金呿嗟[四]。

异牟寻④男寻阁劝⑤，特敕召对延英殿。

上心贵在怀远蛮，引临玉座近天颜。

冕旒不垂亲劳徕⑥，赐衣赐食移时⑦对。

移时对，不可得，大臣相看有羡色。

可怜宰相拖紫佩金章，朝日唯闻对一刻。

〔一〕贞元末，蜀中始通蛮酋。　〔二〕川：一作道。　〔三〕天宝十三载，鲜于仲通统兵六万，讨云南王阁罗凤于西洱河，全军覆殁。　〔四〕皮带也。

① 云南六诏蛮：隋末唐初，云南一带有六个实力较强的小国，被称为六诏。② 宾：宾服，臣服。③ 隈伽：拱璧。④ 异牟寻（754—808）：阁罗凤之孙，凤伽异之子，南诏第六代国王。⑤ 寻阁劝（778—809）：又名寻梦凑、新觉劝，异牟寻之子，南诏第七代国王。⑥ 劳徕：慰问、劝勉前来的人。⑦ 移时：过了很久。

骠国①乐

欲王化之先迩后远也〔一〕。

骠国乐，骠国乐，出自大海西南角。

雍羌之子舒难陀，来献南音奉正朔。

德宗立仗②御紫庭，鞉纥③不塞为尔听。

玉螺一吹椎髻耸，铜鼓一击文身踊。

珠缨炫转星宿摇，花鬘抖擞龙蛇动。

曲终王子启圣人，臣父愿为唐外臣。

左右欢呼何翕习④,至尊德广之所及。
须臾百辟诣阁门,俯伏拜表贺至尊。
伏见骠人献新乐,请书国史传子孙。
时有击壤老农父,暗测君心闲独语。
闻君政化甚圣明,欲感人心致太平。
感人在近不在远,太平由实非由声。
观身理国国可济,君如心兮民如体。
体生疾苦心惨凄,民得和平君恺悌。
贞元之民若未安,骠乐虽闻君不欢。
贞元之民苟无病,骠乐不来君亦圣。
骠乐骠乐徒喧喧,不如闻此刍荛言⑤。

〔一〕贞元十七年来献之。

① 骠国:七至九世纪,缅甸骠人在伊洛瓦底江流域建立的古国,位于今天的缅北一带。② 立杖:设置仪仗。③ 鞋纩(tǒu kuàng):黄绵所制的小球,悬于冠冕,垂两耳旁。④ 翕习:欢欣、热闹。⑤ 刍荛言:刍荛指割草采薪。出自《诗经·大雅·板》。后世常以"刍荛言"为谦辞。

缚戎人

达穷民之情也〔一〕。
缚戎人,缚戎人,耳穿面破驱入秦。
天子矜怜不忍杀,诏徙东南吴与越。
黄衣小使录姓名,领出长安乘递①行。
身被金疮面多瘠,扶病徒行日一驿。

朝飧饥渴费杯盘，夜卧腥臊污床席。
忽逢江水忆交河，垂手齐声〔二〕呜咽歌。
其中一虏语诸虏，尔苦非多我苦多。
同伴行人因借问，欲说喉中气愤愤。
自云乡管〔三〕本凉原，大历年中没落蕃②。
一落蕃中四十载，身〔四〕著皮裘系毛带。
唯许正朝〔五〕服汉仪③，敛衣整巾潜〔六〕泪垂。
誓心密定归乡计，不使蕃中妻子知〔七〕。
暗思幸有残筋骨〔八〕，更恐年衰归不得。
蕃侯严兵鸟不飞，脱身冒死奔逃归。
昼伏宵行经大漠，云阴月黑风沙恶。
惊藏青冢寒草疏，偷度黄河夜冰薄。
忽闻汉军鼙鼓④声，路旁走出再拜迎。
游骑不听能汉语，将军遂缚作蕃生。
配向江南卑湿地，定无存恤空防备。
念此吞生仰诉天，若为辛苦度残年。
凉原乡井不得见，胡地妻儿虚弃捐。
没蕃被囚思汉土，归汉被劫为蕃虏。
早知如此悔归来，两地宁如一处苦。
缚戎人，戎人之中我苦辛。
自古此冤应未有，汉心汉语吐蕃身。

〔一〕元云：近制，西边每擒蕃囚，例皆传置南方，不加剿戮。　〔二〕声：一作唱。　〔三〕管：一作贯。　〔四〕身：一作遣。　〔五〕朝：一作朔。　〔六〕潜：一作双。　〔七〕有李如暹者，蓬子将军之子也，尝没蕃中。自云：蕃法，惟正岁一日，许唐人之没蕃者服唐衣冠。由是悲不自胜，遂密定归计也。
〔八〕骨：一作力。

①乘递：乘坐驿车。②没落蕃：没入吐蕃，即为吐蕃所占领。③"唯许"句：每年只有正月一日被允许穿戴汉人衣冠。④鼙（pí）鼓：古代军队所用的鼓。

骊宫①高

美天子重惜人之财力也。
高高骊山上有宫，朱楼紫殿三四重。
迟迟兮春日，玉甃暖兮温泉溢。
嫋嫋兮秋风，山蝉鸣兮宫树红。
翠华不来兮岁月久，墙有衣兮瓦有松。
吾君在位已五载，何不一幸于〔一〕其中。
西去都门几多地，吾君不游有深意。
一人出兮不容易，六宫从兮百司备。
八十一车千万骑，朝有宴饫②暮有赐。
中人之产数百家，未足充君一日费。
吾君休己人不知，不自逸兮不自嬉。
吾君爱人人不识，不伤财兮不伤〔二〕力。
骊宫高兮高入云，君之来兮为一身，君之不来兮为〔三〕万人。

〔一〕于：一作乎。　〔二〕伤：一作夺。　〔三〕万人：一本有"千"字。

①骊宫：即骊山华清宫，位于陕西西安临潼，始建于唐初，唐玄宗执政以后大加修缮。②宴饫（yù）：宴饮。

百炼镜①

辨皇王鉴也。

百炼镜,溶范非常规,日辰置处灵且奇。
江心波上舟中铸,五月五日日午时②。
琼粉金膏磨莹已,化为一月秋潭水。
镜成将献蓬莱宫,扬州长吏手自封〔一〕。
人间臣妾不合照〔二〕,背有九五飞天龙。
人人呼为天子镜,我有一言闻太宗。
太宗常以人为镜,鉴古鉴今不鉴容。
四海安危居掌内,百王治乱③悬心中。
乃知天子别有镜,不是扬州百炼铜。

〔一〕一作钿函金匣锁几重。 〔二〕照:一作用。

① 百炼镜:多次锻炼而成的铜镜。②"五月"句:这里是形容制作镜子时需得天时之助。③ 百王治乱:即古今君王的治乱、兴衰之道。

青石

激忠烈也。

青石出自蓝田山,兼车运载来长安。
工人磨琢欲何用,石不能言我代言。
不愿作人家墓前神道碣①,坟土未干名已灭。
不愿作官家道旁德政碑②,不镌实录镌虚辞。
愿为段氏③颜氏④碑,雕镂太尉与太师。

刻此两片坚贞质，状彼二人忠烈姿。
义心如石屹不转，死节如石确不移。
如观奋击朱泚日⑤，似见叱呵希烈时⑥。
各于其上题名谥，一置高山一沉水。
陵谷虽迁碑独存，骨化为尘名不死。
长使不忠不烈臣，观碑改节慕为人。
慕为人，劝事君。

①神道碣：即神道碑，古人死后，在墓前树立的刻有死者事迹的碑石。②德政碑：古时为颂扬官吏政绩而立的碑石。③段氏：即段秀实（719—783），字成公，陇州汧阳（今陕西千阳）人，中唐名将，去世后获赠太尉，谥号"忠烈"。④颜氏：即颜真卿（709—784），字清臣，琅琊临沂（今山东临沂）人，唐朝名臣，善书法，去世后追赠司徒，谥号"文忠"。⑤"如观"句：朱泚（cǐ）（742—784），幽州昌平（今北京昌平）人，中唐将领。建中四年（783）泾原兵变，朱泚自立为帝，国号大秦，并杀害段秀实。⑥"似见"句：建中三年（782），李希烈联合王武俊、李纳、田悦、朱滔等人叛唐，杀害颜真卿。希烈，即李希烈（？—786），燕州辽西县（今北京顺义）人，中唐将领。

两朱阁①

刺佛寺寖多②也。

两朱阁，南北相对起。
借问何人家，贞元双帝子③。
帝子吹箫双得仙，五云飘飘飞上天。
第宅亭台不将去，化为佛寺在人间。

妆阁妓楼何寂静，柳似舞腰池似镜。
花落黄昏悄悄时，不闻鼓吹闻钟磬。
寺门敕榜金字书，尼院佛庭宽有余。
青苔明月多闲地，比屋齐民无处居。
忆昨平阳④宅初置，吞并平人几家地。
仙去双双作梵宫⑤，渐恐人家尽为寺。

① 朱阁：红色楼阁，此处指佛寺。② 寖（jìn）多：逐渐增多。③ 贞元双帝子：即贞穆、贞元两位公主，德宗皇帝爱女。④ 平阳：即平阳公主，汉武帝的姐姐，以豪侈著名。这里借指唐德宗的女儿。⑤ 梵宫：梵寺，佛寺。

西凉伎

刺封疆之臣①也。
西凉伎，假面胡人假狮子。
刻木为头丝作尾，金镀眼睛银帖齿。
奋迅毛衣摆双耳，如从流沙来万里。
紫髯深目两胡儿，鼓舞跳梁前致辞。
应似凉州未陷日，安西都护进来时。
须臾云得②新消息，安西路绝归不得。
泣向狮子涕双垂，凉州陷没知不知。
狮子回头向西望，哀吼一声观者悲。
贞元边将爱此曲，醉坐笑看看不足。
享〔一〕宾犒士宴监军，狮子胡儿长在目。
有一征夫年七十，见弄凉州低面泣。

泣罢敛手白将军，主忧臣辱昔所闻。
自从天宝兵戈起，犬戎日夜吞西鄙。
凉州陷来四十年，河陇侵将七千里。
平时安西万里疆，今日边防在凤翔。
缘边空屯十万卒，饱食温衣闲过日。
遗民肠断在凉州，将卒相看无意收。
天子每思常痛惜，将军欲说合惭羞。
奈何仍看西凉伎，取笑资欢无所愧。
纵无智力未能收，忍取西凉弄为戏。

〔一〕享：一作娱。

① 封疆之臣：专制一方的大臣，在唐代主要指节度使。② 云得：听闻。

八骏图

诚奇物、惩佚游①也。

穆王八骏天马驹，后人爱之写为图。
背如龙兮颈如象〔一〕，骨竦筋高脂肉壮〔二〕。
日行万里疾如飞，穆王独乘何所之。
四荒八极②踏欲遍，三十二蹄无歇时。
属车轴折趁不及，黄屋草生弃若遗。
瑶池西赴王母宴，七庙经年不亲荐。
璧台南与盛姬游，明堂不复朝诸侯。
白云③黄竹〔三〕④歌声动，一人荒乐万人愁。
周从后稷至文武，积德累功世勤苦。

岂知才及五代孙,心轻王业如灰土。
由来尤物不在大,能荡君心即为害。
文帝却之不肯乘,千里马去汉道兴。
穆王得之不为戒,八骏驹来周室坏⑤。
至今此物世称珍,不知房星之精下为怪。
八骏图,君莫爱。

〔一〕象:一作鸟。　　〔二〕壮:一作少。　　〔三〕王母瑶池宴穆天子所歌之曲也。

① 佚游:放纵而无节制的游玩。② 四荒八极:四面八方,极其偏远之地。四荒,四方荒远之所。八极,八处极远之地。③ 白云:指西王母作《白云谣》。见《穆天子传》。④ 黄竹:指穆天子作《黄竹》诗三章以哀民。⑤"八骏"句:指穆王因佚游而致使周朝实力下降。

涧底松①

念寒俊也。
有松百尺大十围,生在涧底寒且卑。
涧深山险人路绝,老死不逢工度②之。
天子明堂欠梁木,此求彼有两不知。
谁谕③苍苍造物意,但与之才不与地。
金张世禄④黄宪贤⑤,牛衣寒贱貂蝉贵。
貂蝉与牛衣,高下虽有殊。
高者未必贤,下者未必愚。
君不见,沉沉海底生珊瑚,历历天上种白榆。

① 涧底松：生于涧底的松树。后世常用来比喻才高位卑的寒士。涧，两山之间。② 工度：工匠度量。③ 谕：通晓，理解。④ 金张世禄：金，即金日䃅（前134—前86），字翁叔，本为匈奴休屠王之子，归降汉朝后，被赐金姓，受到汉武帝重用。张，即张安世（？—前62），字子孺，京兆杜陵（今陕西西安）人，张汤次子，西汉大臣。世禄，指金、张二人的子孙在汉廷世代为官。⑤ 黄宪贤：黄宪以贤闻名，但一生未在政治上有所作为。黄宪（109—156）：字叔度，汝南慎阳人，东汉贤士。

牡丹芳

美天子之忧农也。
牡丹芳，牡丹芳，黄金蕊绽红玉房。
千片赤英霞烂烂，百枝绛焰灯煌煌。
照地初开锦绣段，当风不结兰麝囊。
仙人琪树白无色，王母桃花小不香。
宿露轻盈泛紫艳，朝阳照耀生红光。
红紫二色间深浅，向背万态随低昂。
映叶多情隐羞面，卧丛无力含醉妆。
低娇笑容疑掩口，凝思怨人如断肠。
秾姿贵彩信奇绝，杂卉乱花无比方。
石竹金钱何细碎，芙蓉芍药苦寻常。
遂使王公与卿相，游花冠盖日相望。
庳车①软舆贵公主，香衫细马豪家郎。
卫公②宅静闭东院，西明寺深开北廊。
戏蝶双舞看人久，残莺一声春〔一〕日长。
共愁日照芳难驻，仍张帷幕垂阴凉。

花开花落二十日，一城之人皆若狂。

三代以还文胜质，人心重华不重实。

重华直至牡丹芳，其来有渐非今日。

元和天子忧农桑，恤下动天③天降祥。

去岁嘉禾生九穗，田中寂寞无人至。

今年瑞麦分两歧，君心独喜无人知。

无人知，可叹息。

我愿暂求造化力，减却牡丹妖艳色。

少回卿士爱花心，同似吾君忧稼穑。

〔一〕春：一作娇。

① 辎（bēi）车：指一种轻便灵巧的车子。② 卫公：即李靖（571—649），字药师，雍州三原（今陕西三原）人，隋末至初唐时期的将领。李靖一生军功显著，因封卫国公，世称"李卫公"。③ 恤下动天：体恤百姓而感动上天。

红线毯

忧蚕桑之费也。

红线毯，择茧缲丝清水煮，练丝练线红蓝染。

染为红线红于花，织作披香殿上毯。

披香殿广十丈余，红线织成可殿铺。

彩丝茸茸香拂拂，线软花虚不胜物。

美人踏上歌舞来，罗袜绣鞋随步没。

太原毯涩毳缕①硬，蜀都褥薄锦花冷。

不如此毯温且柔，年年十月来宣州。

宣州太守加样织，自谓为臣能竭力。
百夫同担进宫中，线厚丝多卷不得。
宣州太守知不知，一丈毯用〔一〕千两丝。
地不知寒人要暖，少夺人衣作地衣〔二〕②。

〔一〕一本无用字。　〔二〕贞元中，宣州进开样加丝毯。

① 毳（cuì）缕：细毛。② 地衣：地毯。

杜陵①叟

伤农夫之困也。
杜陵叟，杜陵居，岁种薄田一顷余。
三月无雨旱风起，麦苗不秀多黄死。
九月降霜秋早寒，禾穗未熟皆青干②。
长吏明知不申破，急敛暴征求考课③。
典桑卖地纳官租，明年衣食将何如。
剥我身上帛，夺我口中粟。
虐人害物即豺狼，何必钩爪锯牙食人肉。
不知何人奏皇帝，帝心恻隐知人弊。
白麻纸上书德音，京畿尽放今年税。
昨日里胥方到门，手持尺牒榜乡村。
十家租税九家毕，虚受吾君蠲④免恩。

① 杜陵：为汉宣帝刘询的陵墓，在今陕西西安。② 青干（gān）：谓庄稼的子实还未长饱就干了。③ 考课：古代朝廷按照一定年限，对于从中央到地方的各级各类官吏的表现进行考察。④ 蠲

(juān)：除去，免除。

缭绫①

念女工之劳也。
缭绫缭绫何所似，不似罗绡与纨绮。
应似天台山上明月〔一〕前，四十五尺瀑布泉。
中有文章又奇绝，地铺白烟花簇雪。
织者何人衣者谁，越溪寒女汉宫姬。
去年中使②宣口敕，天上取样人间织。
织为云外秋雁行，染作江南春水色。
广裁衫袖长制裙，金斗熨波刀剪纹。
异彩奇文相隐映，转侧看花花不定。
昭阳舞人③恩正深，春衣一对直千金。
汗沾粉污不再着，曳土踏泥无惜心。
缭绫织成费功绩，莫比寻常缯④与帛。
丝细缲⑤多女手疼，扎扎千声不盈尺。
昭阳殿里歌舞人，若见织时应也〔二〕惜。

〔一〕明月：一作月明。　〔二〕也：一作合。

① 缭绫：吴越等地出产的一种精致的丝织品。② 中使：宫中的使者。③ 昭阳舞人：指赵飞燕。④ 缯（zēng）：指丝织品。⑤ 缲（sāo）：同"缫"，把蚕茧浸在滚水里抽丝。

卖炭翁

苦宫市①也。

卖炭翁,伐薪烧炭南山中。
满面尘灰烟火色,两鬓苍苍十指黑。
卖炭得钱何所营②,身上衣裳口中食。
可怜身上衣正单,心忧炭贱愿天寒。
夜来城外一尺雪,晓驾炭车辗③冰辙。
牛困人饥日已高,市南门外泥中歇。
两骑翩翩来是谁,黄衣使者白衫儿。
手把文书口称敕,回车叱牛牵向北。
一车炭重〔一〕千余斤,宫使驱将惜不得。
半匹红纱一丈绫,系向牛头充炭直④。

〔一〕一本无重字。

① 宫市:朝廷掠夺民间财物的一种方式,名为购买,实为掠夺。② 营:谋求。③ 辗(niǎn):同"碾",压。④ 直:通"值",指价格。

母别子

刺新间旧也。

母别子,子别母,白日无光哭声苦。
关西骠骑大将军。去年破虏新策勋。
敕赐金钱二百万,洛阳迎得如花人。
新人迎来旧人弃,掌上莲花眼中刺。

迎新弃旧未足悲,悲在君家留两儿。
一始扶行一初坐,坐啼行哭牵人衣。
以汝夫妇新嬿婉①,使我母子生别离。
不如林中乌与鹊,母不失雏雄伴雌。
应似园中桃李树,花落随风子住〔一〕枝。
新人新人听我语,洛阳无限红楼女。
但愿将军重立功,更有新人胜于汝。
〔一〕住:一作在。

① 嬿(yàn)婉:欢好;和美。

阴山道

疾贪虏也〔一〕。
阴山道,阴山道,纥逻敦肥水泉好。
每至戎人送马时,道傍千里无纤草。
草尽泉枯马病羸,飞龙但印骨与皮。
五十匹缣易一匹,缣去马来无了日。
养无所用去非宜,每岁死伤十六七。
缣丝不足女工苦,疏织短截充匹数。
藕丝蛛网三丈馀,回鹘①诉称无用处。
咸安公主号可〔二〕敦②,远为可〔三〕汗频奏论。
元和二年下新敕,内出金帛酬马直。
仍诏江淮马价缣,从此不令疏短织。
合罗将军呼万岁,捧授金银与缣彩。
谁知黠虏启贪心,明年马多来一倍。

缣渐好,马渐多。阴山虏,奈尔何。

〔一〕按,李传云:元和二年有诏,悉以金银酬回鹘马价。
〔二〕可:胡贾反。　〔三〕可:音克。

① 回鹘(hú):古代少数民族部落。② 咸安公主号可敦:即燕国襄穆公主(?—808),唐德宗李适之女。唐德宗贞元四年(788),唐朝与回纥和亲,以咸安公主下嫁回纥长寿天亲可汗,册为智慧端正长寿孝顺可敦。

时世妆①

警将变也。
时世妆,时世妆,出自城中传四方。
时世流行无远近,腮不施朱面无粉。
乌膏注唇唇似泥,双眉画作八字低。
妍媸②黑白失本态,妆成尽似含悲啼。
圆鬟无鬓椎髻样,斜红不晕赭面状。
昔闻被发伊川中,辛有见之知有戎。
元和妆梳君记取,髻椎面赭非华风。

① 时世妆:即当时流行的妆扮。② 妍媸(chī):美丑。

李夫人①

鉴嬖惑②也。
汉武帝,初丧李夫人。夫人病时不肯别,死后留得生前恩。

君恩不尽念未已，甘泉殿里令写真。
丹青写出竟何益，不言不笑愁杀人。
又令方士合灵药，玉釜煎炼金炉焚。
九华帐深夜悄悄，返魂香降夫人魂。
夫人之魂在何许，香烟引到焚香处。
既来何苦不须臾，缥缈悠扬还灭去。
去何速兮来何迟，是邪非邪两不知。
翠蛾仿佛平生貌，不似昭阳寝疾时。
魂之不来君心苦，魂之来兮君亦悲。
背灯隔帐不得语，安用暂来还见违。
伤心不独汉武帝，自古及今皆若斯。
君不见穆王三日哭，重璧台前伤盛姬。
又不见太陵③一掬泪，马嵬坡下念杨妃。
纵令妍姿艳质化为土，此恨长在无销期。
生亦惑，死亦惑，尤物惑人忘不得。
人非木石皆有情，不如不遇倾城色。

① 李夫人：汉武帝刘彻的宠妃，西汉著名乐官李延年的妹妹。
② 嬖（bì）惑：宠爱迷恋。③ 太陵：位于陕西蒲城县，是唐玄宗李隆基的陵寝。此处指代李隆基。

陵园妾①

托幽闭喻被谗遭黜也。
陵园妾，颜色如花命如叶。
命如叶薄将奈何，一奉寝宫年月多。

年月多，时光换，春愁秋思知何限。
青丝发落丛鬓疏，红玉肤销系裙缦。
忆昔宫中被妒猜，因谗得罪配陵来。
老母啼呼趁车别，中官监送锁门回。
山宫一闭无开日，未死此身不令出。
松门到晓月徘徊，柏城尽日风萧瑟。
松门柏城幽闭深，闻蝉听燕感光阴。
眼看菊蕊重阳泪，手把梨花寒食心。
把花掩泪无人见，绿芜墙绕青苔院。
四季徒支妆粉钱，三朝不识君王面②。
遥想六宫奉至尊，宣徽雪夜浴堂春③。
雨露之恩不及者，犹闻不啻④三千人。
我尔⑤君恩何厚薄，愿令轮转直⑥陵园，三岁一来均苦乐。

① 陵园妾：即为帝王守护陵园的姬妾。②"三朝"句：指岁首朔日的重要宴会，也没有见过君王。③"宣徽"句：宣徽、浴堂均为唐大明宫便殿名。④ 不啻：不只，不仅仅。⑤ 我尔：我和你。尔：你，这里指代得宠的宫女。⑥ 直：同"值"，值班。

盐商妇

恶幸人也。
盐商妇，多金帛，不事田农与蚕绩。
南北东西不失家，风水为乡船作宅。
本是扬州小家女，嫁得西江大商客。
绿鬟溜去金钗多，皓腕肥来银钏窄。

前呼苍头后叱婢,问尔因何得如此。
婿作盐商十五年,不属州县属天子。
每年盐利入官时,少入官家多入私。
官家利薄私家厚,盐铁尚书远不知。
何况江头鱼米贱,红鲙黄橙香稻饭。
饱食浓妆依柂楼①,两朵红腮花欲绽。
盐商妇,有幸嫁盐商。
终朝美饭食,终岁好衣裳。
好衣美食来何处,亦须惭愧桑弘羊。
桑弘羊,死已久,不独汉世今亦有。

① 柂(duò)楼:本为船上操舵之室,因高起如楼,可用于瞭望观景,故称。

杏为梁

刺居处僭也。

杏为梁,桂为柱,何人堂室李开府。
碧砌红轩色未干,去年身没今移主。
高其墙,大其门,谁家第宅卢将军。
素泥朱板光未灭,今岁官收赐别人。
开府之堂将军宅,造未成时头已白。
逆旅重居逆旅中,心是主人身是客。
更有愚夫念身后,心虽甚长计非久。
穷奢极丽越规模,付子传孙令保守。
莫教门外过客闻,抚掌回头笑杀君。

君不见,马家宅①,尚犹存,宅门题作奉诚园。
君不见,魏家宅②,属他人,诏赎赐还五代孙〔一〕。
俭存奢失今在目,安用高墙围大屋。

〔一〕元和四年,诏特以官钱赎魏徵胜业坊中旧宅,以还其孙,用奖忠俭。

① 马家宅:即马燧之宅。马燧(726—795),字洵美,汝州郏城(今河南郏县)人,唐朝中期名将。② 魏家宅:即魏徵之宅。

井底引银瓶

止淫奔①也。
井底引银瓶,银瓶欲上丝绳绝。
石上磨玉簪,玉簪欲成中央折。
瓶沉簪折知奈何,似妾今朝与君别。
忆昔在家为女时,人言举动有殊姿。
婵娟两鬓秋蝉翼,宛转双蛾远山色。
笑随女伴后园中,此时与君未相识。
妾弄青梅凭短墙,君骑白马傍垂杨。
墙头马上遥相顾,一见知君即断肠。
知君断肠共君语,君指南山松柏树。
感君松柏化为心,暗合双鬟逐君去。
到君家舍五六年,君家大人频有言。
聘则为妻奔是妾,不堪主祀奉蘋蘩②。
终知君家不可住,其奈出门无去处。
岂无父母在高堂,亦有情亲满故乡。

潜来更不通消息,今日悲羞归不得。
为君一日恩,误妾百年身。
寄言痴小人家女,慎勿将身轻许人。

①淫奔:即私奔。②蘋蘩(pín fán):泛指祭品。

官牛①

讽执政也。
官牛官牛驾官车,浐水岸边驱载沙。
一石沙,几斤重,朝载暮载将何用。
载向五门官道西,绿槐阴下铺沙堤。
昨来新拜右丞相,恐怕泥途污马蹄。
右丞相,马蹄踏沙虽净洁,牛领牵车欲流血。
右丞相,但能济人治国调阴阳,官牛领穿亦无妨。

①官牛:指官府饲养的牛。

紫毫笔

诫失职也。
紫毫笔,尖[一]如锥兮利如刀。
江南石上有老兔,吃竹饮泉生紫毫。
宣城工人采为笔,千万毛中选[二]一毫。

毫虽轻，功甚重，管勒工名充岁贡，君兮臣兮勿轻用。
勿轻用，将何如，愿赐东西府御史，愿颁左右台起居。
搦〔三〕管①趋入黄金阙，抽毫立在白玉墀〔四〕②。
臣有奸邪正衙③奏，君有动言直笔书。
起居郎，侍御史，尔知紫毫不易致。
每岁宣城进笔时，紫毫之价如金贵。
慎勿空将弹失仪，慎勿空将录制词。

〔一〕尖：一作纤。　〔二〕选：一作拣。　〔三〕搦：一作握。　〔四〕墀：一作除。

①搦（nuò）管：握笔，执笔为文。②墀（chí）：台阶。③正衙：当朝。

隋堤柳

悯亡国也。

隋堤柳，岁久年深尽衰朽。
风飘飘兮雨萧萧，三株两株汴河口。
老枝病叶愁杀人，曾经大业①年中春。
大业年中炀天子，种柳成行夹流水。
西至黄河东至淮，绿影一千三百里。
大业末年春暮月，柳色如烟絮如雪。
南幸江头恣佚游，应将此树荫龙舟。
紫髯郎将护锦缆，青蛾御史直迷楼。
海内财力此时竭，舟中歌笑何日休。
上荒下困势不久，宗社之危如缀旒。

炀天子，自言福祚长〔一〕无穷，岂知皇子封鄘公。
龙舟未过彭城阁，义旗已入长安宫。
萧墙祸生人事变②，晏驾不得归秦中。
土坟数次何处葬，吴公台下多悲风。
二百年来汴河路，沙草和烟朝复暮。
后王何以鉴前王，请看隋堤亡国树〔二〕。

〔一〕长：一作垂。　〔二〕一本"缀旒"下多"炀天子，自言殊无极，岂知明年正朔归。"

① 大业（605—616）：隋炀帝杨广的年号，隋朝使用这个年号共十三年。② "萧墙"句：指江都兵变之事。

草茫茫

惩厚葬也。

草茫茫，土苍苍。
茫茫苍苍在何处，骊山脚下秦皇墓。
墓中下涸二重泉，当时自以为深固。
下流水银象江海，上缀珠光作乌兔。
别为天地于其间，拟将富贵随身去。
一朝盗掘坟陵破，龙椁①神堂三月火。
可怜宝玉归人间，暂借泉中买身祸。
奢者狼藉俭者安，一凶一吉在眼前。
凭君回首向南望，汉文葬在灞陵原。

① 龙椁（guǒ）：皇帝的棺椁。

古冢狐

戒艳色也。
古冢狐，妖且老，化为妇人颜色好。
头变云鬟面变妆，大尾曳作长红裳。
徐徐行傍荒村路，日欲暮时人静处。
或歌或舞或悲啼，翠眉不举花钿[一]低。
忽然一笑千万态，见者十人八九迷。
假色迷人犹若是，真色迷人应过此。
彼真此假俱迷人，人心恶假贵重真。
狐假女妖害犹浅，一朝一夕迷人眼。
女为狐媚害则[二]深，日增月长溺人心。
何况褒妲之色善蛊惑，能丧人家覆人国。
君看为害浅深间，岂将假色同真色。
〔一〕钿：一作颜。　〔二〕则：一作却。

黑潭龙

疾贪吏也。
黑潭水深色如墨，传有神龙人不识。
潭上架屋官立祠，龙不能神人神之[一]。
灾凶水旱与疾疫，乡里皆言龙所为。
家家养豚漉清酒，朝祈暮赛①依巫口。
神之来兮风飘飘，纸钱动兮锦伞摇。
神之去兮风亦静，香火灭兮杯盘冷。

肉堆潭岸石,酒泼庙前草。
不知龙神享几多,林鼠山狐长醉饱。
狐何幸,豚何辜,年年杀豚将馁②狐。
狐假龙神食豚尽,九重泉底龙知无。
〔一〕神:神一作异。

① 赛:行祭礼以酬神。② 馁(wèi):同"喂"。

天可度

恶诈人也。
天可度,地可量,唯有人心不可防。
但见丹诚赤如血,谁知伪言巧似簧。
劝君掩鼻君莫掩,使君夫妇为参商。
劝君掇蜂君莫掇,使君父子成豺狼。
海底鱼兮天上鸟,高可射兮深可钓。
唯有人心相对时,咫尺之间不能料。
君不见,李义府之辈笑欣欣,笑中有刀潜杀人。
阴阳神变皆可测,不测人间笑是瞋。

秦吉了①

哀冤民也。
秦吉了,出南中,彩毛青黑花颈红。

耳聪心慧舌端巧，鸟语人言无不通。

昨日长爪鸢，今朝大觜②乌。

鸢捎乳燕一窠覆，乌啄母鸡双眼枯。

鸡号堕地燕惊去，然后拾卵攫③其雏。

岂无雕与鹗，嗉④中肉饱不肯搏。

亦有鸾鹤群，闲立飐高如不闻。

秦吉了，人云尔是能言鸟，岂不见鸡燕之冤苦。

吾闻凤皇百鸟主，

尔竟不为凤皇之前致一言，安用哓哓〔一〕闲言语。

〔一〕哓哓：一作嗻嗻。

① 秦吉了：又称吉了、了哥，一种鸟类。② 觜：同"嘴"。③ 攫（jué）：抓取，掠夺。④ 嗉（sù）：即嗉囊，鸟类消化器官的一部分。

鸦九剑

思决壅也。

欧冶子①死千年后，精灵暗授张鸦九②。

鸦九铸剑吴山中，天与日时神借功。

金铁腾精火翻焰，踊跃求为镆铘剑③。

剑成未试十余年，有客持金买一观。

谁知闭匣长思用，三尺青蛇不肯蟠。

客有心，剑无口，客代剑言告鸦九。

君勿矜我玉可切，君勿夸我钟可刜④。

不如持我决浮云⑤，无令漫漫蔽白日。

为君使无私之光及万物，蛰虫昭苏萌草出。

①欧冶子：春秋时期越国人，著名铸剑师。②张鸦九：铸剑师，其所造剑名鸦九剑。③镆铘剑：即莫邪剑，古代名剑之一。④刜（fú）：砍。⑤浮云：比喻那些遮蔽君主、进献谗言的奸臣。

采诗官①

监前王乱亡之由也。

采诗官，采诗听歌导人言。

言者无罪闻者诫，下流上通上下泰。

周灭秦兴至隋氏，十代采诗官不置。

郊庙登歌赞君美，乐府艳词悦君意。

若求兴谕规刺言，万句千章无一字。

不是章句无规刺，渐恐朝廷绝讽议。

诤臣②杜口③为冗员，谏鼓高悬作虚器。

一人负扆④常端默，百辟入门皆自媚。

夕郎所贺皆德音，春官每奏唯祥瑞。

君之堂兮千里远，君之门兮九重闭。

君耳唯闻堂上言，君眼不见门前事。

贪吏害民无所忌，奸臣蔽君无所畏。

君不见，厉王胡亥〔一〕之末年，群臣有利君无利。

君兮君兮愿听此，欲开壅蔽〔二〕达人情，先向歌诗求讽刺。

〔一〕胡亥：一作炀帝。　〔二〕一本作君兮君兮，若要除贪害、开壅蔽。

①采诗官：上古设置的采风之官。②诤臣：谏官。③杜口：闭口不言。④扆（yǐ）：屏风。

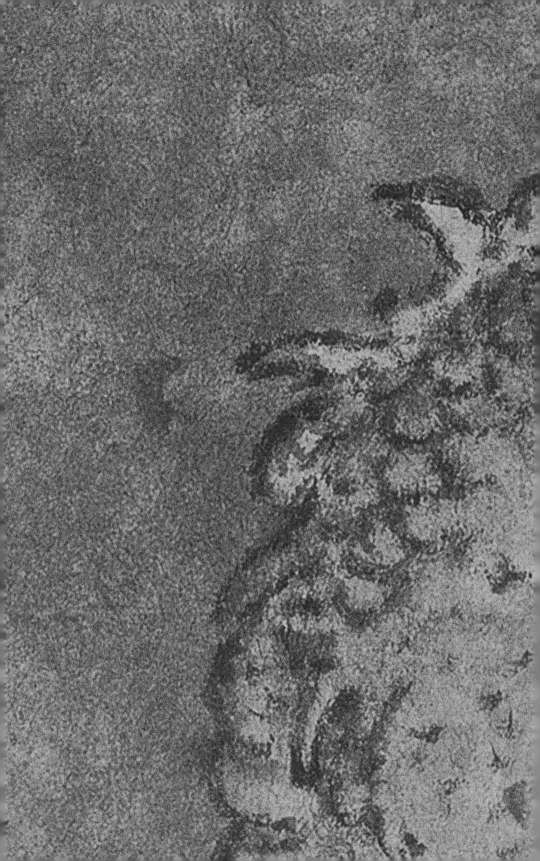